LE VICE-AMIRAL JURIEN DE LA GRAVIÈRE

DE L'ACADÉMIE FRANÇAISE
ET DE L'ACADÉMIE DES SCIENCES

Les *1129*

Gueux de Mer

PARIS

PAUL OLLENDORFF, ÉDITEUR

28 *bis*, RUE DE RICHELIEU, 28 *bis*

1893

Tous droits réservés.

Les

Gueux de Mer

Les
Gueux de Mer

PAR

LE VICE-AMIRAL JURIEN DE LA GRAVIÈRE

DE L'ACADÉMIE FRANÇAISE
ET DE L'ACADÉMIE DES SCIENCES

PARIS

PAUL OLLENDORFF, ÉDITEUR

28 *bis*, RUE DE RICHELIEU, 28 *bis*

—

1893

LES
GUEUX DE MER

PHILIPPE II ET GUILLAUME D'ORANGE

I

Les guerres de religion ont toujours été des
guerres cruelles. Ce sont aussi les guerres les
plus difficiles à raconter. Ne peut-on cependant
regretter profondément les événements à la
suite desquels se brisa dans l'Europe troublée
la puissante unité du dogme chrétien, et obéir
en même temps sans crainte à ce sentiment
d'équité qui nous fait reconnaître et proclamer
la grandeur de l'homme partout où nous ren-
controns le dévoûment et l'esprit de sacrifice?

« Nous vivons libres ; nous vivons joyeux, »
chante aujourd'hui la chanson hollandaise. —

1

« Nous servons le même Dieu. — S'il est quelque différence dans la façon de le servir. — La
loi ne s'en inquiète pas. — Unis comme des
frères, nous répétons avec allégresse : — Béni
soit notre sort! »

N'est-ce point là un progrès notable sur les
doctrines intolérantes qui gouvernaient le monde
il y a trois cents ans ? Personne, je pense, ne son-
gerait, en l'année 1891, à le contester. En tout
cas, ce ne seraient pas les catholiques : ils ont trop
à gagner au respect de la liberté de conscience.
Ce qu'ils demandent, c'est qu'on leur accorde,
sans arrière-pensée, la balance égale ; je serais
presque tenté de dire, les immunités du *franc jeu*.
A ce prix — ou je me trompe fort, — ils ne refu-
seront pas d'admettre, sincèrement et du fond
du cœur, que la tolérance religieuse a été une
des plus belles conquêtes du monde moderne.

La chose, à vrai dire, n'est pas venue toute
seule ; la reconnaissance du principe nouveau a
été singulièrement pénible. Les provinces unies
des Pays-Bas se sont vues obligées d'endurer
quatre-vingts années de guerre pour établir sur
une base enfin inébranlable leur autonomie.
C'est assurément une des pages les plus intéres-

santes des annales politiques de l'Europe, une des pages les plus instructives de l'histoire de la marine à voiles.

« La guerre d'Espagne m'a perdu, » disait Napoléon à Sainte-Hélène. « Sans la révolte des Flandres, eût pu dire Philippe II, j'aurais conquis l'Angleterre. » L'expédition de 1588 eût très probablement, en effet, présenté de tout autres résultats, si Philippe II avait encore eu à sa disposition, comme jadis Charles-Quint, la marine agile et à faible tirant d'eau qui, sous les ordres de Justin de Nassau, retint bloquée dans le port de l'Écluse la flottille destinée au transport de l'armée du duc de Parme (1). Singulière coïncidence, qui ne laisse pas d'éveiller l'attention ! Notre impuissance maritime en 1870 n'eut pas, elle aussi, d'autre cause que la lourdeur massive et monumentale de notre flotte. Je l'avais prédit deux mois avant l'ouverture des hostilités. M. Louis Reybaud le rappelait, non sans quelque tristesse, au milieu des angoisses du siège de Paris (2).

(1) Voyez, dans la *Revue* du 15 nov. 1874, *la Grande Armada*.
(2) Voyez, dans la *Revue* du 1er janvier 1871, *la Marine au siège de Paris*, par Louis Reybaud.

Un éminent critique, me voyant poursuivre avec acharnement l'histoire de la marine à travers les âges, me conseillait, il y a quelques années, de m'en tenir aux « points lumineux ». J'éprouve, au contraire, un penchant invincible à rechercher dans les profondeurs du passé les points restés jusqu'ici obscurs. Ce n'est peut-être pas toujours sans profit que je me suis efforcé de les mettre à leur tour en lumière. Les points lumineux, tout le monde les connaît : ce sont des sommets que le premier voyageur venu a gravis. Descendons, au contraire, au fond des vallées ; nous y trouverons des trésors ignorés du vulgaire, des enseignements qui nous feront remonter à l'origine des choses. Ruyter et Tromp sont peut-être les plus imposantes figures de l'histoire navale. Au temps où ils vécurent, ils ne se détachaient certainement pas avec cette majesté de la foule des vaillants capitaines qui furent leurs lieutenants ou leurs précepteurs. La marine néerlandaise, on peut le supposer, eût été grande, eût été victorieuse sans eux.

L'école d'où sortit cette glorieuse élite qu'on vit, à l'étonnement du monde, tenir si long-temps en suspens l'épée jusqu'alors triomphante

de l'Angleterre, ne ressemblait guère aux académies où nous allons puiser aujourd'hui nos
combattants. Elle fournissait surtout aux ami-
rautés de Zélande et de Hollande des caractères
éprouvés. Il n'est pas d'examens qui puissent
constater ce que sera un jour le caractère d'un
homme. Le même métal reçoit cependant des
qualités différentes suivant les procédés de la
trempe. Il faudra beaucoup d'instruction, beaucoup de dispositions natives, pour suppléer cette
école de misères, de périls, de souffrances, par
laquelle ont passé les grands hommes de mer
du xvie et du xviie siècle. Duguay-Trouin clôt la
liste ; Suffren et Nelson eux-mêmes n'y figurent
pas. Nous devons voir en eux de bons écoliers,
les meilleurs, à coup sûr, qu'ait formés une
marine à demi savante ; ces écoliers n'ont déjà
plus la verdeur d'instinct que l'habitude de jouer
sa vie tous les jours, de la jouer dès l'enfance,
imprimait aux commandants des flottes sorties
des embouchures de la Meuse et du Zuyderzée.

Deux fois dans des périodes séparées par deux
siècles et demi d'intervalle, le même fait s'est
produit : un petit peuple qu'une puissance colossale se flattait d'écraser sans peine a conquis

son indépendance à l'aide de sa marine. Les gueux de mer ont affranchi les Pays-Bas du joug de l'Espagne ; les corsaires d'Hydra et d'Ipsara ont arraché la Grèce à la tyrannie ottomane.

Sortie victorieuse de la journée de Lépante, l'Espagne possédait une marine à rames qui lui garantissait l'empire de la Méditerranée ; l'annexion du Portugal, en 1580, joignant les ressources de Lisbonne aux ressources de Cadix, lui donnait une flotte à voiles à laquelle semblait devoir appartenir sans consteste la suprématie navale sur l'Océan : des mers difficiles, des navires peu maniables, firent échouer presque au port la fortune de Philippe II. Deux cent cinquante ans plus tard on voyait également, dans les eaux de Cos, les bricks de Miaulis combattre avec avantage les trois-ponts du sultan Mahmoud.

Il est fort heureux que l'entreprise du fils de Charles-Quint contre les États échus après la mort de la reine Marie à la fille d'Anne Boleyn ait avorté. L'établissement de la monarchie universelle eût arrêté la civilisation chrétienne dans son essor ; elle aurait consacré des prétentions qui semblaient à jamais disparues avec

les Pharaons. Quelque goût prononcé que nous
puissions avoir pour la paix sociale et pour les
grandes agglomérations politiques, il ne nous
est pas plus possible de regretter l'émancipation
des provinces néerlandaises que l'affranchissement de la Grèce. Tout ce qui peut honorer la
nature humaine, la relever à ses propres yeux,
eut part à ce double et généreux triomphe. Le
sentiment religieux poussé jusqu'à ses dernières limites soutint, dans les jours les plus dé-
sastreux, les combattants de 1821 aussi bien que
ceux de 1568. Il faut y joindre la haine de
l'étranger, levier non moins puissant et non
moins respectable.

Ce fut surtout ce dernier sentiment qui, au
temps de l'empereur Napoléon, combattit contre
nous en Espagne. Ni par la violence, ni par la
conciliation, on n'aurait habitué des Flamands
au joug espagnol, des Espagnols au joug français. Le duc d'Albe, pas plus que le prince
Murat, Marguerite de Parme pas plus que le roi
Joseph, n'étaient de force à opérer ce miracle.
Quand un peuple a pris pour bannière le désir
impérieux de rester maître du sol qui l'a vu
naître, il faut l'exterminer ou s'incliner devant

sa fantaisie. Le duc d'Albe n'aurait pas répudié l'emploi de l'extermination, — de la transplantation tout au moins ; — Albe n'était qu'un bâton dans la main de son maître. Chrétien fervent, il eût, sans sourciller, clos la lutte à la turque. Nos vues sur l'Espagne étaient plus clémentes. Nous voulions, suivant le mot du vainqueur d'Austerlitz, « débarrasser l'Espagne de ses hideuses institutions ». Ce sont là des bienfaits qui gardent un goût amer quand ils nous sont offerts à la pointe de l'épée.

Ne comparons pas cependant la guerre de 1808 à la guerre de 1568. Il n'y a qu'un rapprochement naturel, un rapprochement pour ainsi dire qui s'impose : c'est celui auquel nous convient la parité du but poursuivi et jusqu'aux moindres détails de la lutte. Le peuple néerlandais a été, le peuple néerlandais demeure encore, le plus grand des petits peuples. Ne lui refusons pas ce titre, payé de tant de sang et de tant de labeur. S'il fallait cependant classer les peuples d'après le prix auquel ils ont acheté leur liberté, on hésiterait peut-être à reléguer les Grecs au second rang.

Que d'analogies d'ailleurs dans l'origine, dans

les péripéties des deux insurrections! Sans la
révolte d'Ali-Pacha, sans la trame lentement
ourdie par le prince d'Orange, les mécontents
en Grèce, comme dans les Pays-Bas, n'auraient
pas eu beau jeu. Le mouvement populaire a été
secondé, encouragé, provoqué même, au sein
des deux pays, par des satrapes infidèles. « J'ai
toujours honoré le roi d'Espagne, » proclame le
taciturne stathouder de Hollande. Le pacha de
Janina ne croira pas davantage s'être dégagé
par sa rébellion de l'hommage auquel il est tenu
vis-à-vis le chef de l'Islam. Tous deux cependant, — Guillaume d'Orange, aussi bien qu'Ali-
Pacha, — ont mis sans scrupule au service d'un
peuple insurgé l'influence qu'ils possédaient en
vertu de la délégation trop confiante du souverain. La trahison a quelquefois de nobles visées ;
elle n'en est pas moins la trahison. On conçoit
à la rigueur un gouvernement sans ducs d'Albe ;
il n'en est pas qui puisse subsister, si l'on admet
qu'un Ali-Pacha, un prince d'Orange quelcon-
que, ne commet pas un crime le jour où, au
nom d'une douteuse justice, masque trop facile
d'une coupable ambition, il ose prendre parti
contre le maître dont il accepta devant Dieu et

1.

devant les hommes d'être à la fois l'humble serviteur et le majestueux représentant. La notion
du devoir est toujours claire pour les âmes simples ; elle ne devient obscure que pour les esprits
compliqués.

Ce qu'on peut reprocher au sultan Mahmoud
et à Philippe II, ce ne sont pas leurs soupçons ;
c'est bien plutôt leur hésitation à étouffer dans
l'œuf la sédition qui couve. A quoi bon des reproches, quand les reproches ne doivent être
suivis d'aucun acte ? C'est une faiblesse de plus
que de révéler hors de propos sa méfiance.
« Que parlez-vous du vœu des États? » crie à
Guillaume d'Orange la voix soudainement irri-
tée de Philippe II, « ce ne sont pas les États qui
m'inquiètent : c'est vous, c'est vous, c'est vous ! »
Guillaume d'Orange est averti ; croyez-vous
qu'il soit corrigé?

Dans les grands événements de ce monde,
n'exagérez pas la part de la fatalité. A tout progrès matériel, — invention de l'imprimerie, de
la poudre à canon, de la boussole, entrée en
scène de la vapeur et de l'électricité, — corres-
pond sans doute une transformation sociale iné-
vitable ; la force latente n'en a pas moins besoin

d'une main qui se charge de lui donner issue. A
côté du travail mystérieux des atomes, cherchez
l'homme que ce bouillonnement souterrain
suscite.

Que d'éléments divers concourent à une révolution ! Des hautes régions où l'avenir s'élabore,
il faut parfois, pour pressentir l'éclosion des
événements qui vont briser leur coquille, se résigner à descendre sur un terrain plus infime.
La monarchie française a succombé, en 1789,
sous une dette de 600 millions ; l'appauvrisse-
ment graduel de l'Espagne, la prospérité crois-
sante des Pays-Bas, enrichis par la pêche et par
le commerce, expliquent peut-être mieux que
des considérations transcendantes les oscilla-
tions de la fortune passant à tout propos, pendant plus d'un demi-siècle, du camp espagnol au
camp néerlandais. Le plus grand général ne
saurait découvrir de combinaisons qui le dis-
pensent de payer ses troupes. La marine, dans
ce long débat, de 1568 à 1648, ne fut pas seulement pour les provinces révoltées un admirable
instrument de guerre ; elle fut aussi, dès le premier jour, un incomparable instrument de tré-
sorerie.

Par quel enchaînement de circonstances peut-on, en quelques années, passer du rêve de la monarchie universelle à l'effacement politique le plus complet? Quand survient le soulèvement des Pays-Bas, l'Espagne possède encore la première armée du monde, des trésors qu'on serait tenté de croire inépuisables, une flotte à la hauteur de son armée. A partir de Lépante, son dernier succès, rien ne lui réussit plus; une fatalité implacable semble s'attacher à toutes ses entreprises. Ses trésors, ses vaisseaux, ses soldats s'égrènent comme les grains d'un chapelet dont le cordon viendrait de se briser; ses meilleurs capitaines ne remportent plus que des victoires inutiles. La grande monarchie de Charles-Quint va s'amoindrissant de jour en jour. Il n'y a que ses colonies, malgré les attaques incessantes dont elles seront l'objet, qui ne participeront pas de longtemps à ce rapide déclin. L'esprit catholique les a trop profondément pénétrées. Contre l'irruption étrangère, la foi des Cortez et des Pizarre demeure encore une impénétrable armure.

Pour la conservation de l'empire ébranlé, cette foi, malheureusement, en Europe ne peut rien. Il s'est rencontré, pour lui tenir tête, une foi non moins robuste, une foi non moins ardente, et, — grand désavantage pour les champions du catholicisme, — une foi qui a compris la puissance de l'épargne et qui saura en faire, comme aux jours d'Israël, une vertu. L'Espagne a trop pris à la lettre la parole de l'Évangile : « Mon royaume n'est pas de ce monde. ». De Marthe et de Marie, ce ne sera point Marie qui triomphera. La victoire des Pays-Bas reste, malgré tout, inexplicable. Les huguenots de France, les protestants d'Allemagne, y ont sans contredit beaucoup aidé. L'honneur définitif n'en revient pas moins à ce peuple héroïque, persévérant, ingénieux, qui trouva le moyen de grandir et de s'enrichir dans la souffrance. On peut lui appliquer le mot du poète latin sur Rome. Il fallait qu'il fût bien nécessaire que la nation néerlandaise vînt au jour pour que la lutte engagée dans des conditions aussi monstrueusement inégales eût un pareil résultat. Quand Dieu l'a résolu, des bandes de klephtes ou des flottilles de gueux peuvent donner à un peuple opprimé une patrie.

II

En l'année 1558, la vieille rivalité de François Ier et de Charles-Quint, recueillie comme
un héritage par leurs successeurs, avait dit son
dernier mot. La France était abattue ; le comte
d'Egmont venait d'assurer à Gravelines, le
13 juillet, la prépondérance de l'Espagne. Un
long avenir de paix semblait garanti aux
Flandres. Les Flandres n'en étaient pas seulement redevables aux vieilles bandes espagnoles ;
elles pouvaient, avant tout, en remercier leurs
enfants. Aussi, avec quel orgueil, avec quels
accents joyeux et reconnaissants, les poètes
néerlandais s'appliquaient-ils à célébrer à l'envi
ce triomphe !

« O Brabant ! chantaient-ils, belle, heureuse
et féconde mère, mère d'une foule savante et
d'un peuple pieux, accepte la couronne que
t'apporte Van der Noot : il l'a gagnée avec son
épée dans le combat. Si Egmont vit encore, c'est
à Van der Noot qu'il le doit. Intrépide, vigoureux et brillant de jeunesse, Egmont avait
poussé son cheval au plus profond des bataillons
français. Il se voit bientôt entouré, assiégé par
la foule, qu'il a traversée d'une façon sanglante.
Il lui faut soutenir un combat sans merci. Mais
Van der Noot accourt : « Courage, mon bon
« seigneur ! Nous aurons honneur et butin. » Et
soudain Van der Noot se range près d'Egmont
pour combattre avec lui. Tels qu'on voit deux
lions assaillis avec des cris de joie et de grandes
clameurs par de grossiers paysans, au lieu de
fuir devant les flèches pointues, devant les fu-
sils, devant les arcs, devant les épieux, faire
face à l'ennemi, qui se flatte de les accabler,
ainsi les deux héros se débattent au milieu des
bandes françaises. Le cheval d'Egmont tombe à
terre mortellement blessé. Les cavaliers crient au
vaillant seigneur : « Rendez-vous ! votre cheval
« est mort et vous vous trouvez en détresse ! »

« Remarquez, maintenant, un trait de fidélité
digne de louange s'il en fut jamais! Quand Van
der Noot vit Egmont à pied, après la mort de
son cheval, il lui dit d'une bouche sincère : « Ne
« craignez rien, camarade, et ne gémissez pas
« pour si peu. Sautez sur mon cheval. Ce cheval,
« désormais, est le vôtre. » Il se jette à terre, sans
s'inquiéter des Français qui l'entourent; Egmont, de son côté, saute lestement en selle. —
O action fidèle et audacieuse! — Des deux
mains, Van der Noot saisit la queue du cheval.
Van der Noot et Egmont traversent ainsi les
rangs ennemis en combattant toujours fortement. Par une inspiration heureuse, Van der
Noot a maintenant tourné la queue du cheval
autour de sa main gauche, couverte de blessures ; de la main droite il manie avec avantage
son épée. Comme deux vigoureux chiens courants qui volent à travers un verger, faisant
tomber les fruits sur leur passage, on voit courir ces deux hommes, et de chaque côté les
Français rouler renversés à terre.

« Pendant qu'ils combattent, arrivent les
Bourguignons, pour mettre les Gascons en
fuite. Les Bourguignons ont traité les Gascons

comme le chat traite la souris. Beaucoup de
Gascons ont été faits prisonniers, beaucoup se
sont noyés, le reste·s'est tiré le plus vite possible du jeu. Ainsi se comportait déjà, il y a un
an, cette canaille sans foi, quand·elle voulut
secourir Saint-Quentin assiégé.

« Maintenant, par la paix, la prospérité va renaître dans notre pays. Que la guerre s'éloigne
avec honte : le temple de Janus est fermé. La
rhétorique et la musique peuvent se livrer sans
crainte à leurs amours plus purs. »

On sait quelle fut à cette époque, dans les
Flandres, l'influence des chambres de rhétorique, académies de village auxquelles, sous le
manteau de la poésie, étaient dévolues, comme
aujourd'hui à la presse quotidienne, la poursuite des·abus et la satire des scandales. Toute
la Hollande, toute la Zélande, tout le Brabant,
toute la Flandre, toute la Gueldre, chantaient.
On ne vit jamais peuple s'adonner avec une telle
unanimité au culte des belles-lettres. L'esprit
d'opposition qui a toujours fait le fond du caractère flamand y trouvait son compte. Les colonies américaines se détachèrent de la métropole
anglaise aussitôt qu'elles n'eurent plus rien à

craindre de la France ; les Flandres commencèrent à s'agiter quand les victoires de Saint-
Quentin et de Gravelines eurent assuré la sécurité de leurs frontières. Ce fut alors que la
présence des troupes espagnoles leur devint
particulièrement odieuse.

Les villes de Flandre, on ne saurait trop le
répéter, avaient toujours fait preuve d'un singu-
lier penchant à la révolte. Quelle est la grande
cité industrieuse que l'histoire pourrait nous
montrer moins sage et moins respectueuse de
son repos ? L'humeur turbulente des Flandres
s'était trouvée d'ailleurs, dès le début du
XVIᵉ siècle, attisée par les premières étincelles
du grand incendie qui allait causer tant de ravages en Allemagne. A la prédication des indulgences venait alors de répondre, en Saxe,
l'affichage des 95 propositions placardées sur la
porte de l'église de Wittemberg. Le zèle impru-
dent du moine dominicain Tetzel avait engendré
l'opposition inattendue du moine augustin Martin Luther. Si on eût bien sondé les motifs de
cette résistance et du concours empressé qu'elle
rencontra, on aurait probablement trouvé, chez
l'apôtre, l'irritation de l'amour-propre blessé,

chez la majeure partie de ses prosélytes une immense convoitise. De tout temps l'opulence a paru coupable : le clergé catholique, personne ne l'ignore, était puissamment riche. De tout temps aussi les plus basses passions ont fait pousser des fleurs sur leur fumier. Un mélange de foi et de brutalité farouche entretenu par le secret besoin de détruire, par la recherche toujours inassouvie du nouveau, a marqué la plupart des grands progrès de l'esprit humain.

Dès les premières agitations religieuses qui troublèrent l'Allemagne, Charles-Quint eut le sentiment du danger que la vieille société allait courir. Il se déclara sans hésiter l'adversaire résolu des adeptes de « la nouvelle lumière ». La contagion gagnait rapidement les Pays-Bas. En 1522, François Van der Hulst, investi des redoutables fonctions d'inquisiteur, fut chargé d'arrêter le fléau dans sa marche. Les efforts de Van der Hulst parurent pendant quelque temps couronnés de succès. Comprimé à la surface, le mouvement religieux cheminait sous terre. En 1530, il fait explosion; les anabaptistes entrent en scène. Une armée de fanatiques s'est emparée en 1534 de Munster; un tailleur de Leyde, Jan Bockelson, est devenu le chef du « nouveau royaume de Sion ». Triomphe éphémère, presque aussitôt noyé dans le sang.

Ce qui caractérise cette époque en travail, c'est surtout la piété agressive où revit le vieil esprit des Hébreux. Le Dieu des Machabées est devenu le seul Dieu que la rébellion invoque; de modernes prophètes voueront au feu du ciel la pompe mondaine devant laquelle une société corrompue s'incline. Le culte des lettres antiques avait eu pour premier résultat d'incliner le catholicisme à un scepticisme indulgent. La réforme n'est pas sceptique : elle croit à la Bible et se soucie peu de Platon ou d'Aristote. Ce n'est point la raison qui revendique ici son empire, c'est l'érudition qui prétend reprendre, par une plus saine interprétation des textes sacrés, le gouvernement de l'esprit humain. La nouvelle doctrine ne connaît pas le doute; tout à l'heure elle consentait encore à discuter, maintenant elle affirme. Les colloques ont fait place aux prédications, les prédications au combat. Les psaumes de Marot ne sont plus qu'un chant de guerre. Le peuple élu, flambeau et armes en

mains, marche d'un pas ferme à la conquête de
la terre promise.

Par quels sentiers étroits, grand Dieu! il prétend y arriver. Le fanatisme de Philippe II se
montrera-t-il beaucoup plus exclusif, beaucoup
plus intolérant, que celui des sectaires prêts à
monter sans doute intrépidement sur le bûcher,
également prêts, hélas! à y faire monter les
autres? La poursuite est puérile, la poursuite
est implacable. Et pourtant, de ces aspirations
rétrogrades qui ont pris soudain possession de
tout un peuple, naît bientôt, de désordres en
désordres, de folies sanglantes en folies ridi-
cules, une civilisation infiniment supérieure à
celle que nous préparait le détachement religieux du saint-siège. Tant il est vrai que croire
c'est revenir à la vie, tant il est vrai surtout
qu'on ne s'efforcera jamais en vain de remonter
aux sources du christianisme, unique et saint
berceau de toutes les vérités sociales!

Un prêtre transfuge, Menno Simons, a succédé à Jan Bockelson : le siècle ne peut plus se
passer de prophètes. L'un condamnait le baptême des enfants; l'autre prescrit le baptême
des adultes. Tous deux, au fond, ne sont que

les apôtres d'une agitation stérile, d'une agitation inquiète, encore impuissante à trouver sa voie. Avec Calvin, la réforme va prendre un tout autre aspect.

Les divergences dogmatiques ont cédé le pas aux préoccupations morales. Le peuple de Dieu ne veut plus être confondu avec les Gentils. Le mouvement religieux a, dès ce moment, pour base une doctrine austère, pour adhérents non plus seulement des princes ou des nobles révoltés contre la suprématie de Rome, mais des masses populaires altérées d'une foi pure, indignées de la dépravation d'un clergé décrié, avides de recueillir des enseignements qui leur permettent le retour aux traditions oubliées de la primitive Église. De Genève, le calvinisme s'était rapidement propagé en France ; les prédicateurs français l'importèrent dans les Pays-Bas : il y poussa, dans le court espace de quelques années, de profondes racines. La guerre sourde à la papauté en acquit promptement une impulsion nouvelle.

La doctrine de Calvin, dans sa sombre énergie, s'adaptait merveilleusement au tempérament opiniâtre du peuple néerlandais, le plus entêté des peuples. Elle flattait à la fois son humeur indépendante et son goût prononcé pour cette poésie biblique qui fait de tout chef de famille un patriarche. L'autorité absolue au foyer, la liberté illimitée à l'église, tel était, vers le milieu du xvıᵉ siècle, le vœu presque unanime d'une population docile à la voix de ses pasteurs, parce qu'elle avait cessé depuis longtemps de l'être à celle de ses princes. L'hérésie eût peut-être été moins odieuse à Charles-Quint et à Philippe II s'ils n'avaient, dès le principe, constaté qu'elle avait pour le moins autant en vue « la guerre à Saül, que la chasse à la bête romaine ». La liberté politique et la liberté religieuse ont eu dans les Pays-Bas la même semence. Elles sont nées toutes les deux, à la fois, du sang des martyrs.

III

En 1524, Van der Hulst a livré aux flammes Guillaume Dirksz, compagnon tonnelier ; en 1525, Jan de Bakker, pasteur à Werden. En 1550, l'édit promulgué à Augsbourg, par Charles-Quint, prétend couper le mal à sa racine. Il est interdit d'imprimer, de copier, de garder, de cacher, de vendre, d'acheter aucun des écrits ou livres de Martin Luther, de Jean Œcolampade, d'Ulrich Zwingle, de Martin Bucer, de Jean Calvin, ou tous autres hérétiques condamnés par la sainte Église. Converser ou discuter sur la sainte Écriture, principalement sur les matières douteuses et difficiles, enseigner ou expliquer les Écritures à quiconque n'aura pas étudié la théologie et n'aura pas été reçu par quelque université en renom, prêcher en secret ou en public, entretenir aucune des opinions professées par les hérétiques, est également un crime passible de la peine capitale. Les hommes périront par l'épée, les femmes seront enterrées vives, si un repentir sincère n'a expié leur funeste erreur. Les pécheurs obstinés seront brûlés vifs. Loger, soigner, nourrir, chauffer, vêtir un hérétique, ne conduit pas moins sûrement au supplice. Aux grands maux les grands remèdes.

La guerre a ralenti le cours de la justice; maintenant que l'abdication solennelle de Charles-Quint vient de faire passer le pouvoir aux mains de Philippe II, maintenant surtout que la paix est conclue, prêtez l'oreille aux gémissements qui s'élèvent d'Anvers :

« Dieu, père céleste, écoute notre plainte! sois notre gardien, ô Seigneur! Satan est plein de haine; il veut perdre nos âmes et anéantir les fidèles. Sa rage est sans limites. O Seigneur! Dieu tout-puissant, vois d'en haut ma détresse! Tant de gens ont déjà souffert ou sont morts pour la vérité! L'échafaud, le bûcher, la noyade,

2

nos persécuteurs, à leur honte, emploient tout
contre nous. N'est-ce pas là une grande cala-
mité? Voyez ce qui s'est passé à Anvers : le
margrave de Rijen, le chevalier Jan d'Immer-
zeel, est venu dans cette ville en l'année 1555.
Il a commencé à poursuivre ceux qui ne cher-
chaient qu'à vivre en paix et à marcher dans la
voie droite. Bientôt Pierre au pied-bot, Jean
le tondeur de draps, Hans le brodeur, Frans
l'armurier, ont quitté cette vie, sur le Marché,
pour aller rejoindre le doux fiancé. Jeannette
van der Leyen, jeune fille de Gand, ne pleurera
plus : sa vie s'est terminée dans l'Escaut. Bar-
thélemy le potier et la bonne Rommeken, —
Dieu les avait élus, — ils sont morts, eux aussi,
sur la place du Marché.

« Dans l'année 1556, deux encore sont allés
en paix. C'étaient des hommes sages et prudents, des hommes doux d'esprit. Abraham faisait beaucoup de bien ; Jan de Cudse également.
La place du Marché à Anvers les a vus tous deux
mourir.

« En l'année 57, ont à leur tour souffert dans
leur chair, dans leur chair fragile : Martin le
tisserand, George le vieux marchand d'habits,

Guillaume le tondeur de draps, Pierre le boulanger et Victor. Jérôme et Laurent van Gelder, Pierre le meunier, Jacques d'Ypres, Martin de Wael ont été jetés en prison, parce qu'ils se confiaient en Dieu. On les a décapités sur le quai d'Anvers, sur le Steen. L'épouse de Jérôme, Marguerite ; Jeannette, qui vivait près de Dentelaar, et Clairette, ont été noyées publiquement dans l'Escaut. On a vu flotter sur l'eau leurs beaux corps blancs. »

Ces répressions sévères, avant-courrières d'exécutions en masse, ne paraissent pas avoir eu le don d'émouvoir beaucoup la noblesse. En revanche, elle n'essaya pas de cacher son mécontentement quand Philippe II s'avisa de porter atteinte à ses privilèges. Philippe II était aussi, à sa façon, un réformateur. Il s'indignait, et à trop juste titre, de l'ignorance et de l'insouciance du clergé des Pays-Bas. Il voulut y porter remède et chargea un chanoine d'Utrecht, Sonnius, de régler cette affaire avec le pape. Par une bulle promulguée en 1559, Paul IV porta de quatre à dix-huit le nombre des évêchés. Noblesse et clergé s'indignèrent à l'envi. Les abbés se voyaient contraints d'abandonner une large part de leurs bénéfices aux nouveaux évêques; les nobles perdaient l'espoir d'obtenir, comme par le passé, des dignités ecclésiastiques. Ces dignités, en effet, allaient être désormais réservées aux docteurs en théologie : — « Évêque Sonnius, disait, dans sa parodie sacrilège de l'oraison dominicale, la chanson effrontée des chambres de rhétorique, votre nom est haï, votre royaume n'est d'aucune valeur, ni dans le ciel ni sur la terre. Vous mangez aujourd'hui notre pain quotidien. Nos femmes et nos enfants en ont grand besoin pourtant. O Seigneur, vous qui êtes aux cieux, délivrez-nous d'un pareil évêque! Ne nous laissez pas succomber à la tentation, mais gardez-nous de tous ces tonsurés. *Amen.* »

On a reproché à Philippe II, — les historiens ne se font pas faute, pour peu que l'occasion s'en présente, de faire la leçon aux rois, — on a reproché, disons-nous, à Philippe II de n'avoir pas apporté le secours de sa présence à la répression des premiers troubles. — « Les Flandres, répète encore aujourd'hui un blâme aussi prompt que facile, ne pouvaient pas être gouvernées de loin. » — N'oublie-t-on pas un peu, quand on formule avec tant d'assurance cette critique, l'immense étendue des domaines que le fils de Charles-Quint avait à surveiller? Les Flandres n'étaient pas son seul embarras, et jamais l'échiquier politique n'imposa au souverain des devoirs plus multiples. Ne pouvant être partout à la fois, ce joueur patient et laborieux s'était, comme l'araignée, placé au centre de sa toile. Napoléon Ier non plus ne pouvait pas être en même temps à Madrid et à Moscou. Ses affaires s'en seraient-elles plus mal trouvées s'il était resté à Paris? Philippe II, d'ailleurs, semble avoir, en s'embarquant pour l'Espagne, le 26 août 1559, laissé derrière lui une administration sérieuse et digne de sa confiance. Sans vouloir méconnaître le prestige qu'exerçait au xvie siècle la royauté, il est permis de mettre en doute l'efficacité de l'intervention personnelle du monarque dans une crise qui avait pris sa source au cœur même de la nation. L'ardeur de la séparation était telle, qu'elle aurait probablement franchi cette barrière comme elle a franchi toutes les autres.

Le duc de Savoie, gouverneur des Pays-Bas aux jours des batailles de Saint-Quentin et de

Gravelines, était rentré dans les États que lui
restituait la victoire. Il avait fallu lui trouver
un successeur. Le choix fut heureux. Au prince
d'Orange et au comte d'Egmont, le premier peu
sûr, le second peu capable, Philippe II préféra
sagement sa sœur la duchesse de Parme, fille
naturelle de Charles-Quint. Issue d'une famille
respectable d'Oudenarde, adoptée par la grande
maison de Hoogstraten, confiée dès son enfance
à Marguerite de Savoie, tante de l'empereur,
d'abord, puis, à la mort de Marguerite, à la
reine douairière de Hongrie Marie, sœur de son
père, c'est-à-dire à deux princesses successivement régentes des Pays-Bas, Marguerite était
née Flamande, avait reçu une éducation flamande, et semblait particulièrement désignée
pour gouverner des Flamands. Il y avait du
moins quelque chance pour qu'elle les comprît
et qu'elle les aimât, circonstance qui aida singulièrement le gouvernement de Charles-Quint
et qui eût complètement manqué au gouvernement direct de Philippe II, Espagnol de naissance, Espagnol par ses goûts, Espagnol on
peut presque dire d'instinct. Philippe II entoura
d'ailleurs sa sœur de trois conseils : un conseil

des finances, un conseil privé, un conseil d'État. En réalité, il remit le pouvoir aux mains exercées de l'évêque d'Arras, Antoine Perrenot, plus connu dans l'histoire sous le nom de cardinal Granvelle. Au milieu des grands hommes d'État qu'a produits l'Église romaine, le cardinal Granvelle a droit à une place à part. Il avait alors quarante-deux ans. Brave jusqu'à l'imprudence, doué d'une finesse extrême, entièrement dévoué à son maître, enclin néanmoins par tempérament aux moyens habiles plutôt qu'aux moyens extrêmes, fort occupé de mettre de l'ordre dans ses propres finances, l'évêque d'Arras, devenu archevêque de Malines, offrait le plus complet contraste avec ces seigneurs bruyants, endettés, presque toujours ivres, qu'il tenait en respect par sa réserve hautaine.

« Nous ne sommes plus que bien peu en ce monde, lui écrivait Philippe II, qui ayons souci de la religion. Mieux vaut tout perdre que manquer sous ce rapport à notre devoir. » — Tout perdre ! ce n'était pas l'avis de Granvelle. L'astucieux prélat estimait au contraire qu'un mélange de douceur et de force pouvait encore tout sauver. Il ne se montra jamais partisan de la

politique du désespoir. Déjà, au mois d'octobre
1560, il avait eu le courage de représenter au
roi la nécessité de céder au vœu le plus ardent,
le plus énergiquement renouvelé des Pays-Bas,
en leur accordant le rappel en Espagne des
troupes espagnoles : « Le cœur me saigne,
disait-il, quand je songe que cette belle infanterie va nous quitter; mais 3,000 ou 4,000 soldats ne suffiraient pas pour contenir les provinces,
et le trésor royal n'a pas même le moyen de
payer une compagnie. » — Avec son flair sub-
til, Granvelle n'aurait probablement pas reculé
devant certaines concessions; il n'en pouvait
faire ou conseiller sans s'exposer à devenir suspect aux passions froidement exaltées du monarque. S'il pesait sur les Flandres, l'Inquisition
pesait également sur lui. Tout avait paru juste
contre les Maures; les mêmes rigueurs pouvaient-elles s'appliquer sans inconvénient aux
hérétiques? Granvelle, au fond, ne le pensait
pas; il se voyait contraint d'agir comme s'il le
pensait.

Le 27 avril 1562, deux ministres de l'Évangile, Faveau et Mallart, condamnés depuis plusieurs mois pour infraction notoire aux édits de

1550, épargnés cependant jusque-là par une magistrature. hésitante, sont, d'après l'ordre formel et sans réplique du cardinal, conduits au bûcher qu'on vient de dresser sur la grande place de Valenciennes. Une émeute habilement concertée délivre ces malheureux au moment où la flamme commence à les envelopper. Le peuple entier se prête à favoriser leur fuite. Deux jours après, les troupes de Berghen et de Bossu entrent dans la ville. Hommes et femmes remplissent à l'instant les prisons. Le 16 mai, la majesté royale est vengée; des centaines de victimes ont expié, les unes sur l'échafaud, les autres sur le bûcher, l'insolent succès d'un moment.

Force reste à la loi. Seulement, depuis longtemps odieux à la noblesse, Granvelle est devenu dès ce jour le point de mire de toutes les chansons, le principal objet de l'exécration populaire. L'orage qui grondait se concentre avec une rapidité redoutable au-dessus de sa tête. Granvelle reconnaît sans peine la gravité du mouvement. Ce ne sont plus des mécontentements isolés qu'il s'agit de conjurer, c'est une révolution menaçante dont il faut retarder l'éclat

par un sacrifice encore possible. D'accord en
secret avec Philippe II, le cardinal renonce à la
lutte, et sans bruit, sans folle terreur non plus,
bat prudemment en retraite. Le 13 mai 1564, il
sort des Pays-Bas. Les loups ont maintenant la
partie belle ; ils ont commencé par obtenir, il y
a trois ans, l'éloignement des chiens ; aujour-
d'hui, c'est la retraite du berger lui-même qu'on
leur concède. Toutes les révolutions ont suivi le
même chemin : on s'attaque d'abord au ministre ;
l'assaut au souverain viendra ensuite. « L'acharnement des nobles contre moi, écrit Granvelle,
se comprend aisément : ils veulent réduire le
gouvernement à la forme républicaine. » La
république pourtant était encore loin : si la noblesse en préparait les voies, elle apercevait à
coup sûr moins clairement que Granvelle le
but auquel elle allait aboutir. Quelques pasteurs
peut-être rêvaient déjà l'établissement de la cité
de Dieu ; les nobles songeaient surtout à écarter
la concurrence étrangère et à rétablir leur
situation obérée.

Rien n'est logique dans le cours des événements auxquels se mêle la passion de la foule.
L'affolement d'un peuple en délire est conta-

gieux. Il gagne presque toujours le pouvoir même qui se sent avec effroi battu en brèche. Par la retraite de Granvelle, la régence se désarmait; elle ne changeait pas pour cela de politique. La persécution religieuse, excitée par les commandements réitérés venus de Madrid, reprenait avec un redoublement de rigueur. Au mois d'octobre 1564, quelques mois à peine après le départ de l'archevêque de Malines, un ancien carme, Christophe Fabricius, prêchait à Anvers. « Il tendait partout ses mauvais filets pour séduire les pauvres gens. » La trahison le guettait; l'arrêt de mort ne se fit pas attendre. Les doléances d'un peuple terrifié sont venues jusqu'à nous :

« O Anvers, opulente Anvers, cité impériale, infidèle à toi-même, ne pourra-t-on jamais vivre en paix dans tes murs ? Tous tes marchands sont semblables aux habitants de Capharnaüm. Dieu pour cela les plongera dans l'abîme. Tyr n'a jamais fait ce que tu as osé faire, et Tyr pourtant a été engloutie. Sidon, dans sa rage, n'a jamais bu, comme toi, le sang chrétien. Ta tyrannie ne se lassera-t-elle pas enfin ? La trahison occupe ton enceinte. Le méchant curé de l'église Notre-

Dame, aidé par une rusée femelle, a mis sa
perfidie à l'œuvre. Son nom est Simon; la
femme s'appelle la grande Marguerite. Elle ap-
partient à la secte jésuite qui met toujours les
enfants de Dieu dans l'embarras.

« Cette femme perfide alla trouver un ancien.
— Ami, dit-elle, mon esprit est très abattu.
Donnez-moi un bon conseil : comment puis-je
plaire à Dieu? Notre misérable curé m'accable.
Ce n'est pas moi, pauvre femme, qui puis le
contredire. Mais, vous, vous connaissez la vérité. Si moi pauvre brebis j'entendais vos pasteurs discuter avec le curé, mon cœur peut-être
saurait quel parti prendre. »

Toujours intrépide et portant le Christ dans
son cœur, Christophe, par charité, accueille
cette demande. Deux fois, il discute avec le curé.
Le papiste vaincu doit se retirer honteusement.
« Ami, dit Marguerite, le curé ne me plaît plus;
c'est à vous que je veux m'attacher. Désignez-
moi un jour où je puisse vous entendre. Je
cherche la vie éternelle. » La chose est conve-
nue, le jour fixé. Mais sur-le-champ le margrave est averti. Le 2 juillet, à six heures du
matin, Christophe, n'écoutant que son courage,

se présente au rendez-vous. Marguerite lui donne la main. C'est ainsi qu'elle a promis de le livrer.

Le margrave sanguinaire fait à l'instant saisir le bienfaisant pasteur. Il ordonne qu'on le conduise au Steen. Christophe est étendu sur le banc de torture. « Quels sont tes adhérents ? lui demande-t-on. — Demandez-moi ce que vous voudrez, répond Christophe ; je ne trahirai pas ma foi, j'ai confessé le Christ : pour le Christ j'abandonne ici ma vie. » Le tribunal s'assemble. Christophe s'adresse doucement au margrave : « Monsieur le bailli, lui dit-il, vous ne devriez pas juger contre le droit. Je vais appeler de votre sentence auprès de Dieu. » Le bailli confus s'écrie alors : « N'enseignez-vous donc jamais à la maison, dans les bois, dans les champs ? — Oui, certes, réplique le pasteur, j'enseignais ; Dieu le sait. Si j'éprouve aujourd'hui quelque regret, c'est de n'avoir pu le faire davantage. » Le bailli en colère lui rappelle les ordonnances du roi. « Les ordonnances du roi, répond l'honnête Christophe, ne vous serviront guère quand vous comparaîtrez devant le souverain juge, quand la trompette sonnera pour que

3

vous receviez le salaire après l'ouvrage. » Telle
fut la seule défense de Christophe. Ceci se passait le 4 octobre 1564.

« La victime s'en allait résignée porter son
offrande à la mort : on entendait tout à coup les
frères chanter en grande détresse. « Allons,
« bourreau, cria le bailli, hâte-toi ! achève ton
« office ! » Christophe était attaché au poteau. Le
bourreau le transperça. En ce moment le bas
peuple accourait et dispersait les soldats en leur
jetant des pierres. Hélas ! l'agneau était déjà
mort, brûlé, étouffé par les flammes. N'y a-t-il
pas lieu de verser des larmes ? »

A partir de ce jour le mouvement aristocra-
tique passe au second plan. Le drame est mûr ;
le rideau va se lever sur la plus épouvantable
tragédie des temps modernes. En 1564, les mécontents se tenaient pour satisfaits d'avoir obtenu l'éloignement du cardinal Granvelle et la
retraite des troupes espagnoles ; en 1565 déjà,
les exigences vont plus loin : c'est à l'Inquisition même qu'on s'attaque. Sous l'impulsion de
trois zélés calvinistes, — Jean de Marnix, seigneur de Toulouse, Nicolas de Hames, héraut
d'armes de la Toison d'or, et Gilles Le Clercq,

— la moyenne noblesse associe à ses revendi-
cations la haute bourgeoisie. Un pacte séditieux
est signé à Bruxelles : il portera le nom de
Ligue des nobles ou de *Compromis*. En 1566,
trois cents gentilshommes ayant à leur tête le
seigneur de Brederode, le plus brutal, le plus
emporté des seigneurs, et Louis de Nassau, le
propre frère de Guillaume d'Orange, viennent
présenter à la gouvernante une requête. La dé-
marche est audacieuse. C'est le bonnet rouge
qu'on offre à Louis XVI. La requête ne vise à
rien moins qu'à *l'adoucissement des ordonnances*, autant dire à la méconnaissance complète des ordres du roi.

L'indignation fut grande dans le conseil.
« Qu'avez-vous à craindre de pareilles rebelles ?
s'est écrié Berlaymont : ce ne sont que des
gueux ! » Oui, des gueux ! mais des gueux qui
mendient l'épée à la main et la carabine
sur l'épaule. Tous ces seigneurs grossièrement
égoïstes, qu'une prompte révolution peut seule
mettre en règle avec leurs créanciers, accèptent
gaiement l'injure et la prennent à l'instant pour
devise. Ils avaient formé une ligue, signé un
engagement : le comte de Berlaymont vient de

leur fournir un drapeau. Dans un de ces festins
qui se prolongeaient bien avant dans la nuit et
d'où les convives ne sortaient jamais qu'en
complet état d'ivresse, le sieur de Brederode fit
attacher à la voûte de la salle une besace de
frères mendiants. Les initiés prêtèrent sur cet
emblème le serment de résister à l'oppression
espagnole.

Par le pain, par le sel, par la besace,
Les gueux ne changeront quoi qu'on face.

Sans un drapeau distinct et sans une *Mar-
seillaise*, il n'y a pas de révolution possible. On
vit bientôt apparaître dans les rues de la capitale les plus nobles gentilshommes « accoutrés
de draps gris, portant, avec la barbe courte, de
longues moustaches à la turque » et, pendue au
cou, une médaille d'or. Sur un des côtés de
cette médaille on remarquait l'effigie de Philippe II entourée de ces mots : *En tout fidèles
au roi ;* sur l'autre face on trouvait deux mains
jointes et une besace.

Fidèles au roi ! ce fut de tout temps la prétention des oppositions étourdies ou hypocrites.

En connaissez-vous de plus pernicieuses au bon ordre et à la royauté? Des seigneurs débauchés qui chantaient à tue-tête les psaumes de Marot :

Tailler ne te feras imaige
De quelque chose que ce soit.
Sy honneur luy fais ou hommaige,
Bon Dieu jalousie en reçoit,

auraient eu, quelle que fût leur fidélité prétendue envers le souverain, mauvaise grâce à vouloir réprimer les excès des iconoclastes. Le 20 août 1566, la cathédrale d'Anvers est envahie par une multitude fanatique et hurlante. Les statues du Christ, de la Vierge, des saints sont mises en pièces; les tableaux, œuvres des plus grands maîtres, sont arrachés des murs; les vitraux sont brisés. La foule dans sa furie répand sur le parvis les hosties consacrées, boit dans les calices d'or, à la santé des gueux, le vin destiné au sacrifice; brûle les missels, livre les vieux manuscrits du moyen âge aux flammes et se sert des huiles saintes pour graisser ses chaussures. En quelques heures le plus beau temple des Pays-Bas n'est plus qu'une horrible ruine, une ruine souillée dans ses plus intimes

mystères par l'ignoble orgie populaire. Au bout
de quelques jours, quatre cents temples ou couvents, ravagés d'une extrémité à l'autre des
Flandres, ont subi le même sort.

Ce n'était pas là ce que voulaient les nobles.
La plupart se rejetèrent, effrayés, en arrière, et
la ligue, sans que la gouvernante eût besoin de
s'en mêler, se trouva de fait dissoute. Il était
trop tard. Philippe II, à cette heure, ne pouvait
plus pardonner; le peuple ne songeait pas
davantage à se soumettre. Il avait pris goût au
martyre et à la licence; deux choses qui sédui-
sent presque à un égal degré les masses. Pendant que du fond de son palais le souverain
ruminait et préparait sa vengeance, il se trouva
dans les Pays-Bas des fous pour oser compter
sur la clémence royale. S'ils l'avaient encore
humblement implorée ! Mais avec une légèreté,
une imprudence vraiment inexplicables, ils continuaient leur jeu dangereux d'opposants sous
la griffe prête à se détendre. Ils croyaient naïvement qu'il leur suffisait de répudier toute
solidarité avec le désordre pour pouvoir avec
impunité se permettre de peser, par leurs
doléances importunes et par leurs représenta-

tions légalement hypocrites, sur la politique
plus que jamais irrévocable du prince.

Guillaume d'Orange connaissait mieux Philippe. Dès les premiers jours du mois d'avril
1567, il se démettait de toutes ses charges et se
disposait à quitter les Pays-Bas. Parti d'Anvers
le 11 avril, il arrivait le 28, après avoir passé
par Breda, par le duché de Grave et par le duché de Clèves, à son château héréditaire de Dil-
lenbourg. Un accueil complaisant l'attendait en
Allemagne. L'empereur Maximilien II ne voyait
pas sans une satisfaction secrète les embarras
naissants de son cousin Philippe. Les souverains ont toujours aimé à voir leurs voisins
occupés; les rapports de puissance à puissance
en deviennent plus faciles. Sans la connivence
de l'Allemagne, les proscrits, assez nombreux
déjà, auraient manqué d'asile.

Tous n'allaient pas cependant chercher un
refuge à l'étranger. Les forêts marécageuses,
sur quelques points presque impénétrables, se
peuplaient peu à peu de rebelles. Ceux-là,
c'étaient les *gueux des bois*. Armés d'un mous-
quet jeté sur le dos, d'un poignard à la ceinture
et d'une longue demi-pique qui les aidait à

franchir les fossés, ces bandits, gens vigoureux
et décidés s'il en fut, répandaient la terreur autour d'eux. Ils en voulaient surtout aux prêtres
et aux officiers de justice. Quand ils tombaient
eux-mêmes aux mains des Espagnols, leur sort
était vite réglé : les Espagnols les enfermaient
tout vivants dans un tonneau et les faisaient
rôtir à petit feu.

Frères des gueux des bois, les *gueux de mer*
étaient tout simplement des pirates. De temps
immémorial, les côtes de la mer du Nord avaient
été infestées par la piraterie. On se rappelait
encore cette association redoutable de brigands
qui, sous le nom de *frères vitaliens*, vécut pendant plus d'un siècle aux dépens des villes hanséatiques. Chassés de l'île de Gothland, les vitaliens s'établirent, vers l'année 1397, sur le littoral de la Frise. Ils y occupèrent des repaires
fortifiés, se firent battre, sans se laisser détruire, par les vaisseaux de Lubeck et de Hambourg unis aux vaisseaux de Brême, de Groningue, de Kampen, de Deventer, s'allièrent
aux « Chenapans » et aux « Flibustiers », autres
hordes de bandits maritimes, et finirent, après
avoir ravagé les embouchures de l'Ems et du

Weser, par disparaître devant une indignation générale. Les gueux de mer furent les héritiers naturels des vitaliens. Toutes les côtes profondément découpées ont eu, chaque fois que la police navale s'est relâchée, leurs vitaliens, leurs gueux de mer ou leurs Uscoques.

Des brigands, des pirates, si audacieux qu'ils soient, ne composent pas une armée. Donnez-leur un chef respecté, ils sont capables de fonder Rome. Guillaume d'Orange fut le chef que toutes ces bandes éparses attendaient.

« On a vu afficher à Anvers », chantait la chronique rimée dont les fragments composent encore l'Iliade de la révolution flamande, « une « ordonnance du conseil ». Cette ordonnance défendait d'enseigner la parole de Dieu aux gens simples. Les bourgeois se sont lamentés, à la réjouissance des papistes. Le 11 avril, à sept heures du matin, le prince se présente avec sa suite sur la place de Meyr. « Qui aime la parole « de Dieu me suive! » dit-il à la foule. Il pleurait, en songeant à la grande oppression qui allait peser sur nous. Tous, grands et petits, pleuraient avec lui; tous lui criaient : « Nous « vous suivrons et n'en suivrons pas d'autres. Ne

3.

« nous abandonnez pas, car avec vous nous vou-
« lons vivre et mourir. » Les uns le suivaient à
pied, les autres à cheval. Beaucoup cependant
hésitaient encore, retenus par leur intérêt.
« Éloignez-vous, gens irrésolus, » leur criait le
prince. De honte on les voyait rougir. Combien
d'entre eux eurent sujet de se repentir! Il y eut
bien vingt mille élus qui ce jour-là quittèrent
Anvers. Un long gémissement parcourait la
foule. En Flandre aussi l'alarme était grande.
Le peuple avait peur partout. Chacun se sentait
persécuté, parce qu'il ne voulait pas adorer Bel,
La duchesse de Parme a aiguisé ses dents
sanglantes, avec tous ses rusés gens d'armes
qu'elle pousse en avant contre les chrétiens. Le
comte d'Egmont, — notez bien ceci, — a conduit par sa perfidie les gueux dans le filet. Il
combattait pour les églises catholiques. On
peut le comparer au vieux roi Saül, à ce roi qui
oublia les commandements de Dieu pour les
biens de ce monde. Son empire a été ainsi miné; il a été détruit par le Seigneur. Serviteurs
de Bel, rappelez-vous ce qui est arrivé au roi
Saül!

« Ne désespérez pas, chrétiens! vous souffrirez

de grands troubles, vous allez tomber dans la
pauvreté, saigner de maintes blessures. Ayez
foi néanmoins dans les promesses du Christ.
Réjouissez-vous quand même il vous faudrait
errer nus. Le Christ lui-même a connu la souffrance. Combattons pieusement aujourd'hui.
On peut nous haïr en ce monde; nous nous
réjouirons dans l'éternité avec le Christ. Les
temps sont venus qu'annonçait saint Mathieu
dans son xxiv° chapitre. Beaucoup de tyrans
résistent maintenant à la parole de Dieu; il est
aussi beaucoup de gentilshommes qui l'accep-
tent. Brederode et le comte palatin, le comte
Louis et le prince de Condé inaccessible à la
peur, l'amiral de Coligny lui-même, ont confessé la foi pour nous rendre pieux. On veut
faire aujourd'hui pleurer les gueux; ils finiront
bien par se venger un jour des perfides papistes.
Les principaux seigneurs allemands sont d'accord pour introduire la vraie doctrine dans les
Pays-Bas. Gueux, croissez en nombre et invoquons tous ensemble la protection de Dieu!
qu'il garde ces nobles seigneurs de quelque
contre-temps, afin qu'ils puissent librement et
sans crainte suivre son Évangile, combattant,

comme David, pour la vraie foi chrétienne! »

Le moment est critique. Les gueux traversent cependant une période d'espoir. Assisté en secret par la reine Élisabeth, le prince d'Orange rassemble en toute hâte des troupes. On en trouvait toujours en Allemagne quand on était en mesure de les payer. Dès les premiers jours du mois de mai, en l'année 1568, le comte de Nassau pénétra en Frise à la tête d'une armée de 10,000 fantassins et de 3,000 cavaliers. Il était temps que le duc d'Albe arrivât. Voilà donc Philippe II et Guillaume d'Orange ouvertement aux prises.

Le beau drame! Philippe II et Guillaume d'Orange y tiendront jusqu'au bout les principaux rôles. Si importants qu'ils soient, Albe, Egmont, de Horn, Louis de Nassau ne sont que des instruments ou des comparses. Philippe II est un passionné; Guillaume est un flegmatique. Camarades d'enfance, élevés sous le regard de Charles-Quint, leur antipathie mutuelle s'est révélée de bonne heure. Philippe est de son temps; Guillaume ne déparerait pas le nôtre. La tolérance dont on lui fait honneur semble toucher de bien près à l'indifférence religieuse. Tour à tour luthérien, catholique, calviniste, quatre fois marié, à une catholique d'abord, à une protestante ensuite, puis successivement à une abbesse échappée du cloître et enfin à la veuve d'une des victimes de la Saint-Barthélemy, abandonnant son fils aîné aux enseignements de l'université de Louvain, l'exposant même par sa fuite précipitée à ceux de la cour d'Espagne, s'il a jamais connu un fanatisme, ce ne peut avoir été que le fanatisme de la cause nationale. Il aime d'une ardeur sincère le sol injustement foulé par l'étranger, le peuple dont le cœur bat à l'unisson du sien. C'est un grand patriote et un froid chrétien, en dépit de la ferveur apparente de ses prières. Philippe aussi aime l'Espagne ; avant tout il chérit le Dieu dont il se croit, — avec une naïve, disons mieux, avec une attendrissante confiance, — le représentant sur la terre. Nul plaisir ne saurait le détourner de sa tâche, nulle épreuve ne le rebutera, nul échec ne le fera douter de la sainteté de sa mission. Le Dieu des armées ne lui ménage que des défaites ; il n'en reste pas moins convaincu qu'il est le soldat de Dieu. Le sacrifice d'Isaac ou d'Iphigénie ne l'effraierait

pas. Il travaille pour le ciel. Sous ce rapport, il
est grand comme tout être qui s'oublie lui-
même et qui obéit à une conviction profonde,
— grand comme Agamemnon et comme Abraham. Ses facultés sans doute ne sont pas à la
hauteur de son zèle ; telles qu'elles sont, il les
consacre toutes, sans réserve, sans scrupule,
sans tiédeur, au triomphe de la cause qu'il a
embrassée. On lui reproche d'avoir été soupçonneux, dissimulé, impitoyable. Comment ne
le serait il pas ? Il vit entouré de trahison. Son
secrétaire intime est le correspondant secret du
prince d'Orange ; on lui a dérobé jusqu'à la clé
de la cassette où il croit avoir enfermé en toute
sécurité ses papiers. Quand l'âme est naturellement religieuse, elle se donne à Dieu avec d'autant plus d'abandon que l'expérience de la vie
l'a plus complètement détachée de la créature.
Philippe et Guillaume ne se rencontrent que
dans un seul sentier, dans le sentier épineux du
devoir. Seulement le devoir, ils ne l'entendent
pas de la même façon.

Ne prêtons pas à l'homme d'État néerlandais
des visées trop hautes, une ambition par trop
philosophique. Si grand que soit un homme, il

est impossible qu'il ne porte pas dans une certaine mesure l'empreinte du siècle où il a vécu. Faire de Guillaume d'Orange un précurseur de Washington serait tomber dans le plus impardonnable des anachronismes. Philippe et Guillaume ont été deux ouvriers de bonne foi ; le ciel les aura probablement jugés sur leurs intentions. L'histoire n'est pas tenue à la même indulgence. Elle a toujours eu cependant un secret respect pour les plus grandes erreurs, quand ces erreurs ont inspiré de grands dévoûments. Nous sommes assurément plus éclairés, plus doux, jusqu'à un certain point même plus vertueux que l'étaient nos pères. Ils possédaient sur nous un grand avantage : ils étaient fiers. Ils l'étaient, parce qu'ils croyaient à l'importance de l'homme. Je ne connais point, pour ma part, de doctrine plus funeste, plus ennemie de tout ordre social, que l'humilité abjecte à laquelle un scepticisme railleur nous condamne. Cette humilité exagérée ne peut engendrer que la destruction de toute idée de devoir.

« Quel est celui, demanderons-nous par la bouche de Vondel, le grand poète néerlandais, qui est assis là-haut dans la lumière sans fond,

qui existe par lui-même, sans aucun appui du
dehors? Nommez-le-nous, décrivez-le-nous avec
une plume de séraphin.

— C'est Dieu! vont nous répondre les
anges. C'est Dieu, l'être infini, éternel, auteur
de toute chose. Vouloir le décrire, lui donner
un nom, n'est que profanation et indignité.
Chacun a un nom, excepté lui. Il fut, il est, il
reste immuablement le même. Seul il se connaît. A qui cette lumière a-t-elle été révélée?
A qui la splendeur des splendeurs est-elle ap-
parue? »

Voilà de belles paroles. Laissons-les planer
au-dessus de nos discussions puériles et de nos
querelles sanglantes. Le dogme a ses mystères :
respectons-les, sans chercher à les éclaircir.
Trop longtemps des mains indiscrètes se sont
obstinées à vouloir soulever le voile qui nous
dérobe la vue du sanctuaire. Le plus sûr moyen
d'honorer la divinité est peut-être de montrer
à toute heure, par nos actes, que nous avons
conscience de notre origine divine. Bien des
martyrs, sans doute, seront morts dans l'erreur : ils n'en auront pas moins été des martyrs, c'est-à-dire ce qu'il y a de plus grand et

de plus respectable au monde. Donner sa vie pour sa foi, c'est rendre le plus inappréciable des services à l'humanité, car c'est lui attester, par une affirmation solennelle, qu'il est quelque chose en nous destiné à survivre à la destruction de la matière. Que l'humanité le croie, et elle n'aura plus sujet de maudire avec Job les genoux qui l'ont portée.

LA TERREUR DANS LES FLANDRES

I

Parti de Madrid le 15 avril 1567, le duc d'Albe s'était embarqué le 10 mai à Carthagène. Les galères d'André Doria le transportaient, avec la majeure partie de ses troupes, à Gênes. De Gênes il lui fallut trois mois pour gagner, par le Mont-Cenis, la Savoie, la Bourgogne et la Lorraine, la frontière du Luxembourg. Le 22 août seulement il entrait à Bruxelles. On voit, par cet exemple, de quelles difficultés se trouverait entourée, pour la monarchie espagnole, une action militaire dans les Pays-Bas, le jour où Philippe II ne pourrait plus compter sur les

troupes wallonnes [1], et où la voie de mer lui
serait fermée.

Le duc amenait, dans les provinces que Philippe II confiait à sa main de fer, 20 000 hommes
environ, 20 000 hommes dont les longues guerres du Milanais avaient fait des soldats in-
comparables. Son nom seul, fût-il venu moins
bien accompagné, aurait suffi pour répandre la
terreur dans les Flandres. On n'y connaissait
que trop bien son humeur sombre et rude, son
caractère résolu, son fanatisme impitoyable.

Le 9 septembre, Albe convoquait au palais du
gouvernement un grand conseil. Les comtes
d'Egmont et de Horn commirent l'imprudence
de se rendre à son appel. A l'issue de la séance,
Albe les fit arrêter. La duchesse Marguerite de
Parme comprit que son rôle était fini. Il n'entrait ni dans ses goûts ni dans ses aptitudes de
s'associer à cette politique de violence : elle se
démit de sa charge de gouvernante. Resté maître
de la situation, le duc put, en vertu des ordres

---

1. Le pays wallon comprenait la majeure partie des terri-
toires dont se compose aujourd'hui la Belgique. C'était une
pépinière d'excellents soldats. On y parlait généralement le
français.

secrets dont il était porteur, donner un libre
cours à la répression. Sous le nom de *Conseil des
troubles*, il institua un tribunal suprême et l'in-
vestit du droit de juger sans appel. Le peuple,
à juste titre, trouva un autre nom pour cette
cour souveraine : il l'appela le *Conseil du sang*.

« Le jacobinisme, a dit un grand esprit, n'est
pas une opinion, c'est une méthode. » Le Conseil des troubles et le Tribunal révolutionnaire
n'eurent-ils pas, en effet, la même jurispru-
dence? Deux siècles avant la révolution française, le duc d'Albe fut un jacobin. Type achevé
de l'obéissance passive, il ne dévia pas un instant de sa ligne. On lui avait montré le but
qu'il devait atteindre : il y marcha aussi exempt
d'emportement que de remords, écrasant avec
calme la foule sur son passage, impassible
comme le char de Jagernauth. Ne perdons pas
d'ailleurs de vue le temps où vivait Albe. On
sortait à peine de la barbarie. Habitué à faire
peu de cas de sa vie, que depuis quarante ans il
exposait journellement sur tous les champs de
bataille, ce dur soldat sexagénaire disposait avec
une égale insouciance de la vie des autres. Quel
tort leur faisait-il, après tout? Il ne les retran-

chait de ce monde que pour leur ouvrir le ciel.
Ses traits nous ont été transmis fidèlement : ils
respirent à la fois la hauteur et l'inflexibilité.
Deux croyances avaient pris, dès l'enfance, possession de son âme : la foi en ce Dieu vengeur
qui avait chassé les Maures de l'Espagne, la foi,
également absolue, dans l'infaillibilité du seul
être qu'il voulût, après le souverain-pontife,
confesser plus grand que les Toledos. On a pré-
tendu qu'il était jaloux d'Egmont. Pour qu'une
semblable petitesse fût vraisemblable, il faudrait
que l'altier représentant de Philippe II eût con-
senti à voir dans Egmont son égal. Ce serait
bien mal connaître une âme espagnole que de la
supposer capable de descendre ainsi du faîte de
son arrogance. L'orgueil d'un grand d'Espagne,
à cette époque, semblait avoir été taillé à la
mesure d'un empire sur lequel le soleil ne se
couchait pas. Ni comme général, ni comme descendant des alcades de Tolède, Albe ne pouvait
s'abaisser à envier la naissance ou la gloire d'un
comte d'Egmont[1]. L'arrestation du comte et

1. Voyez à ce sujet les *Corsaires barbaresques*, p. 30, 31, 39,
40, 48, 57, 58, 75, 224, 239, 240, 241, 260, 305, 306, 307 et les
notes 26 et 27 à l'appendice, p. 347 et 348. Voyez aussi la

celle de l'amiral de Horn furent un acte pure-
ment politique, un acte prémédité de longue
date entre le duc d'Albe et Philippe II. Les événements qui se précipitaient n'allaient pas tarder
à la justifier.

Le comte Louis de Nassau, nous l'avons dit,
était entré en Frise dans les premiers jours du
mois de mai de l'année 1568. Bientôt, des bords
lointains du Zuyderzée, un cri de triomphe
arrive jusqu'à Bruxelles. D'écho en écho, les
chambres de rhétorique se chargent de le pro-
pager dans les Flandres.

« Le Seigneur a daigné assister son peuple
dans le pays de Groningue. Entonnons en son
honneur un chant de reconnaissance. Le 23 mai,
vers six heures du soir, une grande clameur
annonça la grâce de Dieu à Heiligerlee et aux
environs. Le comte Louis est sorti de Dam. Son
frère Adolphe l'accompagne ; le comte Joost
Schouwenburch aussi, avec maint lansquenet
intrépide. Fuiraient-ils, par hasard? Non! ils
ne fuient pas ; ils cherchent un champ de bataille plus convenable. Ce champ de bataille,

Guerre de Chypre et la Bataille de Lépante, t. Ier, préface,
p. VII, IX, et XVII; Plon et Nourrit, éditeurs.

ils l'ont trouvé dant Winschoten. Leur armée s'est divisée en cinq corps. C'est Dieu même qui les inspire. Les cavaliers garderont la grande route, les Wallons occuperont un château d'où ils pourront tirer à couvert. Un petit groupe s'est posté près du gibet; les double-soldiers s'embusquent sur la hauteur, du côté de l'ouest; les Allemands se sont rangés le long du marais. La plupart ont pour arme un long fusil espagnol conquis sur l'ennemi. Le comte d'Arenberg, emporté par son ardeur, pousse son cheval en avant. Il entraîne à sa suite dix compagnies de cruels Espagnols. Ces Espagnols pourraient-ils permettre que cinq compagnies de Frise les devancent? « Nous écraserons, disaient-ils, cette « chétive troupe sous nos pieds. » Menottes, chaînes, cordes, ils avaient tout préparé pour emmener leurs prisonniers. « Pendez, assommez! » tel était leur cri de guerre. Mais à peine sont-ils sortis du bois que beaucoup commencent à courber la tête.

« Arenberg, le premier [1], s'est montré assis sur son cheval. L'artillerie espagnole se met

---

1. Arenberg, le 23 mai, était en proie à un violent accès de goutte.

en bataille. Elle éclate : le peuple de Nassau se
jette à terre. Les cavaliers occupent une position qui les protège ; les double-soldiers eux-
mêmes ne font que des pertes peu sensibles. Le
tir des Espagnols est précipité ; les soldats de
Nassau dirigent mieux leurs coups. Les cavaliers, en ce moment, prennent l'offensive. Ils
s'emparent de la grosse artillerie. Les Wallons
sortent de leurs retranchements, les double-
soldiers s'approchent avec le comte Louis. Les
piques s'enfoncent avec fureur dans les rangs ;
on entend résonner les épées. Maint bon fusil
fut en ce moment cassé sur la tête de l'Espagnol.
Chacun s'efforçait de pousser en avant. Bientôt
l'ordre des Espagnols est rompu ; leur courage
commence à fléchir. Le combat n'a pas duré
une demi-heure. Les fuyards vont le payer cher.
Dans le marais, dans la forêt, une lieue à la
ronde, on trouvera des Allemands et des Espagnols, morts pour la plupart. Dans le Dollaert[1],
des tas d'hommes se sont noyés. Le cheval du
comte d'Arenberg est tombé dans un fossé. En

---

1. Le Dollaert est un golfe creusé par les inondations de
1277 et de 1287, à quelques lieues en deçà de l'embouchure de
l'Ems.

un instant, le comte a été percé de coups. Son
lieutenant Groesbeck parvient à s'échapper.
Plus de dix-huit cents hommes de l'armée espagnole ont péri; le peuple de Nassau n'a pas
perdu quarante hommes. Émerveillez-vous de
l'œuvre de Dieu!

« Le comte Adolphe, malheureusement, est au
nombre des morts. Le chancelier du comte Louis
est aussi tombé sur le champ de bataille. Les blessés sont nombreux ; leur vie, généralement, n'est
pas en danger. Que Dieu leur soit en aide!

« Deux cent trente Allemands sont restés prisonniers. D'Arenberg avait fait demander aux
moines beaucoup de chariots. On avait rempli
ces voitures de poudre, de boulets, de pain et
de vin. Chariots et chevaux sont restés aux
mains des soldats de Nassau. Et l'artillerie ame-
née de Groningue, ces six pièces que les Espagnols appelaient leur orchestre, — *ut, ré, mi,
fa, sol, la*, — que sont-elles devenues? Elles
suivent maintenant le comte Louis. Le Seigneur
a permis que les ennemis de sa parole, les
oppresseurs des âmes pieuses, fussent étouffés
en peu de temps.

« N'attribuez pas ce succès aux hommes : ce

serait un pur mensonge. A Dieu seul en revient
l'honneur. Si Dieu nous a fait longtemps attendre, ne vous en prenez qu'à nos péchés. L'heure
n'était pas venue : Dieu peut bien plus encore. »

La guerre de Quatre-vingts ans est commen-
cée. Retenons la date du combat d'Heiligerlee[1] :
tous les Hollandais la connaissent. La journée
du 23 mai 1568 a son importance dans l'histoire
de l'humanité.

1. Heiligerlee! ne cherchez pas ce nom dans Bouillet, vous
ne l'y trouveriez pas ; mais vous le découvrirez sur la carte de
MM. Vivien de Saint-Martin et Fr. Schrader, à quelques kilomètres à l'ouest de Winschoten. Les Français ont eu longtemps la réputation de rester insensibles aux charmes de la
géographie. Le reproche aujourd'hui serait mal fondé. La
géographie est maintenant en France une science à la mode.
L'histoire de la Révolution des Pays-Bas gagnera beaucoup à
être lue avec une carte sous les yeux ; car le territoire des
Pays-Bas est encore, si je ne me trompe, un de ceux qui nous
sont le moins connus. On prête aisément ses goûts aux autres ;
pour moi, je l'avouerai, la découverte d'un nom longtemps
cherché sur la carte est une sensation remplie de la plus
joyeuse et de la plus intime volupté. Le texte s'en illumine à
l'instant d'une clarté subite.

II

C'est le lendemain d'un échec qu'il faut juger un général. Tant que la fortune continue d'enfler ses voiles, le plus médiocre capitaine peut suffire. Le jour où il faut faire face à une situation compromise, la force d'âme d'un Pélissier n'est pas de trop[1]. A la suite du combat d'Heiligerlee, la domination des Espagnols dans les Flandres était en péril. Les mécontents pouvaient prendre confiance en eux-mêmes; soldats et argent allaient affluer dans le camp de Guillaume d'Orange. Albe apprécia du premier coup d'œil le danger. Il pensa sur le champ à le con-

1. Voyez, dans la *Revue des Deux Mondes* du 1er décembre 1885, le *Siège de Sébastopol*.

jurer, — à sa façon, par une de ces mesures qui lui étaient familières et que n'aurait pas désavouée, en 1793, le Comité de salut public. Albe avait dans les mains deux otages : Horn et Egmont. S'il eût pu regretter quelque chose, c'eût été que ces deux otages ne fussent pas plus illustres encore : il les aurait immolés avec le même sang-froid au prompt rétablissement des affaires de son maître.

Horn et Egmont, depuis quelques années, jouaient un jeu dangereux. Ils taquinaient en enfants gâtés le pouvoir, le harcelant sans cesse de leurs remontrances, armant contre lui l'émeute et affichant l'étrange prétention de n'en rester pas moins de très fidèles sujets. Moins résolus que le prince d'Orange, ils voulaient cependant comme lui, tout autant que lui, « par affection pour leur gracieux souverain, chasser les forces de Sa Majesté des Pays-Bas ».

De haute naissance, investi des importantes fonctions d'amiral, office qui lui assurait un rang au moins égal à celui des stathouders, intrépide soldat, honnête autant qu'on pouvait l'être au xvi⁰ siècle, de Horn restait, malgré tous ces avantages, dans l'arène politique, un person-

4.

nage effacé. Sa nature concentrée, son humeur morose, son manque de décision, son goût instinctif pour la retraite, le disposaient mal à jouer les principaux rôles. Ce n'était pas là l'homme qui eût pu inspirer à un peuple soulevé l'enthousiasme. S'il jouissait de quelque faveur près des masses, il le devait à ses complaisances pour les calvinistes. Les pasteurs le goûtaient plus que la foule, bien qu'il restât en apparence, qu'il fût peut-être même au fond, aussi bon catholique que Granvelle. Philippe II, qu'il avait accompagné en Espagne au mois d'août 1559, le tenait, dès cette époque, pour suspect. A la veille de rentrer dans les Pays-Bas, Horn commit l'imprudence de se faire, près du souverain secrètement irrité, l'écho importun et indiscret des plaintes que la noblesse flamande ne cessait de proférer contre Granvelle. « Qu'avez-vous donc à reprocher au cardinal? s'écria Philippe avec impatience : vous me parlez toujours de cet homme à mots couverts; vous n'articulez aucun fait[1]! »

La colère d'un roi d'Espagne était, au

---

1. Voyez la *Guerre de Chypre et la Bataille de Lépante*, t. Ier, p. 156, 157 et 158; Plon et Nourrit.

xvie siècle, un orage d'autant plus à craindre que la cime menacée dominait de plus haut les autres. L'amiral se retira, si troublé, assure-t-on, par cette scène violente qu'il ne pouvait plus retrouver pour sortir la porte par laquelle il était entré. La leçon néanmoins ne lui profita guère. De retour à Bruxelles, il se laissa de nouveau entraîner dans le camp d'une opposition tracassière. Il appartenait à cette classe d'esprits chagrins qui ne saurait jamais perdre l'habitude du murmure. La régente sans doute exagérait beaucoup, quand elle l'accusait « de pousser au meurtre de tous les prêtres et de tous les moines ». S'il n'y poussait pas, il y conduisait au moins le peuple, à son insu. Le peuple s'arrête rarement à demi-chemin. La place du malheureux comte était donc marquée d'avance sur la liste des proscrits, le jour où Philippe se déciderait enfin à entrer franche-ment dans la voie des rigueurs. Il n'existait pas au xvie siècle un seul souverain qui pût com-prendre ce qu'on est convenu d'appeler en Angleterre, trois cents ans plus tard, « l'oppo-sition de la reine ». Soumis ou rebelle, il n'y avait pas de milieu. Ce n'était pas à Philippe qu'il fallait reprocher d'avoir introduit cette doctrine dans la politique. L'époque tout entière en était imbue. Le comte de Horn était, comme par miracle, sorti vivant de l'antre du lion. Son frère, le comte de Montigny, l'y suivit à quelques années d'intervalle : il n'en revint pas.

Egmont était un mécontent de bien autre portée que Horn et Montigny. Grande figure, faible tête, voilà l'homme que l'histoire nous montre. La politique ne fait que bien rarement des rencontres heureuses sur les champs de bataille. Il y a des qualités qui s'excluent. Si la révolution, déjà latente en 1559, eût été appelée à se donner un chef apparent, c'est incontestablement vers Egmont qu'elle eût à l'instant couru. Sa dernière victoire avait fait du héros de Gravelines l'orgueil des Flandres. Idole du soldat, jeune encore, ouvert, chevaleresque, magnifique, étourdi et brillant, il était de ces preux qu'une foule armée aime à élever sur le pavois. On peut croire que sa fidélité l'eût, aussi bien que Germanicus [1], défendu de ce

1. On sait avec quelle honnête énergie le fils de Drusus, le neveu de Tibère, repoussa, en l'année 14 de notre ère, après la mort d'Auguste, les acclamations séditieuses des légions de Germanie qui voulaient le proclamer empereur.

périlleux honneur. On ne trouve son nom dans
aucune tentative de révolte ouverte. Les instances de Guillaume ne parvinrent jamais sur
ce point à l'ébranler. Il resta loyal ; il resta de
plus sincèrement catholique. La foi du comte
de Horn était depuis longtemps quelque peu
ambiguë; celle d'Egmont sut, au contraire,
demeurer jusqu'au bout à l'épreuve de toutes
les hérésies. De naissance, d'instinct, de tempérament, Egmont appartenait au catholicisme.
Son âme de soldat et de grand seigneur s'épan-
chait facilement au dehors. Les cérémonies du
culte la remplissaient de ce charme intime qui
est, chez les nations latines et celtiques, une
des plus grandes forces de l'Église romaine. La
nature l'avait créé pour vivre au milieu des
fumées de l'encens, pour élever son cœur jusqu'au Très-Haut sous la voûte des cathédrales.
Il repoussait comme outrageante pour la noblesse flamande la suprématie politique des
Espagnols; il n'eut pas un instant la pensée de
se séparer de leur Dieu.

Quand il était encore permis de croire à l'efficacité des requêtes, ce fut Egmont que les
seigneurs, impatients du joug de Granvelle,

choisirent pour aller exposer au roi leurs
doléances. Enivré des honneurs dont Philippe
l'entoure, Egmont revient à Bruxelles sans avoir
rien obtenu. Il a positivement oublié en route
le but de sa mission. Philippe lui déclare « qu'il
aimerait mieux perdre mille fois la vie que de
céder sur l'article de la religion ». Le vainqueur
de Gravelines trouve la déclaration toute naturelle. Il ne s'en étonne ni ne s'en émeut. Et
pourtant c'était bien la cause de la liberté de
conscience qu'on l'envoyait plaider ! Est-ce au
moins un sujet soumis qu'a retrouvé Philippe?
La soumission ne survivra pas à l'influence
exercée par la présence du monarque. Egmont
est retombé promptement dans ses anciennes
turbulences, dans ses provocations incorrigibles.
Ce chrétien, ce dévot, s'oubliera même un jour
jusqu'à tirer l'épée en plein conseil contre le
cardinal, contre un prince de l'Église! Le cardinal parti, Egmont ne sera pas encore satisfait.
On le verra mettre son agitation, — cette agitation si facile à exploiter, — au service d'un
autre grief. Il y a toujours des griefs pour les
esprits naturellement factieux.

Né en 1522, le comte Lamoral d'Egmont

commandait à l'âge de trente-cinq ans la cavalerie du roi. Descendant direct des anciens rois frisons, comptant au nombre de ses ancêtres des ducs qui avaient osé, au xvᵉ siècle, disputer successivement à la maison de Bourgogne et à la maison d'Autriche le pouvoir, l'ami du comte de Horn, l'ennemi du cardinal Granvelle, était le représentant né de la haute noblesse néerlandaise. Son père avait épousé Françoise de Luxembourg, princesse de Gâvre ; son mariage avec Sabine de Bavière le faisait, en 1545, le beau-frère de l'électeur Palatin ; la bienveillance marquée de l'empereur Charles-Quint lui assurait un siège dans le chapitre des chevaliers de la Toison d'or.

Investis des grands privilèges attachés à l'ordre que fonda, en 1429, Philippe le Bon « à la gloire de Dieu, de la sainte Vierge et de saint André, patron de la maison de Bourgogne », Horn et Egmont se réclamèrent en vain de cette juridiction exceptionnelle. Ils furent jugés et condamnés comme des rebelles vulgaires. Tous les factieux étaient égaux devant Philippe II et devant le duc d'Albe.

Dans le supplice des deux comtes vous re-

marquerez cependant une dernière concession
au rang élevé d'où la fortune ennemie les faisait descendre. Un évêque fut chargé de les
assister à leurs derniers moments. Au XVIe siècle,
on ne conduisait pas encore à l'échafaud les
gentilshommes et les reines en charrettes. La
mort d'Egmont surtout eut à la fois quelque
chose de touchant et de théâtral. Depuis le
1er juin, le sang coulait sur la place du Marché à
Bruxelles. Dix-huit gentilshommes étaient déjà
tombés sous la hache du bourreau. Le 5 juin,
les comtes d'Egmont et de Horn payèrent à leur
tour la dette fatale que tant d'autres après eux
devaient acquitter. Sur une estrade recouverte
de drap noir, deux carreaux de velours étaient
posés. Une épaisse draperie se déployait en arrière et dissimulait la présence du bourreau.
Libre de ses mouvements, Egmont, le premier,
traverse d'un pas ferme la place au centre de
laquelle est dressé l'échafaud. Il gravit les de-
grés, jette de côté son chapeau orné de plumes
blanches, sa robe de damas rouge, son manteau bordé de galons d'or, son collier de chevalier de la Toison, baise le crucifix que lui tend
l'évêque d'Ypres; puis, un bonnet de Milan

abaissé sur les yeux, la prière aux lèvres, il s'agenouille. Au moment où il prononçait ces dernières paroles : « Seigneur, je remets mon esprit entre tes mains », l'exécuteur apparut soudain et d'un seul coup lui abattit la tête.

Le comte de Horn ne baisa pas en s'agenouillant le crucifix ; il ne repoussa pas toutefois les secours religieux que lui offrait l'évêque. Il mourut sans faste, sans faiblesse, en homme dégoûté des honneurs et de l'existence, maussadement, s'il est permis de s'exprimer ainsi, « vêtu d'un habit noir très simple et d'un manteau de même couleur ».

L'émotion dans Bruxelles fut immense ; c'était surtout le comte d'Egmont que le Brabant pleurait. Le deuil pour les calvinistes semble s'être adressé de préférence à la mort de l'amiral. Horn, à diverses reprises, avait donné aux calvinistes de secrètes preuves de sa sympathie. Son attitude même à la dernière heure venait de trahir un penchant mal dissimulé pour la cause de la réforme. La chronique rimée, à laquelle nous avons déjà fait de si nombreux emprunts, nous rendra fidèlement l'impression des spectateurs de la dramatique et funèbre journée :

5

« Le comte d'Egmont, raconte-t-elle au peuple, qui s'en transmet avec avidité les vers de bouche en bouche, allait à l'abattoir comme une brebis. Courageusement, il se dirigeait vers la place où il devait mourir. « Seigneurs et bour-« geois, demandait-il, n'y a-t-il pas de grâce? » Personne ne lui répondit. « Je ne suis donc « plus à cette heure qu'un pauvre comte, dit Eg-« mont, que me sert d'être gentilhomme? Eh « bien! puisqu'il le faut, qu'il en soit ainsi! » Résigné, il plie les genoux sur le coussin préparé, joint les mains, lève les yeux au ciel et offre à Dieu son noble sang. En ce moment le bourreau a tiré son épée et tranché la tête du comte. Le sang du chevalier de la Toison d'or jaillit de tous côtés sur l'échafaud. Dieu se charge de la vengeance du comte d'Egmont.

« Maintenant s'avance, noble de tige et de sang, aimant la douce parole de Dieu, le vaillant comte de Horn. Comme la brebis que le boucher conduit à la mort, il marchait doucement vers le lieu du supplice. Là était couché le comte d'Egmont, le corps couvert d'un épais drap noir. Horn soulève le drap : « Est-ce vous, Eg-« mont, que je vois ainsi étendu à mes pieds?

« M'avez-vous déjà devancé? Je vais vous rejoin-
« dre sur le champ. » Le prêtre de Baal, avec ses
mômeries, s'est approché du grand comte. « Va-
« t'en! lui dit le comte en gémissant. Tu m'ap-
« portes un avant-goût de la mort. » Horn savait
que c'était là un enfant du diable et du pape, né
de l'Antéchrist, altéré du sang de l'innocent.

« Horn a trouvé devant lui un coussin. Il
plie les genoux, joint les mains, lève les yeux
au ciel et sort de cette vallée sans crainte. Seigneur, souviens-toi du tyran qui l'a fait périr!

« O duc d'Albe, n'étais-tu donc pas rassasié
du sang que tu as versé dans Naples, de celui
des braves gens dont tu as causé la mort devant
Metz? Fourbe, qui mêlais de la chaux vive au
pain! Aussi traître, aussi perfide que Néron,
avec tes dents sanglantes, semblable à Pharaon
et à Jézabel, tu viens dans les Pays-Bas comme
le méchant et violent Hérode, pour pendre,
pour assassiner, pour écarteler. »

Ce n'est pas à Hérode que me fait penser le
duc d'Albe. S'il est un souvenir qu'évoque dans
ma pensée le vieux duc sanglant, c'est bien
plutôt le souvenir de Richelieu. De 1568 à 1632,
la pitié aurait dû, ce semble, faire quelque pro-

grès. Nous retrouvons pourtant, à trois quarts
de siècle d'intervalle, la même insensibilité, la
même résolution de tout sacrifier au bien de
l'État. Quand il s'agit de punir l'oubli du devoir
envers le prince, de couper court à la rébellion,
l'homme d'église et l'homme de guerre ont, à
un égal degré, la main lourde. D'une fenêtre
ouverte en face de l'échafaud, le duc d'Albe
assistait à la double exécution. Il ne put, dit-on,
retenir ses larmes. Si le duc d'Albe pleura, ce
ne fut pas, on peut en être certain, sa conscience inquiète qui révéla ainsi de secrètes
anxiétés. Le duc d'Albe était pleinement tranquille vis-à-vis de lui-même. S'il n'eût pas fait
justice, peut-être aurait-il pu connaître le remords. Réparer le tort fait à son roi, assurer
par un acte éclatant ses derrières, laisser, pendant qu'il allait marcher à l'ennemi, tous les
mécontents terrifiés, ne pouvait, au contraire,
qu'inspirer la sécurité à son esprit et une satisfaction sans mélange à son âme. L'incertitude
en matière politique, comme le doute en matière
religieuse, est une maladie de notre âge ; au
temps d'Albe et de Philippe II, on ne connaissait pas encore cette faiblesse. A part quelques

Italiens sceptiques, tout le monde avait alors une idée juste ou erronée de son devoir, tout le monde y obéissait avec une férocité de bon aloi. On vivait au milieu de braves monstres et d'honnêtes assassins. Notre mollesse aujourd'hui a pris d'autres allures. Ne vous y fiez pas trop cependant : à la première émotion populaire la bête fauve reparaît; nous redevenons les vrais fils de nos pères, des croyants comme eux, et comme eux aussi des fanatiques. Jeter la tête de Horn et la tête d'Egmont dans le camp du capitaine rebelle enflé de son triomphe, ou la tête de Marie-Antoinette dans le camp de l'envahisseur étranger, sont deux actes qui relèvent de la même passion convaincue, d'une passion froidement, brutalement implacable et sauvage.

III

Il existait bien dans les Pays-Bas, en 1568, un parti que nous n'hésiterons pas à désigner sous le nom de « parti national ». Ce qui manquait complètement, c'était une armée nationale. Les combattants que Guillaume d'Orange se proposait d'opposer aux vieilles bandes espagnoles devaient venir en majeure partie de France ou d'Allemagne. Louis de Nassau avait franchi l'Ems avec des soldats allemands et des capitaines émigrés ; il venait de remporter un avantage signalé sur le comte d'Arenberg. Nulle barrière bien marquée ne s'interposait plus entre son armée et le pays situé au nord des trois branches du Rhin. Les provinces de Groningue, de Frise, de Drenthe, d'Overyssel, de Gueldre, d'Utrecht, de la Hollande septentrionale elle-même, lui étaient ouvertes. La Hollande méridionale, au contraire, le Brabant, la Zélande, les deux Flandres, le Hainaut et Namur, restaient encore à l'abri de ses coups, à l'abri également des irruptions françaises. La Meuse, comme un vaste rempart, embrassait toute cette portion du territoire néerlandais dans le cercle protecteur qu'elle décrit de Namur à Gorcum[1]. De ce côté, il est vrai, Orange se montrait menaçant. Seulement, grâce à l'obstacle d'un fleuve difficile à franchir, il fallait peu de forces pour tenir Orange en respect. Ce n'était ni à l'est ni au sud qu'était pour la domination espagnole le danger sérieux ; tournez-vous vers le nord, vous verrez le péril se dessiner sous l'aspect le plus inquiétant. Si les provinces septentrionales se déclaraient en faveur de Louis de Nassau, Albe aurait, avant d'avoir pu seulement tirer l'épée, près de la moitié des Pays-Bas à reconquérir.

Ce gras pays, fait en majeure partie, grâce à

1. Gorcum ou Gorinchem sur la carte de MM. Vivien de Saint-Martin et Fr. Schrader.

l'apport séculaire de nos fleuves, de bonne terre
de France, ce pays sur lequel devait se poser un
jour la griffe impériale comme sur un domaine
sujet à revendication, n'est qu'une vaste prairie
là où il n'est pas un marais. Il s'étend, sans
ondulations sensibles, jusqu'à la mer du Nord,
coupé à chaque pas de ruisseaux, de canaux,
de fossés. L'océan germanique, au cours du
xII^e et du xIII^e siècle, y a pratiqué une large
brèche. Engloutissant sous ses flots des centaines de villages frisons, allant rejoindre d'i-
nondation en inondation l'ancien lac Flevo, il
couvrit alors un espace de près de seize mille
kilomètres carrés et donna naissance à la mer
intérieure, si connue sous le nom de Zuyderzée,
Quand on étudie sur la carte ce pays découvert,
on serait tenté de croire qu'une armée victorieuse trouvera pour l'envahir autant de facilités
qu'en a rencontrées la mer. On se tromperait
étrangement. A défaut d'arrêts naturels, l'art a,
de bonne heure, dans cette contrée plate, établi
une longue chaîne de points de résistance. Les
pirates normands ont les premiers appris aux
habitans des Pays-Bas la nécessité de se ménager des refuges contre leurs descentes. Au temps

de Charles le Téméraire, Philippe de Commines
comptait dans les Pays-Bas 208 villes entourées
de murailles et 60 forteresses.

Ni Louis de Nassau, ni Guillaume d'Orange
ne possédaient encore une seule de ces places
fortes. Aussi longtemps que semblable conquête
n'aurait pas été accomplie, leurs armées ne seraient que des bandes errantes manquant abso-
lument de bases d'opérations. La victoire rem-
portée à Heiligerlee semblait devoir ouvrir à
Louis de Nassau les portes de Groningne. Malheureusement, la place était trop bien gardée.
Le comte de Meghem s'y était jeté avec les
troupes qu'il amenait pour prendre part au
combat et qui n'avaient pu que recueillir les
fuyards échappés à la poursuite des cavaliers
de Nassau. Le comte Louis dressa son camp
sous les murs de Groningue, demandant vainement à ses partisans secrets des subsides pour
payer ses troupes et ne sachant déjà plus par
quel moyen il pourrait retenir sous ses drapeaux une armée à laquelle il n'avait à promettre
ni solde ni pillage. De grandes causes, d'importantes questions morales étaient en jeu ; les
soldats de Nassau en tenaient peu de compte.

5.

Ce qu'ils voulaient, ce qu'ils réclamaient à grands cris, forts de leur bon droit, indignés des subterfuges dont on les leurrait, c'était la triste exécution des conditions auxquelles ils avaient loué leurs services. Le comte Louis n'était à leurs yeux qu'un débiteur infidèle.

Sur la rive droite du Rhin où il s'était posté, le prince d'Orange se voyait arrêté par des embarras analogues. Des deux victoires remportées l'une dans la plaine de Groningue, l'autre sur la place du Marché de Bruxelles, la plus fructueuse, la plus efficace, demeurait encore celle qui n'avait demandé qu'un double arrêt de mort et l'épée du bourreau. Sourd à l appel du capitaine victorieux, le pays ne prêtait l'oreille qu'aux menaces du juge sans pitié. Il frémissait intérieurement peut-être ; il ne bougeait pas.

Cette soumission muette ne suffisait pas au duc d'Albe. Le duc voulait balayer l'invasion et lui infliger une leçon qui lui ôtât, pour quelque temps du moins, l'envie de reparaître. Le prestige des armes espagnoles avait souffert : il importait de le rétablir promptement. Le 10 juillet 1568, 15 000 hommes d'élite étaient réunis à Deventer sur l'Yssel. Le duc d'Albe vint en

prendre en personne le commandement. Le
14 juillet, il allait camper à 3 lieues de Groningue. Le comte Louis se trouvait dans de
déplorables conditions pour accepter la bataille.
Il n'avait pas le choix cependant. Il lui fallait
mener ses troupes sur le champ au combat ou
les laisser se débander. Il prit le parti le plus
hardi, sans vouloir s'avouer qu'il prenait un parti
désespéré. Le prince d'Orange a été vaillam-
lamment secondé par ses frères ; il l'a surtout
été par le comte Louis, aussi noble cœur que
vigoureux soldat.

Un premier engagement coûta au comte
Louis un millier d'hommes. C'eût été le moment
de repasser l'Ems avec ce qui lui restait. Il ne
put s'y résigner, n'en trouva peut-être pas non
plus l'occasion, et fila le long du fleuve dans
l'intention probable de chercher un gué ou de
rassembler un nombre de barques suffisant.
Après cinq jours de marche, il dut s'arrêter à
Jemmingen[1]. Albe le tenait serré entre le fleuve
et 12 000 de ses vétérans. Le vieux duc ne com-

---

1. Jemmingen ou Jemguin, sur les bords de l'Ems, à l'est
du Dollaert ou Dollard (voyez la carte de MM. Vivien de
Saint-Martin et Fr. Schrader).

promettait jamais rien. Il ne porta le coup déci-
sif qu'après quatre heures d'escarmouches ;
seulement quand il le porta, l'effet fut fou-
droyant. Les Espagnols, assure-t-on, ne perdi-
rent que 7 hommes : ils en massacrèrent 7,000.
Pendant deux jours, on poursuivit à travers la
campagne les fuyards dispersés. « Il n'y eut,
fait remarquer avec une douce satisfaction
Mendoza.[1], soldat ni goujat espagnol qui n'eût
dans ces deux journées sa part de la victoire,
pas un qui ne trouvât l'occasion de blesser,
tuer ou de brûler un rebelle. » La satisfaction
fut donc complète. Le duc d'Albe s'aperçut
cependant que le zèle des incendiaires les mène-
rait loin. Les terres du comte d'Arenberg lui-
même étaient en feu. Les capitaines de justice
reçurent l'ordre d'arrêter ces excès. Ils saisirent
quelques goujats et les accrochèrent sans plus
de façon au gibet.

Albe n'entendait pas qu'on manquât à la discipline dans son armée. Seul il voulait donner

---

1. Mendoza était un des plus vaillants capitaines de l'armée
espagnole. Il nous a transmis dans un ouvrage plein de verve,
— *Guerras de los payses baxos*, — le récit d'événements
auxquels il avait pris une part fort importante et fort active.

le signal du combat, le signal des incendies ou
des exécutions. Nous le verrons tout à l'heure
mettre en pratique, dans une campagne tenue
à bon droit pour un chef-d'œuvre de stratégie,
les conseils qu'il adressera trois ans plus tard
à don Juan[1].

Les routes, les prairies étaient semées de
cadavres. Une troupe assez considérable s'était
réfugiée dans une des îles du fleuve. Albe l'envoya égorger par 400 arquebusiers à la tête
desquels il plaça « le capitaine don Lope de
Figueroa, M. de Hierge et M. de Bilil ». Le peu
qui se sauva de la malheureuse armée dut la
vie aux embarcations que les gueux de mer,
dont les vaisseaux ne pouvaient remonter jusqu'à Jemmingen, avaient envoyées porter des
vivres et des munitions à Louis de Nassau. Les
vaisseaux s'étaient retirés à Emden ; les scutes
et les chaloupes restaient en arrière. Louis de
Nassau put gagner à la nage une de ces barques
et se faire transporter sur la rive allemande de
l'Ems. Là il ne comptait pas renoncer à ses
projets, il voulait guetter, au contraire, la pre-

1. Voyez, dans la *Revue des Deux Mondes* du 1er décembre
1885, un *Amiral de vingt-quatre ans*.

mière occasion favorable pour reprendre les
hostilités. Cette occasion ne pouvait se faire
longtemps attendre : le protestantisme tout entier commençait à s'apercevoir que c'était sa
querelle, bien plus encore que celle des Néerlandais, qui allait se vider dans les Pays-Bas.

IV

Albe ne jugeait plus le comte Louis de Nassau à craindre ; Orange, plus que jamais, demandait à être surveillé. Le 31 août 1568, un mois et demi après le combat de Jemmingen, ce prince, soutenu par les sympathies des luthériens d'Allemagne et des calvinistes de France, déployait, à son tour, ses étendards. Il venait, suivant sa devise étrange, combattre « pour la loi, pour le roi, pour le peuple : *Pro lege, rege, grege* ». — A la fin de septembre, il avait réuni sous ses ordres 30 000 hommes, dont 9 000 cavaliers, — grosse armée pour l'époque. De telles facilités de recrutement montrent à quel point l'énergie d'un duc d'Albe, dans ces circonstances particuliè-

rement délicates, était nécessaire. L'énergie
cependant à elle seule n'eût pas suffi ; il y fallait
aussi un rare déploiement d'habileté militaire,
un ascendant incroyable sur des troupes plus
habituées à fondre sur l'ennemi qu'à temporiser,
une fermeté à l'épreuve de toutes les railleries
aussi bien que de tous les murmures.

Les peuples ont généralement l'oubli facile,
ceux surtout dans les veines desquels coule le
sang des vieux Celtes. L'entrée en campagne
de Guillaume d'Orange, les forces immenses
que la crédulité publique lui prêtait, firent éva-
nouir comme par enchantement le souvenir dé-
sastreux de la sanglante journée de Jemmingen.
Les poètes, réduits par la consternation générale
au silence, recouvrèrent la voix. L'orage s'est
éloigné : le merle sort du buisson. Écoutez-le
siffler ses airs joyeux. L'écho va les porter
d'une extrémité à l'autre dans les provinces
attentives :

Le prince d'Orange est entré en campagne,
     Vive le gueux !
Tremblez, papistes,
Et cachez votre nez, vilains singes.
Grâce au prince et malgré tous les papistes du monde,
     Nous restons gueux.

Ils se croyaient de force, ces papistes,
        Vive le gueux !
A étouffer la doctrine de Dieu.
Ils sont si méchants !
Grâce au prince, en dépit de tous les papistes,
        Nous restons gueux.

La doctrine de Dieu triomphera,
        Vive le gueux !
Le dieu des papistes doit périr.
Entendez notre cri de guerre :
Grâce au prince, malgré les papistes et les moines,
        Nous restons gueux.

Ils ont eu beau tromper tant de gens simples,
        Vive le gueux !
Répandre tant de mensonges,
Avoir recours à tant de trahisons :
Grâce au prince, malgré les papistes, singes sauvages,
        Nous restons gueux.

Ils bâtissent sur les fausses doctrines du pape,
        Vive le gueux !
Ces voleurs conjurés, leurs lettres d'indulgences ;
Ce n'est qu'un tissu de méchancetés.
Grâce au prince, malgré leurs messes pour le salut des
        Nous restons gueux.   [âmes et leurs vigiles,

Leur hypocrisie, leurs projets perfides,
        Vive le gueux !
Ne peuvent subsister : nous les verrons périr,
Avec la méchante mère qui les enfanta.
Grâce au prince, malgré les placards du duc d'Albe,
        Nous restons gueux.

Les bulles du pape! Qui donc y fait encore attention
   Vive le gueux!   [aujourd'hui?
Le duc d'Albe se débat en vain :
Sa puissance est pourrie.
Grâce au prince, malgré les partisans du duc d'Albe,
   Nous restons gueux.

Le pape a enfreint les commandements de Dieu,
   Vive le gueux!
Avec Albe, on le jettera dans l'étable à cochons.
C'est pourtant véridique.
Grâce au prince, malgré moines et chanoines,
   Nous restons gueux.

Maintenant, on entend la bande cléricale se lamenter,
   Vive le gueux!
Parce qu'on a chassé les assassins d'âmes hors de leurs
C'est la nouvelle.   [nids :
Grâce au prince, malgré jacobins et béguines,
   Nous restons gueux.

D'où est venu ce mépris pour les traîtres d'âmes?
   Vive le gueux!
C'est que le pape n'a plus de puissance,
Comme il en avait autrefois.
Grâce au prince, malgré tous les cardinaux réunis,
   Nous restons gueux.

O papistes! hommes et femmes, vous avez bien mérité
   Vive le gueux!   [votre sort,
Car votre célèbre et fausse inquisition,
Vous la vouliez introduire chez nous. Est-ce vrai?
Grâce au prince, malgré moines et nonnes,
   Nous restons gueux.

Permettez, assassins d'âmes ! Nous allons vous donner
       Vive le gueux !   [un bon conseil,
Gardez-vous pour l'enfer de Lucifer ;
On y brûle les méchants.
Grâce au prince, goûtez bien ceci,
      Nous restons gueux.

Quand cette gaîté provocante se donnait carrière, le prince d'Orange n'avait pas seulement franchi le Rhin ; ce qui était infiniment plus grave, il venait de franchir la Meuse. Ce qu'on eût pu, au dire du duc d'Albe, attendre à peine « d'une troupe d'oies sauvages », il l'avait accompli. Il avait traversé ce large fleuve à gué, prenant exemple des soldats de César et de ceux d'Alexandre, opposant sa cavalerie comme une estacade au courant, et procurant ainsi à son infanterie un passage relativement facile à travers le flot divisé[1]. Cette manœuvre audacieuse introduisait Orange, avec une armée numériquement supérieure à celle du duc d'Albe, au cœur des Pays-Bas. Si les villes qu'il appelait à la liberté eussent osé obéir à leur inclination, c'en était fait, dans une seule campagne, de la domination espagnole. Pas une

1. Voyez, dans la *Revue des Deux Mondes* du 1er février 1881, le *Passage du Tigre avant la bataille d'Arbèles*.

ville ne se sentit ce courage. Toutes laissèrent
passer le prince d'Orange sous leurs murailles,
sans se hasarder à lui ouvrir leurs portes. On
ne chantait plus; on tremblait. Le duc d'Albe
avait froncé le sourcil.

Pendant ce temps, les fonds dont disposait
Orange s'épuisaient, et son armée, comme quelques mois plus tôt celle de Louis de Nassau,
commençait à se mutiner. Le 20 octobre, un
engagement eut lieu; les troupes du prince n'y
obtinrent pas l'avantage. Le résultat pourtant
était sans importance. Ce n'était pas un engagement que cherchait Guillaume; c'était une bataille, une bataille décisive. Albe s'obstinait à
s'y dérober. Guillaume, avec ses caisses vides,
ses soldats prêts à tourner leurs armes contre
lui, dut se résigner à se rapprocher de la frontière de France. Albe l'observait de près. Le 17
novembre 1568, il put constater de ses propres
yeux, en remplaçant Orange à Cateau-Cambré-
sis, qu'il ne restait plus un soldat rebelle dans
les Pays-Bas. Guillaume, accompagné de ses
deux frères, Louis et Henri, venait de se résoudre
à passer sous les étendards du prince de Condé,
seul moyen qu'eussent encore les princes néer-

landais de continuer à combattre pour la cause des églises réformées. Sur ce nouveau terrain, ce ne sont pas non plus des victoires qui les attendent : Rome triomphe en France comme dans les Pays-Bas. Un parti politique ne survivrait pas à tant de défaites ; un parti religieux a l'existence plus tenace.

V

C'est au moment où l'on croirait tout perdu que le chant de Sainte-Aldegonde, le *Wilhelmus lied*, chant national qu'on dirait emprunté aux psaumes de David, vient réchauffer les cœurs et parler d'espérance à un peuple qui a cessé d'en avoir. Les gueux ne possédaient pas de chant de guerre : en voilà un qui fera bientôt le tour du monde. Les échos des Indes le répètent encore. Les gueux vont l'entonner en 1569 sur l'air qui accompagna jadis l'hymne de Charles-Quint. L'air n'a pas changé ; les cœurs qu'il faisait vibrer sont loin d'être les mêmes. Bientôt, il n'y aura plus dans les Pays-Bas une chaumière où, en prêtant l'oreille, on ne puisse entendre fredonner à voix basse :

Je suis Guillaume de Nassau
Issu de sang germain ;
Fidèle à la patrie
Je reste jusqu'à la mort.
Je suis un prince d'Orange
Libre et intrépide ;
J'ai toujours honoré
Le roi d'Espagne.

Je me suis toujours efforcé
De vivre dans la crainte de Dieu :
Pour cela je suis chassé,
Privé de ma terre et de mes gens.
Mais Dieu me dirigera.
Comme un bon instrument,
Afin que je puisse retourner
A l'accomplissement de ma tâche.

Prenez patience, mes partisans,
Vous dont l'âme est sincère ;
Dieu ne vous abandonnera pas,
Quoique vous soyez en ce moment accablés.
Que celui qui désire vivre pieusement
Prie Dieu nuit et jour,
Pour que Dieu me donne la force
De venir vous secourir.

Ni mon corps, ni mes biens,
Je n'ai jusqu'ici épargné ;
Mes frères au grand nom
Ont suivi mon exemple.
Le comte Adolphe est resté
En Frise sur le champ de bataille ;
Son âme dans la vie éternelle
Attend le dernier jour.

Noble et de haute naissance,
De tige impériale,
Prince élu de l'empire,
Comme un pieux chrétien,
Pour la sainte parole de Dieu,
J'ai intrépidement,
En vrai héros, sans crainte,
Risqué mon sang de gentilhomme.

Mon bouclier et ma confiance,
C'est vous, ô Dieu, mon seigneur :
Sur vous je veux fonder mon espoir,
Ne m'abandonnez jamais ;
Afin que je puisse rester pieux,
Votre serviteur à toute heure !
Afin que je puisse chasser la tyrannie
Qui me perce le cœur.

De tous ceux qui m'oppriment
Et sont mes persécuteurs,
Mon Dieu, veuillez garder
Votre fidèle serviteur !
Qu'ils ne me surprennent pas
Dans leurs méchants desseins,
Qu'ils ne lavent pas leurs mains
Dans mon sang innocent !

Comme David dut fuir
Devant le tyran Saül,
J'ai dû, moi aussi, gémir
Avec maint gentilhomme.
Mais Dieu l'a relevé ;
Il l'a soutenu dans sa détresse,
Et lui a donné la couronne
Dans le grand royaume d'Israël.

J'ai goûté l'amertume,
Dieu, mon seigneur, me réserve maintenant ses
Auxquelles aspire fortement   [douceurs
Mon cœur de prince :
Je voudrais pouvoir mourir
Avec honneur sur le champ de bataille,
Afin de conquérir un royaume éternel
Comme un héros fidèle.

Rien ne me fait plus souffrir
Dans mon adversité
Que de voir appauvrir
Les bonnes terres du roi,
Que de te savoir opprimée par les Espagnols,
O ma noble et douce Néerlande.
Quand je pense à cela,
Mon cœur de gentilhomme en saigne !

Comme un prince monté à cheval,
Avec la force de mon armée,
Du tyran audacieux
J'ai attendu l'attaque.
Retranché près de Maestricht,
Il a redouté mon effort.
On vit alors mes cavaliers trotter
Courageusement à travers la plaine.

Si telle eût été en ce moment
La volonté du Seigneur,
J'aurais été heureux de pouvoir détourner
De vous cette lourde tempête,
Mais le Seigneur qui de là-haut
Gouverne toutes choses,
Le Seigneur qu'on doit toujours louer,
Ne l'a pas désiré.

6

Très princièrement était divisé
Mon caractère de prince;
Constant est resté
Mon cœur dans l'adversité.
J'ai prié le Seigneur
Du fond de mon cœur;
Je lui ai demandé de faire triompher ma cause,
De rendre publique mon innocence.

Prenez patience, mes pauvres brebis,
Qui êtes ajourd'hui en grande détresse;
Votre berger ne dormira pas,
Quoique vous soyez dispersées maintenant.
Tournez-vous vers Dieu
Acceptez sa parole salutaire,
Vivez en pieux chrétiens :
Ce sera bientôt fini ici.

Devant Dieu et sa toute-puissance
Je veux confesser
Qu'en aucun temps
Je n'ai méprisé le roi.
Mais à Dieu notre Seigneur,
Majesté plus haute encore,
J'ai dù obéir
Dans les voies de la justice.

Un peuple à qui on peut tenir un pareil langage est dans un état d'âme qui défie à l'avance
toutes les tyrannies.

David dut fuir aussi
Devant Saül le tyran.

Il n'est pas un Hollandais qui redise cette strophe sans émotion. Rien n'y manque, ni le souffle biblique, ni l'harmonie virile et majestueuse de la langue flamande. Le ciel vient d'envoyer un poète à l'insurrection, en attendant qu'il en accorde un au triomphe. Fier de ses annales, le peuple hollandais a le droit d'oublier le peu de place que son territoire conquis en majeure partie sur la mer occupe sur la carte de l'Europe; il en a gardé, lui, une si grande, dans la mémoire des hommes! Ce n'est pas au chiffre de sa population qu'une nation doit mesurer son orgueil. Il me plaît qu'il soit difficile de subjuguer ou d'absorber un peuple en possession de souvenirs contre lesquels le temps ne peut rien. Je le disais il y a quelques années; je le répète encore : « La patrie, c'est l'histoire! » L'empereur Napoléon eût transformé l'Europe et n'eût pas connu Waterloo, s'il eût seulement admis et respecté les droits qu'un long passé de gloire lègue à la nation la plus affaiblie.

Je ne crois pas beaucoup à la candeur du très grand homme d'État à qui la Hollande doit incontestablement sa liberté; Guillaume est

trop habile pour que je puisse jamais, quelle
qu'en fût mon envie, voir en lui un ingénu.
Taciturne, dites-vous! Quel nom réservez-vous
donc au fils de Charles-Quint? Celui-là non
plus ne fut pas un bavard. Guillaume s'est
chargé de réfuter lui-même, dans son *Apologie*[1], les accusations dont il était l'objet de la
part de Philippe II; il ne m'a pas convaincu
qu'il eût toujours « honoré le roi d'Espagne ».
Le légitime enthousiasme qu'il inspire aux provinces émancipées des Pays-Bas n'ira jamais
pour moi sans quelque restriction. J'admire,
au contraire, d'une admiration sans réserve, le
peuple que l'hymne de Sainte-Aldegonde va

1. Apologie ou défense de Monseigneur le prince d'Orange
comte de Nassau, de Catzenellenbogen, Dietz, Vianden, etc.,
burgrave d'Anvers et vicomte de Besançon, baron de Breda,
Diest, Grimberge, d'Arlai, Nozeroy, etc., seigneur de Chastel-
Bellin; etc., lieutenant-général ès Pays-Bas, et gouverneur de
Brabant, Hollande, Zélande, Utrecht et Frise; et amiral;
contre le ban et édit publié par le roi d'Espagne,

> Par lequel il proscrit ledit seigneur,
> Dont apperra des calomnies et fausses accusations,
> Contenues en ladite proscription.

Cette apologie, dont la rédaction est attribuée par Grotius
à Pierre Loyseleur, fut présentée par le prince d'Orange, le
13 décembre 1580, « à Messeigneurs les députés des États-
généraux des Provinces-Unies assemblés en la ville de Delft »
et adressée le 4 février 1581 « aux rois et autres potentats de
la chrétienté ».

entraîner au martyre et au combat. Supporter
la misère et la mort sans faiblir, les yeux levés
au ciel, c'est beau, toujours beau, quelle que
soit la cause pour laquelle on souffre et on
meurt. Laissons aux théologiens le soin de dis-
serter sur les textes et de définir le dogme.
École de charité, de morale fraternelle et d'u-
nion pacifique avant tout, l'église catholique
montra une profonde sagesse quand elle interdit la lecture et la discussion des livres saints.
Que de sang a coulé pour de misérables querelles de mots, querelles presque toujours pro-
voquées par une présomptueuse ignorance!
Oui! l'Église, à mon sens, faisait bien de se
réserver le sacré privilège d'annoncer, de prêcher, de commenter la parole de Dieu. Seulement il eût fallu que le clergé à qui elle confiait
cette tâche si grosse de responsabilités ne comp-
tât que des saints. C'était sans doute demander
beaucoup à la nature humaine. La chose s'est
vue pourtant : elle s'est vue aux époques où
l'Église a été persécutée.

6.

VI

La campagne de la Meuse mettait le sceau à la réputation militaire du duc d'Albe. L'Europe tout entière lui rendait justice et le proclamait le premier capitaine de l'époque ; mais l'Europe lui eût-elle refusé cette hommage, qu'Albe s'en fût aisément consolé : la gloire d'un Toledo ne dépendait pas de l'approbation du vulgaire. Les Toledos étaient habitués à ne reconnaître d'autres juges que le pape, le roi et eux-mêmes. Tranquille sur la suite des événements qu'il avait si heureusement maîtrisés, le duc d'Albe ramenait son armée dans le Brabant et faisait pour la troisième fois son entrée à Bruxelles. Il la faisait en victorieux et à la façon des triomphateurs romains. Avait-il du reste si grand tort quand il se vantait « d'avoir étouffé la sédition, châtié la révolte, restauré la religion, assuré la justice et rétabli la paix » ?

Bruxelles était le siège du gouvernement; Anvers, ville de cent mille âmes, entrepôt des marchandises de l'Inde et de l'Europe, était la capitale réelle. C'est à Anvers que le duc d'Albe voulut, avec les canons pris à Jemmingen, élever un monument à sa propre gloire. Le bronze conquis lui servit à faire couler dans le moule audacieux une statue colossale. L'image d'Albe se dressa au centre de la citadelle bâtie par les ordres d'Albe pour tenir la ville en bride. Le soupçonneux Philippe trouva cette manifestation d'un présomptueux excessive. Il n'osa pas cependant sur le champ s'en plaindre. La chanson fut plus hardie.

> Qui s'élève soi-même,

dit-elle au duc objet de son antipathie,

>> Devient bientôt un pauvre diable.
>> Duc d'Albe, votre statue dressée à regret
>> Mériterait bien d'être démolie.
>> Vous commettez là une mauvaise action,
>> Une action jugée inopportune par tous,

Car elle est assurément en contradiction avec la situa-
[tion du pays.
Il semble que vous n'ayez plus rien à demander;
Vous ne songez qu'à tout détruire.
Mais quand on fait ce qui déplaît à Dieu,
On se prépare une fin malheureuse.
Besogneux, nu et dépouillé,
Le moment arrive où il faut comparaître devant le Sei-
[gneur :
Nulle absolution à espérer : une condamnation mor-
[telle attend le pécheur.
Le méchant peut croître un instant;
C'est toujours la fin qu'il doit craindre.
Voyez Lucifer! S'il a été plongé dans l'enfer,
C'est à cause de sa conduite orgueilleuse.
Qui se laisse enivrer par la prospérité
Devrait se mettre cet exemple sous les yeux.
L'orgueil conduit toujours au précipice.

Il ne faudrait vraiment, en bonne morale, admirer la force et l'énergie que lorsqu'on les voit mises au service d'une juste cause. Cependant on les admire toujours, tant l'orgueil humain est secrètement flatté de voir l'homme apparaître sous cet aspect dominateur. Et puis, faut-il le dire? il n'est pas vraiment si facile, quelque animé qu'on puisse être d'intentions rigoureusement impartiales, il n'est pas si facile qu'on pense de distinguer, dans les luttes qui mettent les peuples et les armées aux

prises, de quel côté se rencontre la justice. Les
Pays-Bas, en somme, ne s'étaient pas jusque-
là si mal trouvés du despotisme. Leur prospérité au temps de Charles-Quint, — un tyran
pourtant et des plus intraitables, — dépassait,
— si l'on se reporte à une époque encore à demi
barbare, — tout ce que l'imagination la plus
féconde aurait pu rêver. Les Pays-Bas possédaient alors la richesse, — la meilleure des
richesses, celle qui vient du travail. Commerce,
industrie, agriculture, s'y déployaient à l'envi.
Les armes espagnoles avaient pour longtemps
assuré la paix extérieure. L'ennemi était telle-
ment affaibli, repoussé si loin, que de longtemps
il ne serait à craindre. Les Pays-Bas n'avaient
plus à redouter qu'eux-mêmes. Leur turbulence
était proverbiale : le duc d'Albe se faisait fort de
les préserver désormais des maux qu'elle leur
avait tant de fois causés.

Il est admis comme une vérité courante que
Philippe II a perdu les Pays-Bas par sa faute.
Je voudrais bien savoir comme il eût dû s'y
prendre pour les conserver! Le plus sage sans
doute eût été de laisser ces provinces tur-
bulentes à elles-mêmes : la monarchie espa-

gnole s'en fût bien trouvée. Qui eût osé
pourtant, au xvi° siècle, donner un pareil
conseil au roi d'Espagne? On ne le donnerait
pas même aujourd'hui. L'histoire contempo-
raine devrait nous rendre plus indulgents pour
le passé.

La conscience du duc d'Albe, on peut en demeurer parfaitement convaincu, ne fut jamais
inquiète. Elle eut, à sa manière, dans toute sa
plénitude, la passion du bien. Le duc d'Albe,
d'ailleurs, il ne faudrait peut-être pas l'oublier,
se trouvait par ses sentiments religieux en com-
munion complète, dans les provinces méridionales du moins, avec la majorité du pays. On
l'eût voulu sans doute moins rigoureux, moins
prodigue de bûchers, moins expéditif dans ses
exécutions militaires : ses rigueurs cependant
auraient moins déplu, auraient moins effrayé,
si elles n'étaient pas venues d'un Espagnol.

Restait, il est vrai, l'inquisition, persécution
inquiète et ombrageuse. Les exigences mal dé-
finies de cette institution étrangère troublaient
profondément les habitudes d'un peuple attaché
à ses vieilles coutumes dont il avait fait autant
de libertés. La nation néerlandaise, — il faut

entendre ici la portion catholique, — voulait, même au point de vue religieux, n'être astreinte qu'à ses propres lois. Elle admettait l'autorité suprême de l'Église romaine ; elle prétendait en plier l'exercice à son tempérament. L'inquisition était donc aussi odieuse aux Wallons et aux Flamands qu'aux Zélandais, aux Hollandais ou aux Frisons. Sur ce point néanmoins on aurait pu finir par s'entendre. Philippe II lui-même désavouait l'intention d'introduire dans les Pays-Bas l'inquisition espagnole. Il promettait une inquisition mitigée, une surveilllance ecclésiastique mieux appropriée à l'esprit néerlandais.

La chaire de Saint-Pierre était en ce moment occupée par un saint. Pie V, malheureusement, venait trop tard. Les peuples ne remontent pas la pente du respect, quand ils l'ont une fois descendue. Le triomphe d'Albe remplit le cœur du saint-père d'allégresse. Pie V crut l'hérésie, dans les Pays-Bas du moins, à jamais étouffée. Au mois de mars 1569, il fit partir un légat pour Bruxelles. Ce légat apportait au duc d'Albe des lettres pontificales dans lesquelles Pie V appelait le vainqueur de Jemmingen, « son fils bien-

aimé ». A ce précieux message le souverain
pontife avait joint le don jusqu'alors réservé
aux rois d'une épée au pommeau d'or et d'un
chapeau garni de pierreries. Il n'en fallut pas
davantage pour allumer la verve satirique des
néerlandais. Chanter était alors la seule conso-
lation qui leur restât : « Le pape, » allaient-ils
fredonnant partout,

Le pape envoie au duc d'Albe une épée d'or,
Pour intimider les gueux ;
Pour que le tyran sanguinaire
Tue avec cette épée hommes et femmes ;
Pour qu'il immole tous ceux qui craignent Dieu et le
                                        [servent de bon cœur,
Tous ceux qui s'affligent pour la religion et sont dans
Cette bénédiction est venue à Bruxelles,   [la tristesse.
Envoyée par le père infernal, par le pape de Rome.
Ainsi donc le bourreau envoie au bourreau venimeux,
Le brigand envoie au méchant brigand,
Le voleur envoie au voleur ses beaux cadeaux,
Pour que celui-ci abreuve la terre de sang.

Si Philippe eût fourni au duc d'Albe le moyen
de payer ses troupes, la soumission obtenue
pouvait devenir durable. Malheureusement le
système financier de l'immense monarchie, dans
sa simplicité brutale, s'entendait peu à exploiter
les peuples. On ne savait pas alors tout ce qu'on

peut, par d'habiles artifices, arriver à tirer de l'impôt. La pénurie du trésor provenait bien plus de la maladresse avec laquelle on s'efforçait de le remplir que de l'énormité ou de la variété des dépenses. Philippe était constamment à court d'argent. On ne peut nier assurément que ce puissant fleuve espagnol eût moins souvent coulé dans un lit desséché s'il ne s'était, dans ses soudains caprices, constamment épanché par-dessus ses bords; mais quelle que fût la cause qui se chargeât de tarir aux instants les moins opportuns la source à demi épuisée, nous sommes bien obligés de reconnaître qu'une détresse réelle n'expliquait que trop l'apparente insouciance dont ne cessait de gémir le duc d'Albe en proie à des embarras sans lesquels il eût sans doute tiré un meilleur parti de ses victoires. Albe, en dépit de ses plaintes réitérées, ne recevait point de secours de Madrid. Il fallait, sans qu'on osât le lui déclarer formellement, qu'il s'arrangeât pour se suffire à lui-même.

L'entretien d'une armée, ne fût-elle que de vingt mille hommes, coûtait fort cher au xvi° siècle. En pays ennemi, la guerre nourrissait jusqu'à un certain point la guerre. L'occu-

pation de provinces amies, mais toujours suspectes, était plus onéreuse. Si les recettes régulières
se trouvaient inférieures aux dépenses, on se
voyait contraint de recourir à des détours plus
ou moins ingénieux pour parvenir à combler
dans une certaine mesure le déficit. Dans ces
riches Pays-Bas entichés de leurs vieux privilèges, où chaque province avait jadis payé sa
charte particulière en beaux deniers comptants,
il était impossible de se procurer, en dehors
des taxes habituelles, le moindre subside, sans
adresser aux États provinciaux une *requête;*
humiliante mendicité du pouvoir à laquelle il
n'était jamais fait droit sans débats. Le duc
d'Albe n'était pas homme, surtout dans ce moment où le pays était à ses pieds, à tendre ainsi
la main. Il trouva plus simple de faire dans les
Pays-Bas ce qu'il eût fait, en pareil cas, en
Espagne.

Le 20 mars 1569, il réunit les États à Bruxelles
et les invite, — du ton qu'il savait prendre en
pareille occurrence, — à voter trois taxes qui,
dans sa pensée, devaient pourvoir, d'une façon
permanente et définitive, à l'entretien de son
armée. La première de ces taxes avait tous les

caractères d'un impôt de guerre. Elle ne devait être levée qu'une seule fois. Sur la valeur de toute propriété meuble ou immeuble, il serait prélevé un pour cent. C'était là ce que le duc appelait le *centième denier*.

Le *dixième* et le *vingtième denier* n'étaient pas des taxes temporaires. Le duc prétendait en faire des taxes perpétuelles. Elles constituaient un droit de mutation, applicable : le premier à toutes les marchandises, le second à toutes les propriétés foncières, chaque fois que les unes ou les autres changeaient de main.

Calvinistes et catholiques furent d'accord pour trouver l'exigence singulièrement odieuse. La tyrannie leur apparut sous cette forme plus intolérable encore que lorsqu'elle s'attaquait uniquement à leurs consciences. On a souvent raillé à ce sujet le peuple des Pays-Bas. On l'a fait, je crois, sans justice. Le peuple des Pays-Bas montrait simplement en cette occasion qu'il avait une idée très nette des conditions auxquelles ont pu se constituer les sociétés humaines. Laborieux, il n'entendait pas qu'on prétendît disposer, sans son aveu, des fruits de son travail. Il plaçait la liberté en dehors du

domaine des chimères, sur le véritable terrain
où elle ait le droit de se déclarer inexpugnable.
Heureux les peuples qui ne font de révolution
que pour une taxe illégalement imposée ! Ceux-
là sont doués de l'esprit politique ; les autres
auront toujours, quoi qu'ils fassent, besoin d'un
maître.

Les États cédèrent sous la menace d'une
épée triomphante ; le peuple néerlandais ne
s'inclina pas aussi aisément. Il mit encore une
fois ses remontrances en chansons :

Aidez-vous vous-mêmes à cette heure ; alors Dieu vous
                                       [aidera.
Il vous délivrera des liens et des verrous du tyran,
Néerlandais opprimés.
Vous portez déjà la corde autour du cou :
Hâtez prestement vos pieuses mains.

L'orgueil espagnol, faux et méchant,
Vous envoyait un bourreau impie,
Pour que vous devinssiez impies à votre tour.
Il vous a déjà dérobé la parole de Dieu par un artifice
Maintenant il veut vous voler votre argent.   [humain :

A chacun il prend son bien le plus précieux :
Quiconque ne veut échanger la parole divine, douce nour-
Pour de la drèche,   [riture des âmes
Le paiera d'un sang rouge,
Ou devra se résigner à errer nu.

Mais celui qui met son cœur dans Mammon
Va perdre aussi son cher argent,
Son Dieu, sa chair fidèle :
Albe exige avec violence le dixième denier.
Qui le donne une fois le donnera toujours.

Donnez souvent un sur dix ;
Il vous restera en dernier lieu un ou rien.
Le berger peut se contenter de la laine ;
Celui-ci ne se contente ni de la laine ni du lait :
Il veut écorcher les petites brebis.

Son ventre est insatiable ;
Il a constamment soif de sang et d'argent,
Quand avec son esprit cruel
Il dissipe l'argent du pays traîtreusement,
Au mépris du sang royal.

N'empoches-tu donc pas, ô avide salarié,
Le dixième denier très bien,
Pour faire du tort aux Pays-Bas ?
Si vous le lui donnez, vous préparez le lien
Dont il se servira pour vous attacher.

O Néerlande, tu succombes sous ta charge.
La mort et la vie sont debout devant toi :
Sers le tyran d'Espagne,
Ou suis, pour lui résister,
Le prince d'Orange.

Aidez le berger qui combat pour vous
Ou aidez le loup qui vous mord.
Ne soyez plus neutres,
Mordez le tyran, — le moment est venu, —
Mordez-le avec tous ses tyranneaux.

Tous ces murmures n'empêchaient pas le duc

d'Albe d'écrire à Philippe II « qu'il ne voyait
plus à l'intérieur, ni à l'extérieur, aucun sujet
de crainte ». Ce n'était pas dans les Pays-Bas,
c'était en France, foyer plus dangereux, qu'il
fallait, suivant lui, combattre maintenant le protestantisme. Là aussi, les choses semblaient
prendre une excellente tournure. Le duc d'An-
jou venait de triompher à Jarnac, le 13 mars
1569 ; Albe lui envoyait un corps de cinq mille
hommes pour qu'il pût triompher aussi à Mont-
contour. Les hérétiques n'avaient plus de refuge
que dans la paix. Le seul allié auquel, en désespoir de cause, ils n'auraient peut-être pas
hésité à faire appel, le Turc, allait, le 7 octobre
1571, succomber à son tour dans les eaux de Lépante. Si jamais cause parut irrévocablement
condamnée, c'était assurément, à cette heure,
la cause des rebelles néerlandais. Les gueux de
mer se chargèrent de relever le drapeau abattu :
quelques bandes de pirates sauvèrent l'indépendance de la Néerlande et, plus forts que tous les
bûchers, rendirent le courage aux défenseurs de
la liberté de conscience.

L'année 1572, l'année de la Saint-Barthélemy,
donnait la parole à la marine.

LE DERNIER ASILE DE LA LIBERTÉ

I

O'er the glad waters of the dark blue sea,
Our thoughts as boundless, and our souls as free,
Far as the breeze can bear, the billows foam,
Survey our empire and behold our home!

Sur les eaux joyeuses de la mer au bleu sombre,
Nos pensées sans bornes et libres comme elles,
Aussi loin que la brise peut emporter le vaisseau, aussi
    [loin que les vagues peuvent dérouler leur écume,
Contemplent notre empire et saluent notre demeure.

Voilà un chant de corsaires que les gueux de mer auraient pu s'approprier. Quand Albe eut tout conquis sur la terre ferme, il se vit soudain arrêté par ces flots orageux que l'audace des proscrits lui opposait comme une dernière barrière. L'océan du Nord, toujours indompté, demeurait, au milieu de la soumission générale, le domaine inviolable de la liberté néerlandaise.

Albe n'était pas marin : c'est là son excuse. Il laissa la piraterie peu à peu grandir ; quand il voulut la supprimer, il était trop tard. Sa détresse financière explique d'ailleurs jusqu'à un certain point sa négligence. Le gouvernement des Pays-Bas n'avait jamais eu de marine permanente. Ce n'était pas l'usage pour la marine à voiles, et les mers du Nord se prêtaient mal à l'emploi de la marine à rames. En l'année 1557, il est vrai, le roi Philippe II jugea nécessaire de protéger les rivages des Flandres contre l'audace des corsaires français. Il rassembla et entretint aux frais du trésor royal onze vaisseaux de guerre : le *Faucon* de 400 tonneaux et de 250 hommes d'équipage, le *Cheval marin* de même échantillon, la *Marie* de 300 tonneaux et de 200 hommes, le *Dragon* de 200 tonneaux et de 150 hommes, l'*Aigle* de 150 tonneaux et de 110 hommes, le *Tigre* d'égale force, le *Cerf* monté par 120 hommes, le *Sauveur* armé de 120 hommes aussi, le *Lion* n'en possédant que 110, le *Cerf-Volant*

pourvu d'un équipage de 100 hommes, le *Petit-
Oiseau* naviguant avec un effectif de 60. Cette
flotte, dont l'équipement exigeait l'entretien de
1,600 hommes régulièrement soldés, était une
nouveauté. La nouveauté parut trop coûteuse, et,
la paix faite, la flotte royale fut désarmée. Au
temps du duc d'Albe, il n'en restait rien.

Jusqu'à l'armement tout à fait exceptionnel
prescrit par le fils de Charles-Quint, quand on
avait eu besoin de vaisseaux, on s'était adressé
pour les obtenir au commerce. Dans chaque province le stathouder, représentant de l'autorité
suprême, convoquait les États, c'est-à-dire les
députés nommés par les villes et par la noblesse.
Les États assemblés, le stathouder leur exposait
les motifs qui obligeaient le prince à réclamer
leur concours, et il leur demandait de vouloir
bien autoriser la mise sous séquestre des bâtiments dont les services deviendraient nécessaires. La mesure était généralement votée sans
opposition. Les officiers du stathouder se rendaient alors dans les principales places de
commerce. Là ils invitaient à comparaître les
armateurs et les patrons. Ces patrons et ces
armateurs, dont les dépositions se contrôlaient

7.

mutuellement, devaient, sous les peines les plus
sévères, faire la déclaration du tonnage de leurs
navires, du nombre de pièces d'artillerie et de la
quantité de munitions de guerre qui se trouvaient à bord. Parmi les vaisseaux ainsi déclarés,
les officiers du stathouder faisaient leur choix.
Le contrat était ensuite dressé en présence des
magistrats de la ville. Les conditions ordinaires
de l'affrètement paraissent avoir été, en 1557,
de 30 *stuivers* — 3 fr. 40 environ — par tonneau
et par mois. Le prince s'engageait, en outre, à
dédommager le propriétaire des avaries que su-
birait son vaisseau pendant la campagne.

Au navire nolisé il fallait maintenant fournir
un équipage. L'enrôlement volontaire consti-
tuait, à cette époque, le moyen de recrutement
le plus usité. Certaines places de commerce,
telles qu'Arnemuiden, par exemple, étaient des
entrepôts d'hommes où on pouvait en toute saison venir largement puiser. Au prix de 3 florins
— 6 fr. 75 — par mois, on était à peu près certain de réunir en quelques jours un nombre suffisant de matelots. En y comprenant les soldats,
le chiffre habituel des équipages ne dépassait
guère un homme par deux tonneaux de jauge.

Le prix de la ration au xvi⁰ siècle était peu élevé; autrement dit, il était en rapport avec la valeur de l'argent. Bien qu'il eût à peu près doublé depuis dix ans, il atteignait à peine en 1557 le chiffre de 4 *stuivers* — 44 ou 45 centimes par jour. Les vivres se composaient de viande fraîche et de viande salée, de lard, de poisson sec, de fromage, de pois verts, de fayols, de moutarde, de pains frais et, vers l'année 1523, de biscuit. Le biscuit de mer, inconnu au xv⁰ siècle, semble avoir été, en 1523, d'invention tout à fait récente.

La bière était la boisson ordinaire. En 1477, elle coûtait 23 *stuivers* — 52 centimes — le baril. A la même époque on pouvait avoir une livre de lard pour 2 centimes et demi; une vache grasse pour 15 ou 16 francs. En 1523, la viande de bœuf se payait en moyenne 6 centimes la livre.

Le prince, jusqu'aux dernières années du xv⁰ siècle, s'était chargé de l'achat et de la distribution des vivres. Sous le règne de Charles-Quint, on reconnut qu'il y aurait économie notable à confier aux commandants des vaisseaux le soin de nourrir leurs équipages. Une indem-

nité fixée une fois pour toutes par tête d'homme
embarqué leur fut en conséquence allouée. La
simplicité du système en assura la durée. Sous
le règne du souverain imposé aux Hollandais par
la politique de l'empereur Napoléon, l'adoption
des institutions françaises entraîna le retour à
l'achat des vivres par l'État. Ce régime, auquel
Charles-Quint avait cru devoir renoncer, est aujourd'hui le régime en vigueur dans toutes les
marines. Il date chez nous de l'administration
de Colbert.

Toute notre civilisation est faite de traditions.
Il n'y a que la révolution française qui ait eu la
prétention de gouverner les hommes d'après la
pure logique. Les ordonnances promulguées par
Charles-Quint pour assurer le maintien de la
discipline à bord des vaisseaux différaient peu
des dispositions mises à l'ordre du jour par le
roi Richard Cœur-de-Lion, quand il s'embarqua
pour se rendre en terre sainte. Le roi Richard
lui-même ne fit probablement que rappeler des
lois déjà en usage du temps des pirates normands.

Qui tuait un camarade était attaché au mort
et jeté avec sa victime à la mer. — N'avait-on
infligé qu'une blessure, on en était quitte pour

avoir la main coupée. — Tirer simplement le couteau, sans qu'une goutte de sang eût coulé, se payait encore assez cher : la main du coupable, traversée d'un de ces grands couteaux dont on se servait pour couper le pain, était clouée au grand mât, l'autre bras restant lié au corps. Le supplice semble dur : il dépendait du condamné d'y mettre un terme à l'instant même. Il fallait seulement qu'il eût le courage d'arracher sa main par un brusque effort à la lame tranchante qui la retenait.

La cale figurait encore dans notre code pénal en 1848. Elle fut, dès le moyen âge, de tous les châtiments, le plus fréquemment employé. « Que « celui qui porte un coup avec le poing à un de « ses compagnons, sans qu'il y ait de sang répandu, soit plongé trois fois dans la mer! » prescrivait, en l'année 1189, le roi Richard. Le châtiment devenait terrible quand on faisait passer le condamné sous la quille du navire.

On peut constater deux périodes bien distinctes dans les progrès successifs qui ont constitué la marine à voiles de guerre. En l'année 1396, on voit l'artillerie apparaître à bord des vaisseaux des Pays-Bas. Vers l'année 1520, cette

artillerie arme le travers des vaisseaux : un con-
structeur de Brest, le sieur Descharges, vient
d'inventer les sabords. Dès ce moment, la marine
qui ne s'effacera que devant le vaisseau à vapeur, la marine des Ruyter, des Tourville, des
Suffren, des Nelson, des Bouvet, des Duperré,
des amiraux Roussin, Baudin, Hugon, Lalande,
de Parseval, de La Susse, Hamelin et Bruat, la
marine à laquelle j'ai moi-même consacré ma
jeunesse, se trouve irrévocablement fondée.
Elle aura duré trois cent trente-cinq ans, du
règne de Charles-Quint au règne de Napoléon III.

Pendant plus de cent ans, on s'était contenté
de placer quelques pièces d'artillerie aux extrémités du vaisseau. Dès le début du xvi° siècle,
on voit les flancs du *Grand-Merry* se garnir de
122 bouches à feu, ceux du *Saint-Mathieu* en
porter 130, de la *Charente* 200. Réduisons cependant ces chiffres à leur juste valeur. Sur les
122 pièces du *Grand-Henry,* on en compte à
peine 34 qui mériteraient aujourd'hui le nom
de canons. Le reste se compose de *fauconneaux,*
de *serpentins,* de *rabinets,* bouches à feu dont
la plus forte lance un boulet d'une livre et demie
à peine. La grosse artillerie elle-même comprend

les calibres les plus variés. On y rencontre, outre les coulevrines, des demi-coulevrines et des quarts de coulevrines, en d'autres termes, des pièces tirant des boulets de quinze, de douze, de dix, de huit et de cinq livres. Le poids de la charge de poudre est, à peu de chose près, la moitié du poids du boulet.

Aux deux extrémités du navire, on continuera d'installer à poste fixe les énormes pièces empruntées au vieil armement des galères, — des pièces du calibre de 36 et de 48 livres de balles. Les projectiles ont longtemps été des globes de plomb et des globes de pierre. On trouve encore, en 1533, dans les comptes de la ville d'Enkhuysen, mention faite de « 552 pieds de pierre bleue de Namur, destinés à confectionner des boulets de 5, de 6, de 7, de 8, de 9 pouces de circonférence ». A partir de 1533, l'emploi des boulets de fonte de fer devient général.

Les premières bouches à feu furent faites de fer battu. Plus tard, on essaya la fonte, — en premier lieu la *fonte verte* ou *métal de cloche*, en second lieu la fonte de fer. La culasse fut, dans le principe, mobile. Nous finissons, après de longues résistances que les 'Anglais ont été les derniers à vaincre, par où on a commencé. On introduisait le boulet dans l'âme, la poudre dans une boîte détachée; cette boîte portait le nom de chambre. Des bandes et des liens de métal reliaient ensuite les deux parties l'une à l'autre. Pour accélérer le tir, on en vint bientôt à multiplier les chambres. Chaque pièce fut munie de deux, de trois, quelquefois même 'de douze culasses mobiles chargées à l'avance. On n'avait plus que la peine de changer la chambre après chaque coup tiré. Le savant archiviste du royaume des Pays-Bas, Jean-Carolus de Jonge, mort à La Haye le 2 juillet 1853, à l'âge de soixante ans, a retrouvé dans les comptes de la ville de Leyde, comptes remontant à l'année 1477, ce curieux paragraphe : « Un petit canon, avec 12 chambres, pour mettre dans la hune. »

Vers le milieu du xve siècle, une modification importante se produit. L'artillerie est alors la plupart du temps fondue d'une seule pièce. Cependant les pièces à chambre, — les *Kamerstukken*, — continuent de trouver encore place à bord des vaisseaux des Pays-Bas. Les Espagnols les désignent sous le nom de *Pieças de camera;* les Portugais les appellent *Pieças de braga*[1].

Si les pièces à chambre n'eussent trop souvent péché par l'ajustage[2], on ne les aurait pas sans regret remplacées par les nouvelles bouches à feu. Les pièces à chambre, particulièrement dans l'emploi des forts calibres, offraient sur les canons fondus d'un seul jet un grand avantage. La grosse artillerie avait alors une longueur de volée tout à fait exagérée. Un canon de 15 ou 16 pieds de long est infiniment plus commode à charger par la culasse que par la bouche, surtout à bord d'un vaisseau, où il est déjà si difficile de le maîtriser.

L'affût roulant ne fut pas adopté dès le premier jour. A l'exemple de ce qui se passait sur les galères, on posa au début, dans la marine à voiles, les canons sur des madriers glissant dans des coulisses. Ce n'est pas avant la pre-

1. Geschiedenis van het Nederlandsche Zeewezen door M. J. C. de Jonge, archivarius van het Rijk. — La Haye et Amsterdam, chez les frères Van Cleef, 1833.

2. C'est l'ajustage, le crachement des pièces, qui a suspendu si longtemps dans notre marine l'adoption d'une réforme à laquelle, en l'année 1870, lorsque j'avais l'honneur de commander l'escadre de la Méditerranée, d'excellents esprits ne se résignaient pas encore.

mière moitié du xvi° siècle, qu'on verra l'affût à roues apporter au maniement de l'artillerie navale des facilités ignorées jusqu'alors. On peut enfin jeter la pièce à droite et à gauche, pointer en un mot avec le canon, au lieu d'être obligé de pointer, comme autrefois, avec le navire. Ce chariot que le tir fait reculer et qu'on ramène, après avoir rechargé la pièce, au sabord, aura l'existence aussi longue que la marine qui, pendant trois cents ans, le promènera sur maint champ de bataille. Il ne disparaîtra qu'avec le vaisseau à voiles.

L'arc et l'arbalète ont peu à peu battu en retraite ; le canon n'est cependant pas la seule arme de jet dont il soit fait usage à bord des vaisseaux des Pays-Bas. Vous y remarquerez, dès les premières années du xvi° siècle, les mousquets et les doubles mousquets fixés dans des créneaux ou tournant sur des pivots de fer. Ce sont là les armes que les historiens néerlandais nous présentent sous les noms de *bossen*, *handbussen*, *haaksen* et *haakbossen*. On en garnit principalement les hunes. Les flèches à feu, connues sous le nom de *raquettes*, de *rockets*, de *fusées*, les pots à feu, les boulets creux remplis

de poix, de résine, de soufre, de salpêtre, de
poudre, ont pour objet de porter l'incendie à
bord de l'ennemi, soit en s'accrochant aux
voiles, soit en répandant leur contenu sur le
pont.

L'eau et l'huile bouillante, les chausse-trapes,
les piques de 14 et souvent même de 17 pieds
de longueur, servaient à repousser l'abordage.
Casque en tête, le cou, les cuisses, les bras
protégés par des pièces d'armure, les soldats et
les mariniers composant l'équipage combattaient avec le sabre, avec la hache, avec la
masse d'armes, avec le bâton noueux garni de
pointes de fer.

Montons à bord d'un de ces vaisseaux du xv^e
ou du xvie siècle, au moment où nous le sau-
rons prêt à quitter le port; étudions avec soin
son organisation intérieure : nous verrons combien cette organisation diffère peu de celle que
conservent encore aujourd'hui nos escadres.
« Vous fault partir votre navyre en quatre »,
écrivait dans un ouvrage dédié à l'empereur
Charles-Quint, quand ce puissant monarque
n'était encore que roi de Castille, Philippe de
Clèves, seigneur de Ruvenstein. — « Vous fault

partir votre navyre en quatre et en chacun quartier faire ung chief des plus gens de bien que
vous ayez. » Cette division de l'équipage en
quatre fractions égales destinées à se succéder
dans le service de jour et de nuit s'est perpétuée
jusqu'à nos jours, tant elle a paru rationnelle.

Un capitaine, nommé par l'amiral, exerçait à
bord du vaisseau l'autorité suprême. Il recevait
par mois, en l'année 1555, 30 florins de solde
(67 francs), à peu près. Pour le seconder, ce capitaine avait un lieutenant, — un *stathouder*,
— aux appointements mensuels de 24 florins
(54 francs). Il avait également sous ses ordres
deux patrons, des timoniers, des pilotes, des
Esquimaux.

Les manœuvres se commandaient généralement au sifflet. En l'année 1523, on voit l'amiral
Adolphe de Bourgogne faire délivrer à son vice-
amiral Dirk van der Meer une certaine somme
d'argent « qui sera consacrée, écrit l'amiral, à
l'achat d'un sifflet d'or ».

Restée longtemps fidèle aux types que lui
avaient transmis les Normands et les Vénitiens,
l'architecture navale s'empressa, dès que l'adoption de la boussole lui eut ouvert l'accès des

mers lointaines, de remplacer les *cocche* par les *hourques*, les *drakars* par les *caravelles*. Ce sont des caravelles qui découvriront le Nouveau-Monde. D'où est venu ce nom de caravelles ? D'un procédé nouveau dans la manière d'assembler les bordages, si nous en croyons les savants hollandais. *Karvelwerken* signifie encore dans la langue des Pays-Bas : « Border un navire de telle façon que les bordages chevauchent l'un sur l'autre. » Ils nous en est resté les constructions *à clins*.

Sur les eaux intérieures, on continua, même après le développement prépondérant pris par la marine à voiles, d'employer, sinon de véritables galères, au moins des bâtiments à rames. Pour la navigation pratiquée en haute mer, la grandeur des carènes s'accrut, en quelques années, dans une proportion notable. Aux vaisseaux de 160, de 180, de 200 tonneaux, ont succédé des navires de 300, de 400, de 500, de 600 tonneaux même. Les navires à voiles n'avaient primitivement que deux mâts ; on leur en donne trois, sans compter le mât de beaupré.

II

Je vous ai montré l'instrument des luttes fu-
tures; il ne sera pas, si j'en juge d'après mes
goûts, inutile de vous décrire sommairement le
théâtre sur lequel ces luttes vont avoir lieu.

Les Pays-Bas comprenaient, sous Charles-
Quint, la Hollande, la Belgique et six des plus
beaux départements du nord de la France. La
Hollande et la Belgique à elles seules occupent
aujourd'hui un territoire de 63 000 kilomètres
carrés de superficie. La population de ces deux
États réunis fournirait un ensemble de 9 ou
10 millions d'habitants. Au temps des ducs de
Bourgogne et des princes de la maison d'Autriche, le chiffre naturellement était beaucoup

moindre : il ne dépassait pas 3 millions, — densité encore exceptionnelle, tout à fait exceptionnelle pour l'époque. La ville d'Anvers, en effet, renfermait environ 100 000 habitants : elle le cédait à peine sous ce rapport à la ville la plus peuplée de l'Europe, — à Paris. Les Pays-Bas passaient donc à bon droit pour une possession des plus enviables. Ils fournissaient annuellement à l'Espagne 2 millions de florins (4 500 000 francs), c'est-à-dire les deux cinquièmes du revenu de tous les États espagnols.

L'unité de ce magnifique domaine ne s'était pas faite sans combat. Elle ne fut complètement réalisée que sous Charles-Quint. En 695, Willebrod fut à Utrecht le premier évêque ; au XIIᵉ siècle, on trouve, à côté des ducs de Brabant, des comtes de Namur et de Hainaut, successeurs des grands feudataires de Charlemagne, un évêque de Liège, un comte de Flandre, un duc de Gueldre. Le morcellement politique était la loi du jour. La domination des comtes de Hollande dura, sans altération sensible, de l'année 922 à l'année 1299. En l'année 1323, le comte de Hollande est devenu à la fois comte de Hollande et comte de Zélande. Les Frisons, —

les libres Frisons, comme on les appela longtemps encore après qu'ils eurent cessé d'être
libres, — maintiennent obstinément leur autonomie. La ville de Groningue constitue à elle
seule une république. Elle étend son autorité
sur une partie de la Frise et de la contrée désignée sous le nom d'Ommeland. De 1433 à 1467,
Philippe le Bon règne sur la Bourgogne, sur la
Flandre, sur Malines, sur la Franche-Comté,
sur l'Artois, sur Namur, sur le Brabant, sur la
Hollande et sur la Zélande. Il ne lui manque,
pour pouvoir se vanter d'avoir joint à ses États
héréditaires la totalité des Pays-Bas, que la
Gueldre, Utrecht, l'Overyssel, Drenthe, Groningue et la Frise.

L'annexion de ces dernières provinces fut
l'œuvre de la maison d'Autriche. Ces conquêtes
suprêmes accomplies, l'ensemble des Pays-Bas
se trouva circonscrit par la mer du Nord, par le
cours de l'Ems, le cours du Rhin et celui de la
Moselle, par la Meuse enfin au midi et par la
frontière française. Nouvelle Chaldée, sillonnée
dans tous les sens de cours d'eau, la Néerlande,
par sa position entre la Baltique et la Méditerranée, mettait en communication l'Allemagne

et l'Italie avec les royaumes du nord. Elle recevait les laines de l'Angleterre et les distribuait
aux fabriques des Flandres dont l'industrie ne
tarda pas à inonder de ses produits toute l'Europe. Le Rhin et la Meuse étaient pour les
Pays-Bas « le chemin qui marche », comme le
Tigre et l'Euphrate le furent pour la Chaldée.

On donnait jadis le nom de Flandres à tout le
pays compris entre le Bas-Escaut, la mer du
Nord, l'Artois, le Hainaut et le Brabant. Quant
à la Hollande et à la Zélande, elles avaient été
jadis unies à la Frise. Le tout composait un
vaste marais entrecoupé de lacs, de petites îles
et de forêts vierges. En l'année 1170, les tempêtes ouvrirent une première brèche dans le
cordon littoral. Dunes et digues cédèrent peu à
peu sous la pression de l'océan Germanique. De
l'année 1170 à l'année 1287, les brèches ne ces-
sèrent de se multiplier et de s'élargir. Des inondations formidables joignirent le lac Flevo à la
mer d'Allemagne et engloutirent des centaines
de villages frisons. Là où se dressaient autrefois les clochers, où paissaient les troupeaux,
où fumaient les toits des villages, s'étendit la
large nappe d'eau de la mer du Sud, le Zuyder-

8

zée. La Hollande septentrionale fut ainsi sépa-
rée de la Frise, de la Drenthe, de l'Overyssel,
de la Gueldre. Le Zuyderzée couvrit un espace
de 220 kilomètres du nord-est au sud-ouest, de
75 kilomètres de l'est à l'ouest. Plus au nord,
une catastrophe semblable créait, à l'embouchure de l'Ems, le golfe du Dollard, refoulant
vers le sud les frontières de la province de Groningue et marquant, s'il est permis de s'exprimer ainsi, d'un trait mieux accusé la limite où
finissaient les Pays-Bas, où commençait l'Allemagne.

L'histoire romaine nous a rendu familiers les
noms de Belges et de Bataves. Les Belges prolongeaient l'influence de la race celtique jusqu'à
la Meuse et jusqu'à l'Escaut ; l'île de Batavie,
— *Bet-Auw*, la bonne prairie, — serrée entre
les deux bras du Rhin, avait vu, au contraire ,
les Celtes reculer devant les migrations successives des Germains. Il n'a fallu que quelques
mots à César pour consacrer ce partage historique. « On appelle Germains, écrit-il, les peuples qui habitent au delà du Rhin. » Les fleuves,
les déserts, les chaînes de montagnes ont de
tout temps établi entre les nations voisines des

lignes de démarcation qui n'ont pas sans raison
reçu l'appellation de *frontières naturelles*. Ces
limites logiques, le système féodal prit à tâche
de les méconnaître : il bouleversa tout. Les ma-
riages des princes intervinrent dans l'agglomé-
ration des États et vinrent plus d'une fois con-
fondre sous le même sceptre les races les plus
diverses par leur origine, les plus séparées par
la constitution des lieux. C'est ainsi que le Rhin,
que la Meuse, que l'Escaut, traversèrent des
provinces et ne les bornèrent plus.

S'il est un pays où il soit facile au lecteur de
s'égarer, c'est assurément ce pays hérissé de
places fortes dans lequel la guerre se transporte
incessamment du midi au nord, de l'orient à
l'occident, des frontières de la France aux bords
du Zuyderzée, des frontières de l'Allemagne à
la mer. Nous avons déjà suivi les armées d'Albe
et les armées d'Orange du duché de Luxembourg
au Hainaut, du Hainaut au Brabant, du Brabant dans les Flandres. Par les Flandres on
touche à cet océan qu'étreignent les Pays-Bas
et l'Angleterre, à cet océan sur lequel, de l'année 1653 à l'année 1692, l'Angleterre, les Pays-
Bas et la France se disputeront la suprématie

maritime. Longez, en remontant toujours vers le nord, les bords de cette arène si bien préparée pour les naumachies sanglantes, franchissez la bouche occidentale de l'Escaut, poursuivez, de détroit en détroit, votre route vers le nord-est, vous pénétrerez bientôt au sein du labyrinthe formé par les îles dont se compose la Zélande. Walcheren, l'île Beveland du sud et l'île Beveland du nord défilent rapidement devant vous; une branche de l'Escaut, la branche orientale, un instant vous arrête. Passez outre : au delà, vous rencontrerez sur votre chemin les îles de Schouwen, de Tholen, d'Overflakkee, de Voorne. Vous atteignez enfin l'embouchure de la Meuse : la rive septentrionale de la Meuse est le commencement de la Hollande. Entre Rotterdam et Amsterdam, cette province, dont le nom s'est imposé au reste du pays, fait corps avec le territoire d'Utrecht; d'Amsterdam à la pointe du Helder elle n'est plus qu'une étroite langue de terre bornée d'un côté par la mer du Nord, de l'autre par le Zuyderzée.

Nous avons déjà dit que le Zuyderzée, par une longue série d'empiétements, sépara jadis la Hollande de la Gueldre, de l'Overyssel, de la

Drenthe, de la Frise et de Groningue. Ces cinq provinces pourraient s'appeler les provinces continentales, par opposition à la Flandre, à la Zélande et à la Hollande, qui sont les provinces maritimes.

Voilà donc l'arène où, depuis trois ans, les armées de Philippe et les armées d'Orange ne cessent de se mesurer. Le théâtre de la guerre maritime n'a pas moins besoin d'être décrit. Rarement, les flottes ont rencontré terrain plus ardu et plus dificile.

La longue vallée sous-marine que contiennent entre leurs contre-escarpes de granit la Norvège et l'Écosse se présente, quand on vient du nord, sous la forme d'un bassin de cent lieues environ de largeur. La profondeur moyenne y est rarement inférieure à 300 mètres. Le fond s'élève graduellement au fur et à mesure que le bassin se resserre. De la hauteur du Texel à la hauteur de Calais, dans toute l'étendue de cette poche, qui conserve encore une largeur de quarante lieues marines à son ouverture, et qui n'en aura plus que six au point où elle va crever, la sonde rapporte généralement de 30 à 40 mètres d'eau ; puis tout à coup, brusquement, elle n'en

8.

accuse plus que 9, que 6, que 3 : elle a rencontré le dos d'un sillon. Les courants de marée qui
maintiennent entre la côte de Flandre et la côte
d'Angleterre un canal navigable, opèrent, sur
le sol sablonneux qu'ils fouillent et qu'ils retour-
nent, un travail analogue à celui de la charrue.
Leur passage alternatif laisse en maint endroit
des stries plus ou moins profondes ; leurs remous
y donnent naissance à des dépôts perfides, à des
bancs généralement étroits qui se prolongent
presque toujours dans une direction parallèle
au tracé du rivage, parallèle au cours régulier
des marées. « Tous ces bancs, nous enseignent
nos instructions nautiques, sont accores du côté
de la terre et s'abaissent en pente douce du
côté du large. » Pour les éviter, il suffit de ne
jamais approcher des côtes par des fonds au-
dessous de 36 mètres à marée basse. On se trouve
alors dans le canal connu sous le nom de *Canal
des grands fonds*. Ce canal commence à l'entrée
du Pas-de-Calais et se termine un peu au nord
du 53° degré de latitude.

Si l'on se rapproche au contraire de la terre sans
tenir compte de la limite que nous venons d'indi-
quer, on ne cessera plus un instant de marcher

d'embûche en embûche. De Calais à l'embouchure
de l'Ems on verra se succéder : sur la rive flamande le Riden de Calais, les bancs de Dunkerque
partagés en deux groupes et, plus à l'est encore,
la longue et fameuse série des bancs de Flandre,
si souvent cités dans l'histoire des grands combats du xviie siècle ; sur la rive anglaise, les
bancs de Goodwin et de l'embouchure de la Ta-
mise. Des côtes basses, uniformes, à peine visi-
bles à 10 milles de distance, un ciel souvent
couvert, des brouillards intenses, tout se réunit
pour rendre la navigation de ces parages la plus
délicate peut-être qui soit au monde. La sonde
est le seul guide sur lequel on puisse compter ;
aussi faut-il l'avoir constamment à la main. Les
sondeurs flamands n'ont pas leurs pareils ; ils
palpent en quelque sorte le fond sous leurs doigts
intelligents et agiles.

Les ports sur la côte de Flandre sont nombreux ; seulement, ils ne sont, pour la plupart,
accessibles qu'aux faibles tirants d'eau ; ils ne le
seraient même pas aux simples barques sans le
secours des marées. Calais, Gravelines, Dunkerque, Nieuport, Ostende, ne sont pas des
abris sur lesquels on ait droit de compter à toute

heure de nuit et de jour. Il nous faudra pousser
jusqu'à l'embouchure de l'Escaut pour rencontrer enfin un port que des vaisseaux de ligne
puissent aborder franchement et sans crainte.
Flessingue est la clef de l'Escaut; Anvers, située
à 50 milles dans l'intérieur des terres, en est la
citadelle. A Anvers, l'Escaut a près de 500 mètres de large et, dans quelques endroits, une
profondeur qui dépasse 12 mètres. La mer du
Nord, de quelque côté qu'on la tâte, ne présen-
tera plus de refuge comparable à celui-là. On
pourra sans doute arriver à Rotterdam après
avoir franchi les hauts-fond de la Meuse, atteindre Amsterdam par la passe du Texel et par le
Zuyderzée. Bien des flottes de guerre et bien des
flottes marchandes ne tarderont pas à prendre
ce double chemin; elles l'auront, soyez-en certains, rarement parcouru, surtout dans les rudes
saisons d'automne et d'hiver, sans quelque aventure. « Les îles Texel, Vlieland et Ter-Schelling,
— ainsi s'exprimeraient, si vous les interrogiez,
les pilotes hollandais, — forment une pointe
saillante sur laquelle les naufrages sont nombreux. On ne doit pas les approcher, quand on
les contourne, par moins de 23 mètres de fond. »

L'île Texel a 12 milles de long ; Vlieland, 9 ;
Ter-Schelling, 13 ; Ameland, 13 également ;
Schiermonnikoog, 3. La plus large de ces îles,
— l'île Texel, — n'a pas 5 milles en largeur.

Le Zuyderzée est rempli de hauts-fonds.
Pouvait-on mieux attendre d'une mer qui a sub-
mergé les villages par centaines ? Le grand canal
du Nord-Holland, creusé de l'année 1819 à l'année 1825, un canal plus récent qui coupe l'isthme
en droite ligne, ont à peu près supprimé cette
navigation dangereuse. Les navires qui veulent
gagner le port d'Amsterdam ne sont plus obligés aujourd'hui de pénétrer dans le Zuyderzée
par la passe du Texel ou par le Vlie-Stroom, de
descendre ensuite au sud, en laissant : sur la
gauche, les villes frisonnes de Harlingen, de
Makkum et de Workum ; sur la droite, les villes
hollandaises de Medemblik, d'Enkhuysen, de
Hoorn, de Monnikendam, pour arriver à la barre
si souvent mentionnée dans les chroniques navales, du Pampus. Le Pampus est un banc qui
ferme en quelque sorte, à marée basse, l'entrée
de l'Y [1], bras de mer de 26 kilomètres de lon-

1. Prononcez *l'Aï*.

gueur, par lequel on arrive au port d'Amsterdam.

Ces détails géographiques étaient, je ne crains
pas de le répéter, nécessaires. Pour l'intelligence
des événements, ils ne suffiraient pas encore.
Déployez la première carte marine venue ; voyez
comme tous les abords de ces côtes sont macu-
lés d'écueils qui s'enchevêtrent, de hauts-fonds
au milieu desquels il semble vraiment impossible de tracer sa route ; rappelez-vous la violence capricieuse des courants, les surprises
foudroyantes de la brise, le ciel voilé, les terres
basses presque constamment enveloppées de
brume. Naviguez en pensée pendant les longues
nuits noires à travers ces obstacles qui n'ont pas
même, comme les roches de Bretagne, le rauque
mugissement des brisants pour vous avertir de
leur présence : alors peut-être, mais alors seulement, vous pourrez vous flatter d'avoir compris ce qu'on peut demander à l'audace humaine,
et vous ne décernerez plus si négligemment ce
titre qui embrasse tant de choses, le titre de
« grand homme de mer ».

III

La marine néerlandaise, au moment où le
mouvement de 1568 éclata, possédait déjà une
histoire. Elle s'était plus d'une fois réunie sous
un même étendard; elle avait eu des amiraux
célèbres, une tactique; elle avait livré des batailles. En 1438, la jalousie commerciale arma
contre elle les villes de Lubeck, de Hambourg,
de Rostock, le roi de Danemark, les ducs de
Holstein, de Poméranie et de Prusse, les Espagnols et les Vénitiens. La Néerlande fit tête à
l'orage. En un instant, tous les vaisseaux jugés
propres à la guerre furent équipés. Le duc ré-
gnant, Philippe de Bourgogne, n'approuva pas
seulement l'armement; pour le compléter, il

prêta ses soldats. Les gens de l'Est, — les *Os-*
terlingues, — c'est ainsi que les Hollandais
appelaient leurs ennemis, — furent poursuivis,
battus en mainte rencontre, chassés des mers
qu'ils infestaient, et, pour la première fois, le
balai, le fameux balai historique, signe d'une
domination dont l'Angleterre ne songeait pas
encore à prendre ombrage, apparut à la pomme
du grand mât à bord du vaisseau-amiral : « Le
lion dort, » avait dit à ses compatriotes un des
envoyés des villes hanséatiques, « le lion dort :
prenez garde de l'éveiller ! »

Les Osterlingues domptés, il fallut mettre un
frein aux déprédations des Anglais. Henri van
Borselen, comte de Grampré, seigneur de Ter-
Vere, de Flessingue, de Westcappel et autres
lieux, reçut du duc Philippe et conserva sous
le règne de Charles le Téméraire le titre de
« capitaine-général et amiral de la mer ». On
lui confiait une mission difficile. Il s'agissait
d'aller refouler dans ses ports le vaillant Richard, duc de Warwick, qui ne cessait de mo-
lester et de harceler la navigation néerlandaise.

Henri van Borselen appartenait à une des
premières familles des Pays-Bas. Possesseur de

vastes domaines, déjà célèbre par sa connaissance approfondie du métier de la mer, il équipa
rapidement sa flotte, puis, monté sur son beau
vaisseau peint aux couleurs de ses armes, ces
mêmes armoiries s'étalant dans tout leur éclat
au centre de ses voiles gonflées par la brise, ses
flammes, ses guidons, ses gaillardets déployés
et flottant au vent, il partit résolument du port
de Middelbourg pour aller offrir le combat à
son redoutable adversaire. Il ne se porta pas
cependant en fou et en tête brûlée à cette aventure. Toutes ses précautions, — les précautions
les plus minutieuses, — furent prises pour tenir son armée rassemblée sous sa main, pour
la mettre en garde contre les surprises et contre
les abordages [1], pour la faire passer sans encom-
bre de l'ordre de marche à l'ordre de bataille.

« L'ordre et le bon gouvernement, disait ce
dignissime capitaine de l'illustrissime et puis-

---

1. J'ai défini, il y a déjà plus de vingt ans, et je définirai
encore la tactique navale sous ce titre peu ambitieux : « L'art
de naviguer en escadre sans se séparer et sans s'aborder. »
Les idées simples ont toujours quelque peine à prévaloir.
Quand l'heure critique arrive, c'est infailliblement à elles
qu'on a recours. Le pédantisme technique ne résiste pas à
quelques jours de campagne.

sant prince Monsieur le Duc de Bourgogne, —
est le commencement et la fin de tout bien en
ce monde. » — *Good order and discipline*, dira
Nelson à son tour, trois cents ans plus tard. La
question est bien posée par l'amiral Henri van
Borselen ; maintenant il faut la résoudre. Comment assurer « l'ordre et le bon gouvernement »
dans une armée navale ? Le premier point, le
point essentiel, au jugement du comte de Grampré, — comme au mien, — consiste à fournir
aux vaisseaux qui doivent naviguer en escadre
le moyen de se reconnaître pendant la nuit. On
aura donc soin de leur donner « le mot du guet »,
et ce mot, pour le soustraire à la connaissance
de l'ennemi, on le changera toutes les semaines,
et dans chaque semaine tous les jours. La première semaine qui suivra la sortie du port, les
vaisseaux, lorsqu'ils se rencontreront la nuit à
l'improviste, se crieront mutuellement : le dimanche, *Jésus-Christ ;* le lundi, *sainte Marie ;* le
mardi, *saint Marc ;* le mercredi, *saint Jean-Bap-
tiste ;* le jeudi, *saint Jacques ;* le vendredi,
sainte Croix ; le samedi, *saint Nicolas.*

Chaque soir, tous les navires viendront successivement passer à poupe de l'amiral, pour

recevoir ses ordres, « sans malefaire à nulluy des aultres navyrs qui seront dessus ou dessous le vent ». C'est, en effet, la recommandation qui doit primer toutes les autres. Manœuvrez à votre guise en vous conformant aux règles qui président, depuis que des flottes ont commencé à sillonner les mers, aux rencontres inopinées, manœuvrez, dis-je, à votre guise, sans vous poser d'inutiles problèmes de géométrie ; seulement, n'oubliez jamais que vous devez « faire tout pour la salvation des aultres navires et vessaulx ». Dans un abordage, il y a généralement deux coupables : un maladroit et un tactitien intraitable, un tactitien à cheval sur son droit et qui n'en veut rien céder.

Le « capitaine de la flotte », — celui que nous appelerons plus tard l'amiral, — désire-t-il de nuit « augmenter de voiles », en d'autre termes, *mettre bonnette à la voile,* il montrera une lanterne allumée à mi-hauteur du château de poupe et ne la fera rentrer à bord que lorsque tous les navires auront répété le signal. Veut-il, au contraire, « diminuer de voiles », c'est-à-dire *oustre la bonnette,* il allumera une lanterne à la même place, l'élèvera et la baissera continuellement jusqu'à ce qu'il soit répondu des autres navires.

Le vent continue de fraîchir ; il devient nécessaire « d'amener complètement les voiles, — *de les striker* ou *mainer à basse* » : deux lanternes seront allumées l'une à côté de l'autre, « au milieu de la nef ». Veut-on « rétablir la voilure » : on allumera, également au centre du vaisseau, trois lanternes. Se propose-t-on de « virer de bord » : deux lanternes apparaîtront sur le château de poupe ; on élèvera l'une, on abaissera l'autre alternativement, ne cessant de les mouvoir que lorsque le signal aura été compris.

« Une voile suspecte a été aperçue » : celui qui l'aura le premier découverte allumera une lanterne dans la grand'hune, *en la coupelle* ou *la cage sur la grande arbre*.

Ce n'est pas seulement un navire, ce sont plusieurs vaisseaux, c'est une flotte entière dont on entend signaler l'approche : « on haussera et on baissera la lanterne de la coupelle autant de fois qu'il y aura de navires en vue. » Si la proximité des voiles étrangères exige un avis encore plus affirmatif et plus prompt, « on tirera autant de bombardes qu'on aura compté de vaisseaux ». Immédiatement, sans perdre une minute, sans attendre un nouveau signal, l'armée « serrera les distances et se tiendra prête à *se mettre en ordonnance* ». Le vaisseau plus à l'ouest deviendra « le régulateur » ; il servira de guide et de pivot au ralliement. Pour se faire reconnaître, il aura soin de hisser une bannière au bout de la vergue, à tribord. Cette bannière, il la remplacera par une bannière arborée à bâbord aussitôt que le rassemblement sera effectué.

La vue de la terre se signalera de la même façon.

Le doute n'est plus permis : les voiles suspectes sont bien des voiles qu'il faut se préparer à combattre. Le capitaine de la flotte en transmet l'avis « à tous les patrons ». Il arbore : de jour, une longue flamme, — *un pennon*, — sur le devant du château de poupe ; de nuit, quatre lanternes placées deux par deux les unes au-dessus des autres. Au premier son des trompettes, on se hâte de prendre les armes, *on se met en harnaise* ; à la seconde sonnerie, chacun se range, sur l'ordre du patron et des « sous-capitaines », à son poste de combat; à la troisième fanfare, on arbore *le pennon de la bataille* sur le château d'avant. Alors, « au nom du Saint-Esprit, de cœur et de bon courage », on s'apprête à combattre, « à frapper sur l'ennemi, pour l'honneur du très redouté prince, Monsieur le Duc, de telle façon qu'on puisse vigoureusement obtenir la victoire ».

Voilà une stratégie peu compliquée. Trouvez mieux ! La tactique navale n'est pas née d'hier. On dirait, à la prendre à ses débuts, qu'elle pressentait déjà l'avènement de la marine à vapeur. Je serais tenté de la soupçonner, pour ma part, d'avoir voulu travailler bien moins pour l'heure présente que pour l'avenir. Qui eût pu croire, en 1438, que l'art de la guerre ne ferait tant de progrès, dans le long espace de trois siècles, que pour aboutir aux évolutions stériles dont nous subissons encore le joug ? Henri van Borselen ne s'y reconnaîtrait plus. « Que nul patron, dit-il, ne songe à quitter le combat et à enfreindre les ordres ! Il y va pour lui de la vie. » Le même sort attend « les contremaîtres, les conseillers, le peron, les jurati, les timoniers et les cubiers » qui manqueraient à leur devoir.

De Thémistocle au comte de Grampré, en passant par les Byzantins, la tactique, on le voit, ne s'est guère modifiée ; elle s'est seulement adaptée aux nécessités de la navigation à voiles. On assemblera commissions sur commissions, on publiera des volumes, on ne changera pas grand'chose aux principes de la guerre d'escadres. Si complet qu'on s'applique à faire le code des signaux, on n'arrivera jamais à rendre le signal assez instantané pour qu'il puisse intervenir pendant le combat : jamais il ne vaudra « le bon exemple ».

Après avoir tenu pendant quelques jours la mer, le comte de Borselen finit par rencontrer l'ennemi. Sa victoire fut complète. Les vaisseaux du comte de Varwick, — ceux du moins qui ne furent ni pris ni coulés, — rentrèrent dans leurs ports et n'en sortirent plus. Il n'avait fallu qu'un jour bien employé pour rendre au commerce néerlandais la sécurité et la confiance.

Ce commerce, — on le sait, — était considérable : il ne représentait cependant qu'à demi les profits que les Pays-Bas tiraient de la mer. La pêche était une source de richesse aussi consi-

dérable, au moins, que le transport des marchandises. Du jour où Guillaume Beukelsz, né
à Biervilet en 1347, eut, vers la fin du XIVᵉ siècle,
découvert l'opération du *caquage*, c'est-à-dire
assuré la conservation du hareng en lui enle-
vant les ouïes, près de 1 500 buses, plus de
20 000 hommes furent, chaque année, employés
à la pêche et à la préparation du poisson. Le
poisson était devenu, pour des populations as-
treintes aux austérités du carême, un objet de
première nécessité. Avant d'être « les rouliers
de la mer », les Hollandais en ont donc été les
laboureurs. Ils ont traîné leurs filets sur le
fond avec une constance aussi opiniâtre qu'en
peut mettre le paysan à enfoncer son soc de fer
dans le sol. Quant au commerce, son grand développement remonte à la découverte du Nouveau-Monde. En 1503, les Portugais apportèrent
à Anvers les premières marchandises de l'Inde;
en 1506, les Zélandais y débarquèrent le premier
sucre des îles Canaries. En 1559, plus de
2 500 vaisseaux se pressaient dans ce port, où,
en 1444, on rencontrait à peine quelques petits
navires destinés aux transports sur les eaux
intérieures. Amsterdam, Dordrecht, Rotterdam,

Middelbourg, les villes situées sur le Zuyderzée, Hoorn, Enkhysen, Medemblik, voyaient également, en quelques années, leurs ports devenir trop étroits. Les grains de la Baltique y affluaient amenés par des flottes entières. Les Pays-Bas étaient, dès ce moment, le grenier de l'Europe.

9.

IV

Avant la constitution des grandes marines permanentes, la course était à peu près le seul moyen employé pour étendre jusqu'en mer la zone des hostilités. Que la course dégénérât souvent en piraterie, qu'elle s'adressât aux navires neutres aussi bien qu'aux navires ennemis, personne, pour peu qu'on songe aux mœurs du xvᵉ et du xviᵉ siècle, à coup sûr, ne s'en étonnera. Une ordonnance de Charles-Quint, promulguée en 1549, montre assez à quelles précautions le commerce maritime se trouvait astreint par suite du peu de sûreté qu'offrait alors la navigation. L'empereur prescrivait que « nul vaisseau, si petit qu'il pût être », n'entreprît de faire le commerce avec la France, avec l'Angleterre, avec les royaumes du Nord, sans avoir embarqué un équipage de huit hommes au moins en état de porter les armes et six pièces de canon. Si le vaisseau devait pousser ses opérations jusqu'en Espagne, huit hommes n'étaient plus considérés comme un équipage suffisant; il en fallait seize et dix bouches à feu au lieu de six. Ces chiffres croissaient rapidement avec la grandeur du navire, et l'on voit tel vaisseau marchand quitter à cette époque le port avec un équipage de 44 hommes et un armement de 22 pièces.

On comprend quelles facilités ces prescriptions, inspirées par une légitime sollicitude, pouvaient à l'occasion offrir pour improviser à peu de frais des flottes de guerre[1]. L'approvisionnement obligatoire en munitions comprenait de vingt à vingt-cinq coups par pièce. Tout navire marchand, en principe, devait être en mesure de se défendre. Par une conséquence

1. Nous revenons dans une certaine mesure à ce système par l'armement prévu d'un certain nombre de paquebots. Cet armement serait une des grandes ressources de l'Angleterre, qui aurait, en temps de guerre, tant de flottes marchandes à convoyer.

naturelle, tout navire marchand se convertissait facilement en pirate. Ce qui distinguait la course de la piraterie, c'était « la lettre de marque ». Les ordonnances de Charles-Quint, complètement d'accord sur ce point avec le droit maritime généralement adopté en Europe, ne pouvaient laisser aucun doute à ce sujet. « Nous ordonnons, disait l'auguste empereur, que tout capitaine, patron ou autre, quel qu'il soit, qui sera trouvé naviguant en armes sur la mer, sans commission, ou avec une commission fausse, ou avec deux commissions émanant de deux différents pays, dont l'un sera notre ennemi, l'autre notre ami, s'il a causé quelque dommage à nos sujets, soit considéré comme pirate. »

La double commission a toujours été le grand moyen de fraude mis en œuvre par la navigation illicite. Elle rend très délicat l'exercice du droit de visite international. Nous l'avons vu, de 1816 à 1830, sur la côte d'Afrique, où, en vertu d'un acte du congrès de Vienne, les croiseurs européens poursuivaient à outrance les négriers. La France s'était réservé le droit de faire elle-même la police de ses vaisseaux; elle n'admet-

tait pas que les Anglais pussent les arrêter.
Qu'arrivait-il ? Les négriers français se procu-
raient à l'île de Saint-Thomas, outre les expéditions françaises prises au port de départ, des
expéditions danoises. A la vue d'un croiseur
soupçonné d'être anglais, c'était le pavillon
français que le négrier arborait, les expéditions
françaises qu'au moment de la visite il présentait. Les Anglais n'en saisissaient pas moins le
bâtiment. Par ruse ou par violence, ils finissaient toujours, au bout de quelque temps, par
faire sortir la commission propre à légitimer la
capture de la cachette où le capitaine la tenait
soigneusement enfermée. Bien des conflits ont
failli naître de cette ardeur apportée par les
Anglais à courir par toute voie, légale ou illégale, à la part de prise. N'a-t-on pas vu, en
1829, le capitaine Villaret-Joyeuse faire enlever
par ses embarcations, en plein jour, sous les
forts de Sierra-Leone, un négrier français ainsi
séquestré? La fraude prévue par Charles-Quint
n'avait donc pas été pressentie par le congrès
de Vienne? Elle ne le fut pas peut-être à dessein. La Restauration ne pouvait se consoler de
la perte de notre beau domaine colonial; l'abo-

lition de la traite et de l'esclavage ne possédait
qu'à demi ses sympathies.

La guerre de 1552, entre l'Espagne et la
France, mit sur pied tous les corsaires de
Dieppe et de La Rochelle. On sait ce que le célèbre armateur Jean Ango avait fait du port de
Dieppe. Il en avait fait un arsenal de course, un
arsenal d'où sortaient des flottes à faire trembler
les rois. Dès l'ouverture des hostilités, les corsaires dieppois apparurent dans la Manche et
dans la mer du Nord. Ils n'y trouvèrent pas des
vaisseaux sans défense. Les Néerlandais, aussi
prudents que braves, ne naviguaient plus qu'en
convois. En 1554, vingt-deux navires marchands
des Pays-Bas revenaient d'Espagne : ils furent
attaqués, à la hauteur de Calais, par un nombre
à peu près égal de vaisseaux français sortis de
Dieppe. Le combat fut violent. Il dura, presque
sans interruption, de neuf heures du matin à
trois heures de l'après-midi. Les Néerlandais
voulaient à tout prix éviter l'abordage ; les Français ne mettaient, au contraire, qu'une médiocre
confiance dans leur artillerie. Quinze de leurs
vaisseaux finirent par jeter les grappins sur autant de vaisseaux ennemis. Là il fallut combat-

tre à l'arme blanche. Le courage, l'opiniâtreté,
ne manquaient pas aux Flamands ; mais leurs
équipages étaient inférieurs en nombre aux
équipages français. Ils furent accablés. Six
vaisseaux, montés par quatre cents hommes,
se virent obligés de baisser pavillon. Les autres résistaient encore. Tout à coup l'incendie
éclate. Six couples de vaisseaux, accrochés l'un
à l'autre, sont à l'instant la proie des flammes.
Les combattants se jettent pêle-mêle à la mer.
L'incendie a mis fin au combat. Les débris de la
flotte vaincue s'éloignent ; le vainqueur re-
cueille, confondus, amis et ennemis qui sur-
nagent. La victoire lui a coûté cher : il a perdu
six de ses vaisseaux, il ne ramène que six vaisseaux capturés à Dieppe.

Pitoyable artillerie, tir plus défectueux encore, navires peu manœuvrants et faiblement
armés, tout cela n'empêchait pas les combats
d'être alors plus sanglants et plus décisifs qu'aujourd'hui. On se rappelle cet amiral français
que les matelots du premier empire avaient sur-
nommé *Va-de-bon-cœur*. J'ai cité son nom en
plus d'un endroit. Il s'appelait Cosmao Duma-
noir. Cet amiral était, comme Nelson, comme

Cochrane, de l'école des corsaires dieppois, de celle aussi de leurs adversaires, de l'école de ces marins flamands d'où venaient, en 1568, de sortir les gueux de mer. Au xvi° siècle les marins y allaient de franc jeu; ils ne songeaient pas surtout à ménager leur matériel. Le matériel, à cette époque, c'était si peu de chose! Quand on verra plus tard entrer en scène le *Royal-Sovereign*, la *Couronne*, les *Sept-Provinces*, on continuera pendant quelque temps encore, par un reste d'habitude, de combattre à outrance. Puis, peu à peu, on y mettra plus de science, plus de tactique, plus de façon; on finira par aboutir aux combats du règne de Louis XVI, combats glorieux sans doute, mais jamais décisifs.

Ce qui marquera d'un cachet à part les longs engagements au milieu desquels notre marine naissante viendra s'interposer, c'est, je l'ai déjà dit, le théâtre tout semé d'écueils de la lutte. La science nautique saura prendre avantage de ces difficultés. Ce ne sont pas seulement les triomphes de la force brutale qui se préparent; la connaissance intime du métier, la sûreté du coup d'œil que donne l'habitude de naviguer dans des mers difficiles, assureront, en mainte occasion, la victoire à la flotte en apparence la plus faible. Que les soldats aillent cueillir des palmes à Lépante! les mers du Nord réservent leurs lauriers aux Tromp et aux Ruyter.

V

Les gueux de mer, nous sommes bien contraint de le rappeler, furent à l'origine des pirates. On trouvait parmi eux presque autant
d'Écossais et de Danois que de Néerlandais. En
guerre avec la société, ils affichaient pourtant
une certaine sympathie pour la cause de la Réforme. Le comte Edzard, possesseur héréditaire
de la Frise orientale, ce comte allemand dont
les domaines confinaient à la rive droite de
l'Ems, leur sut gré d'arborer un drapeau hos-
tile au souverain qui laissait rarement échapper
l'occasion de contester ses droits. Il consentit à

fermer les yeux sur les fréquentes visites que
rendaient au port d'Emden ces croiseurs irréguliers. A Emden, les pirates trouvaient aisément à se ravitailler; souvent même ils allaient
y abattre *leurs vaisseaux en carène pour les*
radouber. La turbulence naturelle à des bandes
rassemblées de tous les coins de la mer du Nord
compromit malheureusement plus d'une fois la
bonne entente entre le comte Edzard et les corsaires auxquels il donnait asile.

Le vent de la révolte cependant soufflait de
jour en jour avec plus de violence dans les Pays-
Bas. Les Frisons furent les premiers à vouloir
s'*opposer ouvertement par les armes aux persé-*
cutions du duc d'Albe. Avant même que le
comte Justin de Nassau, *précurseur du comte*
Louis, tentât une imprudente irruption dans
la province de Groningue, un grand nombre de
mécontents étaient venus grossir les rangs de
ces marins sans aveu que les habitants de la
Frise, à quelque parti qu'ils appartinssent, redoutaient à l'égal des soldats espagnols. Albe
n'avait encore *frappé* aucun coup; il n'avait
même pas encore posé le pied sur le sol néerlandais, que déjà la terreur de son nom *multi-*

pliait les bannis volontaires. On se répétait avec effroi que, vingt-huit ans plus tôt, le 24 février 1540, Albe recommandait à l'empereur Charles-Quint, comme le plus sûr moyen de prévenir toute révolte nouvelle, « de raser la ville de Gand ».

L'excitation des esprits ne se traduisait pas seulement par la fuite, elle se traduisait aussi par des défections. Pour les pouvoirs publics, de tous les symptômes celui-là est incontestablement le plus grave. Albe eût dû réfléchir le jour où un vaillant marin de Dokkum, Jean Abels, appelé par le Conseil de la Frise au commandement de quelques vaisseaux destinés à tenir en bride les pirates, accepta le commandement, mais alla livrer les vaisseaux à ceux-là mêmes qu'on l'envoyait combattre.

Les nations sont comme les individus. Quand elles n'ont pas de grands chagrins, elles s'en créent de petits. La nation néerlandaise, au xvie siècle, a connu les grands chagrins. Comparez son sort au nôtre dans les heures qui nous ont arraché le plus de gémissements, et jugez si jamais peuple, depuis que l'histoire existe, paya de tant de sacrifices sa liberté. Nous n'avons connu qu'une « année terrible » : le peuple des Pays-Bas en a traversé quatre-vingts.

Prælia magnatum cernes et sanguinis undas
Et terras populis vacuas, contusaque regna ;
Fana domusque cadent et erunt sine civibus urbes,
Inque locis multis tellus inarata jacebit :
Strages nobilium fiet procerumque ruina ;
Fraus erit inter eos, confusio magna sequetur.

Tu verras les combats des grands et les flots de sang,
Les campagnes dépeuplées et le choc des empires,
Temples et maisons tomberont ; les villes seront sans habitants,
En maint endroit la terre restera en friche ;
Les nobles seront massacrés et les premiers du pays ruinés,
La fraude règnera parmi eux et une grande confusion s'ensuivra.

Telle est la prophétie lugubre qu'un gueux frison ne craignit pas d'aller, au péril de sa tête, clouer sur les ruines fumantes du château qui avait longtemps servi de repaire aux rebelles. Nous ne nous attendions pas à trouver chez les gueux de si bons écoliers : ce gueux faisait partie des recrues nouvelles. Hartman Gauma, — tel était son nom, — restait poète en dépit des horreurs de la guerre. Il continuait de lire et de méditer son Horace à la lueur des bûchers. Gauma n'était ni un brigand sans foi, ni un pirate sans

merci. « Le service de Dieu et la délivrance de
la patrie » lui avaient mis les armes à la main ;
il eût été digne de figurer dans ces grands débats
parlementaires où nous avons entendu les
hommes d'État anglais se jeter mutuellement
les vers de Virgile à la tête. N'était-ce pas un
trait à noter, et ne pressent-on pas déjà que la
marine des gueux, sans perdre complètement
ses habitudes sauvages et sanguinaires, va insensiblement s'épurer? Parce que le peuple
néerlandais est fort, il ne faut pas croire qu'il
soit insensible aux charmes de la poésie. C'est,
au contraire, le peuple le plus porté au culte de
l'idéal, le plus prompt à s'enivrer d'ambroisie,
que cette ambroisie ait une saveur latine ou
flamande. Voilà des alliés que j'aimerais pour
mon pays ; on saurait au moins avec eux sur
quoi compter.

A la nouvelle de la défection de Jean d'Abels,
et des ravages qui désolaient la Frise, Albe crut
pouvoir se borner à donner l'ordre à la garnison
de Medemblik de se tenir sur ses gardes. Quelques pièces de petit calibre furent aussi expédiées à la Brille, et un certain nombre de
navires marchands, armés précipitamment en

guerre, se hâta d'embarquer ses équipages
pour protéger, s'il était possible, en même temps
que les côtes de Frise, la pêche du hareng contre les pirates.

Ces précautions furent prises au mois d'août
1567. Au mois de mai 1568, Louis de Nassau
envahissait les Ommelands, c'est-à-dire les pays
qui avoisinent et entourent la ville de Groningue.
L'amiral flamand au service de l'Espagne, François van Boshuizen, accourut, s'établit devant
Delfzijl, dans l'Ems occidental, à l'entrée du Dollard, et s'occupa de couper les vivres à Louis
de Nassau. La détresse ne tarda pas à se faire
sentir dans l'armée rebelle. Louis de Nassau
n'hésita plus; il fit appel aux pirates, et, le
1er juillet 1558, délivra, au nom de son frère le
prince d'Orange, des lettres de marque à Henri
Thomas et à Didier Sonoy, acceptés comme
chefs par les gueux. Le prince leur abandonnait d'avance tout le butin qu'ils pourraient
faire, sans vouloir s'en réserver aucune part; il
ne leur demandait que l'artillerie. Les flibustiers se trouvaient du coup élevés au rôle de
belligérants.

C'est une phase nouvelle qui vient de s'ou- .

vrir. L'histoire de la marine néerlandaise commence. Quelle marine pourrait se glorifier de
plus magnifiques annales? Celle-ci n'a pas seulement honoré la patrie : elle l'a fondée.

PLUTOT TURCS QUE PAPISTES

I

Ce ne sont pas seulement les marins de 1830 qui ne reconnaîtraient plus aujourd'hui notre flotte ; ceux de 1866, s'ils voyaient les profondes modifications que le court intervalle d'un quart de siècle a pu produire dans les engins de destruction, dans les installations intérieures, dans la stratégie navale, ne se montreraient peut-être pas beaucoup moins étonnés. La science nous a, par un étrange détour, ramenés aux temps où les armes de jet cédaient encore le pas

à l'éperon brutal et au brûlot. Les combats de
mer s'en trouveront singulièrement simplifiés;
on n'en peut dire autant du rôle des arsenaux.
Nous ne verrons plus des flottes de bannis pro-
mener en tous lieux le drapeau de princes sans
état. Les gueux de mer et l'intrépide amiral de
Charles Ier, le fameux prince Rupert, n'avaient
besoin ni d'ateliers de réparation pour leurs
machines ni de dépôts de charbon pour leurs
chaudières. La guerre en 1649, aussi bien qu'en
1568, en était restée aux procédés primitifs qui
l'avaient, pendant des milliers d'années, rendue
si facile. Sur terre on savait la faire avec des
piques, sur mer avec des barques.

Quiconque avait quelque démêlé avec la justice, quiconque se voyait en butte aux poursuites
de ses créanciers, allait grossir les rangs des
mécontents qu'effrayaient les persécutions du
duc d'Albe. Lorsque Louis de Nassau eut, par
la mesure prise le 1er juillet 1568, légitimé en
quelque sorte la piraterie, ce ne furent pas
seulement des criminels et des débiteurs insol-
vables qui accoururent, ce furent des patriotes,
dont le frère d'Orange venait de rassurer tout à
coup les consciences timorées.

Pour Albe, les lettres de marque de Louis de
Nassau ne changeaient rien à la situation. Albe
ne se demanda pas un instant si les commissions
délivrées aux commandants rebelles émanaient
d'un prince indépendant, d'un chef qui, par sa
principauté d'Orange, ne relevait en aucune
façon de l'autorité du roi d'Espagne, et se trouvait par conséquent investi de toutes les préro-
gatives attribuées par la loi du jour aux princes
souverains : les gueux de mer restèrent à ses
yeux des rebelles et des pirates. Ils n'obtinrent
de lui, chaque fois que leur mauvaise fortune
les mit en son pouvoir, d'autre merci que la
potence au lieu du bûcher. Les puissances neutres ne se montrèrent guère plus tolérantes.
Seulement ce n'était pas la rébellion ou la course
illégale qu'elles prétendaient punir : elles s'en
prenaient uniquement aux excès dont leurs rive-
rains et leurs vaisseaux marchands avaient à se
plaindre. Quand les magistrats de Hambourg
firent pendre Jean Broeck, un des gueux de mer
les plus réputés pour son audace, ils n'avouaient
nullement l'intention de contester les droits du
prince d'Orange ou de consacrer ceux du roi
d'Espagne : ils voulaient venger leurs propres

griefs comme le duc d'Albe vengeait la majesté
outragée de son maître.

A peine pourvus de leurs lettres de marque,
Didier Sonoy et Henri Thomasz [1] reçurent l'ordre
de Louis de Nassau d'attaquer la flotte de Boshuizen. L'armée d'Albe n'avait pas encore paru,
la fortune semblait favoriser les rebelles : les
habitants d'Emden prêtèrent leur concours aux
gueux de mer. Ils aidèrent Sonoy, Thomasz et
Gérard Sébastien, flibustier de Gorcum, à s'emparer, devant leur ville même, d'un vaisseau de
Groningue du port de 200 tonneaux [2]. La population de Delfzijl ne montra pas moins de complaisance : elle livra ses vaisseaux, ses chaloupes
de pêche. Louis les fit armer par ses capitaines
et les envoya rejoindre Jean Abels. Le valeureux
transfuge se préparait, avec trois autres commandants, à exécuter contre Boshuizen une
attaque en règle.

Le 7 juillet 1568, les gueux de mer se portèrent à toutes voiles vers la flotte ennemie. Boshuizen fit un instant mine de vouloir soutenir

---

1. Thomasz ou Thomazoon, fils de Thomas.
2. *Geschiedenis der Watergeuzen*, par Van Groningen, pasteur à Ridderkerk. — Leyde; Luchtmans, 1840.

le choc sans broncher. A l'approche des gueux cependant, on le vit lever l'ancre et battre en retraite. Boshuizen connaissait l'impétuosité de ses adversaires, leur habitude d'engager le combat corps à corps; il se souciait peu de se laisser aborder, et prit chasse dans le dessein d'attirer en pleine mer ces chétifs navires, d'un tonnage bien inférieur à celui de ses vaisseaux.

Malheureusement pour lui, le vent tomba et les vaisseaux commencèrent à dériver au gré de la marée. Il fallut de nouveau jeter l'ancre. Sonoy et Gérard Sébastien profitèrent de la dispersion des vaisseaux de Boshuizen pour en capturer quatre. Ils capturèrent également deux hourques marchandes.

Satisfait de cet avantage, Sonoy, qui exerçait le commandement en chef, se hâta de revenir devant Delfzijl. Il apportait la nouvelle d'une victoire : il trouvait à Delfzijl les symptômes avant-coureurs d'un prochain désastre. Albe approchait rapidement; Louis de Nassau venait de lever le siège de Groningue et se tenait sur la défensive, déjà retranché à Jemmingen. Les vaisseaux des gueux, si faible que fût leur

tirant d'eau, ne pouvaient suivre l'armée du
comte jusque-là. Sonoy dut se borner à expédier
au comte quelques provisions dans les scutes[1]
et dans les bateaux ramassés à Delfzijl. Jan
Broeck, — ce Jan Broeck destiné à un sort si
funeste, — et Ellert Hop, se chargèrent de la
mission. Ce furent eux qui sauvèrent, comme
nous l'avons raconté dans la première partie de
ce travail, les débris de l'armée du comte Louis
et le comte lui-même.

Après le triomphe si éclatant et si complet du
duc d'Albe, qu'allaient devenir les vaisseaux de
Sonoy? Le bailli d'Emden, Unico Manninga,
offrait de les recevoir dans le port qui tant de
fois les avait abrités; il promettait même à Sonoy une énergique protection. Les menaces
d'Albe transformèrent brusquement ces dispositions bienveillantes. Les vaisseaux capturés
furent placés sous séquestre, et les fonds pro-
venant des navires de commerce mis à rançon
par les gueux furent confisqués, « en dédom-
magement », prétendit le bailli d'Emden, « du
préjudice causé par les équipages rebelles au

---

1. Scute, en hollandais *schuit*, bateau à fond plat.

gardien des balises de l'embouchure de l'Ems. »

L'adversité ne rencontre pas d'amis, et ce n'est pas seulement chez les Turcs qu'on apprend à « raser sur la tête de l'orphelin ». Sonoy et ses capitaines durent se trouver trop heureux d'échapper aux rigueurs de la prison.

Emden était donc pour le moment fermé aux gueux. Il ne leur restait plus pour refuge que la mer, les ports anglais et la Rochelle. Leur flotte cependant, loin de diminuer, croissait toujours : l'armée du comte Louis s'était chargée, en se dispersant, de lui procurer des recrues. C'est alors qu'on vit se présenter à bord des vaisseaux qui portaient le suprême espoir de la patrie le frère et le fils de Jan Abels, — Tamme et Fokke Abels ; Homme Hottinga, jadis capitaine d'une compagnie de soldats, sous le comte Louis, avec ses deux fils Duco et Taco ; Jelte Eelsma, Hero Hottinga, Douwe Glins, Wijbe Sjoerds, et, quelque temps après, Willem van Blois de Treslong, habitant de la Brille.

Les gueux de mer, exclus du port d'Emden ne renoncèrent pas pour cela aux pillages qui les faisaient vivre. Ils n'avaient plus de point

d'appui sur la côte : ils se rabattirent sur les
îles dont le faible tirant d'eau de leurs vaisseaux leur ménageait l'accès. Ils établirent un
double dépôt de vivres, de butin et de prisonniers sur Ter-Schelling et sur Ameland[1].
De là, ils négociaient l'échange contre rançon
des captifs qu'il leur semblait profitable d'épargner.

Le temps des irruptions normandes était revenu. On voyait constamment rôder le long du
littoral de la Frise et des côtes de la Hollande du
nord des barques suspectes qui occupaient les
passes du Zuyderzée, et s'aventuraient même souvent à jeter leurs équipages à terre. Entraînés par
l'ardeur de la rapine, aiguillonnés par la haine
des moines, ces aventuriers intrépides poussaient leurs incursions au loin dans la campagne, et allaient dévaster avec une férocité inouie
les cloîtres et les églises. « Fokke Abels », —
le fils de Jan Abels, — écrivait, à cette époque,
Jean Carolus d'Anvers, fiscal du conseil de la
Frise, « est bien jeune encore ; il dépasse cependant déjà en cruauté la rage inhumaine des

---

1. Voyez la carte de MM. Vivien de Saint-Martin et
Fr. Schrader publiée par la librairie Hachette et Cie.

Turcs. Il la dépasse de plusieurs « parasanges ».
Jamais dans ses orgies il n'emploie que les saints
calices remplis de bière ou de vin jusqu'au
bord. Il a fait clouer un riche tabernacle en tête
du grand mât de son vaisseau. « Voyez, dit-il
aux prêtres qu'il a faits prisonniers, ce très saint
coffret. Si haut que vous le placiez dans votre
vénération, vous ne le placez pas encore aussi
haut que les gueux. » Puis il oblige les malheureux prêtres à revêtir leurs vêtements d'officiants
et, sous menace de mort, prêt à les percer de
l'épée ou à les faire jeter à la mer, il les contraint d'accomplir toutes les cérémonies qui
accompagnent la célébration de la messe.

Fokke Abels trouvait des émules. « Moi, capitaine Egbert Wybrantsen, » écrivait aux religieux du cloître d'Hemmelum, près de Stavoren,
le commandant d'un des vaisseaux des gueux,
« je vous fais savoir que si vous ne m'avez pas,
avant quatorze jours, envoyé la somme de six
mille écus pour la rançon de votre supérieur,
je le ferai pendre, ne dût-il plus rester abbé
vivant au monde ». Les religieux s'exécutèrent.
Ils firent bien, car le capitaine Wybrantsen aurait sans hésiter accompli sa menace.

Pendant ce temps la flotte de Boshuizen, faute
d'argent pour acheter des munitions et des
vivres, pour opérer de nouvelles levées de matelots, demeurait forcément inactive à Dokkum[1],
et assistait dans une impuissance douloureuse
aux exploits répétés des forbans. Albe, nous
l'avons dit, ne recevait aucun secours d'Espagne. Les Maures de Grenade venaient de se
soulever : l'attention de Philippe II se trouvait
forcément détournée des Pays-Bas. Il ne lui
arrivait d'ailleurs de ces provinces lointaines
que des nouvelles rassurantes : Albe se croyait
entièrement maître de l'insurrection ; il le répétait dans toutes les dépêches qu'il adressait de
Bruxelles à son maître. Ce n'étaient pas quelques pirateries qui pouvaient le troubler dans
son triomphe. Ces désordres l'indignaient : ils
ne l'alarmaient pas. Très peu de capitaines,
même parmi les plus illustres, ont compris la
puissance de la marine, le parti qu'on en peut
tirer, le mal qu'on en doit craindre.

Les tempêtes de l'hiver et les glaces du Zuyderzée vinrent pourtant mettre un frein aux

---

1. Dokkum est la ville la plus septentrionale de la Frise.
Elle est située presque à la hauteur d'Ameland.

dépradations des gueux de mer : Boshuizen
désarma sa flotte ; les bannis se replièrent vers
l'embouchure de l'Ems. Le prince d'Orange
s'était vu contraint de licencier son armée, et
une foule de soldats sans ouvrage encombraient
la ville d'Emden. Soutenus par les sympathies
des habitants, ils y étaient en quelque sorte
les maîtres. Les gueux n'avaient plus rien à
craindre du bailli ; ils reparurent effronté-
ment dans le port d'où on les avait chassés.
Au printemps de l'année 1569, les côtes de
la Hollande septentrionale reçurent de nouveau
leur visite.

Orange avouait maintenant à la face de l'Europe ces compromettants auxiliaires. Il leur envoya, dans l'espoir de les modérer, ses meilleurs
capitaines, des capitaines appartenant à la première noblesse des Pays-Bas. Adrien van Zwieten, Lancelot de Brederode, Albert d'Egmont,
Frédéric et Guillaume van Dorp, le baron bour-
guignon de Montfalcon, Guillaume d'Imbize,
gentilhomme gantois, Nicolas Ruychaver, Adrien
Menninck, Dirk van Bremen et maint autre allèrent tenir compagnie à Sonoy, à Thomasz, à
Jan Abels. Les guerres civiles ne connaissent

pas cette division jalouse du travail qui partage
les armées en marins et en soldats. Les mêmes
personnages font campagne sur terre ou sur
mer, suivant que l'occasion s'en présente.

Pour prix de sa condescendance envers cette
force irrégulière qu'il voulait relever aux yeux
mêmes des éléments si divers qui la composaient, Orange s'était réservé le droit de nommer
l'amiral auquel il conférait le soin d'introduire
dans la flotte une certaine unité. Son choix
tomba sur un très vaillant homme de guerre,
sur Adrien de Berghes, seigneur de Dolhain.
Cet amiral, — le premier qui ait arboré au
grand mât, en vertu d'une commission régulière, l'étendard de l'insurrection, — paraît avoir
échangé sans trop de regret la vie des camps
pour la vie bien plus rude encore du corsaire.
Malheureusement pour Orange, la comptabilité
de Dolhain laissa, dès le début, beaucoup à dé-
sirer. Orange attendait des gueux moins des
victoires éclatantes que des victoires fructueuses.
Tourmenté, comme tous les généraux de cette
période troublée, du besoin d'argent, sachant
qu'avec de l'argent il recruterait facilement des
armées, il abandonnait à l'amiral, pour la part

personnelle dont il n'entendait pas le priver,
le dixième du butin. Tel était l'avantage uni-
versellement attaché à la fonction. Des neuf
parts restantes, Orange s'attribuait expressé-
ment le tiers. Les deux autres tiers seraient
partagés entre les équipages et les capitaines,
à la charge pour les capitaines de payer la solde
et les vivres. Les premiers débats entre Orange
et Dolhain naquirent de cet arrangement.

Au mois d'octobre 1569, la bataille de Mont-
contour portait un coup funeste à la cause des
réformés. Trois jours avant cette bataille, le
prince d'Orange avait quitté la France pour
rentrer en Allemagne, son refuge accoutumé.
A peine remis de l'émotion que dut lui faire
éprouver la défaite de ses alliés naturels, Orange
s'empressa de dépêcher auprès de Dolhain un
de ses officiers les plus actifs, Jean Basius.
L'amiral venait précisément d'arrêter, au mois
de septembre, à l'entrée de la Vlie, une des
passes qui donnent accès dans le Zuyderzée,
deux flottes marchandes arrivant de la Baltique,
l'une de soixante vaisseaux, l'autre de quarante.
Ces flottes étaient en majeure partie composées
de bâtiments neutres. Un tel mépris du droit

des nations ne témoignait que trop du profond
dédain que rencontraient les instructions réitérées du prince. Orange s'était cru en droit
d'interdire rigoureusement aux gueux de mer
« de rien entreprendre contre les villes, les
places fortifiées, les vaisseaux des habitants de
l'Allemagne, de l'Angleterre, du Danemark, de
la Suède, de la France, de tous les pays en un
mot *qui avaient cru à la parole de Dieu.* « Quant
aux autres puissances, — Espagne, Écosse, Italie, Portugal, — Orange ne s'en occupait pas.
S'il y a eu des croisades contre les musulmans,
on voit qu'il n'en a pas manqué non plus contre
les catholiques. Le catholicisme s'est trouvé
dans les Pays-Bas en état de légitime défense.
Je suis loin d'excuser la férocité avec laquelle
il s'est défendu, je tiens seulement à constater
qu'il n'a pas été attaqué avec des gants de velours. Lui aussi, on l'a mis hors la loi, non pas
seulement parce qu'il persécutait, mais parce
qu'il ne croyait pas à la parole de Dieu. »
Toutes les sectes ont du fanatisme, de la super-
stition et d'odieuses violences à leur charge. Je
préfère cependant la pire de ces communions
chrétiennes au matérialisme.

Pour prendre son parti de l'infraction de ses
ordres et du discrédit où les excès des gueux
pouvaient jeter la cause dont il se déclarait le
chef, Orange aurait eu besoin que son délégué
lui rapportât au moins quelque fruit des scan-
daleuses captures qu'une indulgence poussée
jusqu'à la faiblesse tolérait. Basius n'eut, au
contraire, à transmettre à son prince qu'une
réclamation du seigneur de Dolhain. Ce brave
gentilhomme du Hainaut, loin de se reconnaître
débiteur de Guillaume, se posait en créancier.
Il revendiquait avec énergie le remboursement
de cinq mille écus « avancés par lui », disait-il,
« pour l'entretien de la flotte ». Il se démettait
d'ailleurs de son commandement, et le laissait,
jusqu'à décision contraire du prince, aux mains
de son frère Louis de Berghes. Malade, il allait
partir pour Cologne. Quand il aurait rétabli sa
santé, ce ne serait pas à bord de son vaisseau
qu'il reviendrait : il irait chercher en Angleterre
« un repos qu'il croyait avoir bien gagné ».

Comprend-on bien maintenant toutes les difficultés de la tâche assumée par Orange? Ce
taciturne n'est pas mon héros. Toutes mes sympathies vont à celui qu'après Albe et Requesens

Philippe II enverra combattre, à celui qu'un
savant professeur de Louvain appelait, il y a
quelque mois, « un héros belge[1] », et que j'ap-
pellerai, moi, le dernier des chevaliers chrétiens :
elles vont sans hésiter au vainqueur de Lépante,
à l'aimable et honnête don Juan d'Autriche. Je
ne saurais cependant refuser sans une criante
injustice à Guillaume d'Orange le titre de grand
homme et de libérateur de la patrie.

Dès qu'on sort des voies régulières, il faut
s'armer de patience. « Le meilleur architecte,
a dit un grand souverain à qui la fortune ne
devait épargner aucune épreuve, ne peut bâtir
qu'avec les matériaux qu'il a sous la main. »
Ces matériaux ne sont pas toujours ceux que
l'architecte se serait complu à employer. Orange
eût préféré, sans doute, affranchir les Pays-Bas
avec d'autres outils que ceux qui lui étaient
offerts par la rigueur des temps : il accepta les
instruments que la Providence lui envoyait, les
yeux sur son but, qui était assurément très
noble, l'âme cuirassée contre les déceptions.
La réponse de Dolhain le blessait profondé-

1. *Un Héros belge. — Don Juan d'Autriche*, par Émile Van
Arenbergh, Bruges 1889.

ment. Il dissimula néanmoins son déplaisir;
seulement quand Dolhain mit le pied sur le sol
britannique, les griefs d'Orange l'y avaient devancé. Dolhain fut arrêté et conduit en prison
par ordre de la reine Élisabeth. Pour en sortir,
il lui fallut donner une apparence de satisfaction
à Basius, car ce collecteur des deniers réclamés
au nom de la cause nationale avait suivi l'amiral récalcitrant à travers la Manche.

Basius était autorisé à offrir à Dolhain, non
pas la confirmation de son brevet d'amiral, mais
le commandement d'une division de deux ou
trois vaisseaux. Dolhain refusa une faveur qui
eût mal dissimulé sa disgrâce. Ni sur mer ni
dans la compagnie des gueux, il ne se sentait
à sa place. On peut, en effet, mettre en doute
que ce valeureux seigneur ait jamais possédé
la force d'âme qui lui aurait été si nécessaire
pour dominer une troupe irrégulière peu dis-
posée à échanger le frein des lois pour le joug
volontaire de la discipline. Trop compromis
pour pouvoir jamais espérer le pardon du duc
d'Albe, Dolhain reprit le harnais de guerre, sur
le terrain où, dès l'enfance, il était habitué à le
porter. La mort d'un soldat l'attendait dans une

de ces journées sanglantes qui n'ont plus même
de nom ; elle a préservé sa mémoire compromise et permis à l'histoire, par une juste appré-
ciation des difficultés contre lesquelles le premier amiral des gueux eut à lutter, de ranger
l'administrateur négligent, l'homme de mer peu
capable, au nombre des héros que la patrie
reconnaissante honore encore aujourd'hui.

II

La destitution de Dolhain laissait de nouveau
les gueux de mer sans chef. L'ivrognerie et le
désordre firent à bord de leurs vaisseaux de tels
progrès qu'on put craindre un instant que la
flotte d'Orange ne vînt à se dissoudre. Les ports
amis qui les accueillaient encore, ceux d'Angleterre aussi bien que ceux de la France, ne
s'ouvraient plus qu'à regret à ces équipages
dont la turbulence devenait un fléau pour les
villes qu'ils envahissaient. La population même
des Pays-Bas cessait de leur être sympathique.
Partout où ils apparaissaient dans leurs irruptions soudaines, on souhaitait ardemment leur
départ, on ne songeait qu'à se mettre en garde

contre leur retour. Les villes néerlandaises avaient longtemps souffert des allures arrogantes et brutales des soldats espagnols. — C'était là une des principales causes de la révolution. — On se voyait aujourd'hui obligé de reconnaître que les soldats espagnols valaient encore mieux que les gueux de mer. Exposées aux désastreuses visites des pirates, presque toutes les villes marchandes sollicitaient maintenant, dans l'intérêt de leur sécurité, l'envoi de ces garnisons dont elles demandaient jadis avec tant d'insistance l'éloignement. Il y avait là un moment précieux qu'Albe aurait dû saisir pour en finir une fois pour toutes avec la piraterie. Le cours des choses en eût probablement été changé. Albe se laissa distraire par d'autres soins qui lui semblèrent, sans doute, plus pressants. Un de ses lieutenants, Gaspar Robles, seigneur de Billy, gouverneur de la Frise, apprécia mieux la situation.

Au retour du printemps, les gueux avaient menacé Delfzijl [1] : Robles les contraignit de se retirer. Les gueux se rejetèrent sur le Dol-

---

1. Delfzijl est située en face d'Emden.

lard [1], saccagèrent tout le pays environnant
et allèrent déposer leur butin sur les îles d'A-
meland et de Ter-Tchelling. Nous avons dit plus
haut que, chassés d'Emden, ils s'étaient rendus
maîtres de ces deux clefs de l'Ems et du Zuyderzée. Sur Ameland, ils occupaient le château
qu'y avait bâti un gentilhomme frison, Pierre
de Kamminga; sur Ter-Schelling, ils avaient
détruit l'habitation du comte d'Aremberg, em-
mené prisonniers le bailli et le pasteur.

Robles cependant faisait partout et autant que
possible bonne garde sur la côte. Plus d'une
fois, les gueux, descendus à terre, trouvèrent,
au retour de leurs expéditions, la retraite coupée. Mais ce n'était pas assez, pensa-t-il, de
punir ces ravages; mieux vaudrait encore
les prévenir. Au printemps de l'année 1570, il
jeta ses soldats sur Ameland et sur Ter-Schelling. Les gueux ne s'attendaient pas à cette
attaque: ils furent surpris, égorgés, et Robles
rentra en possession des îlots sablonneux
qu'Albe avait négligé de mettre en état de
défense. Là périt un jeune et vaillant gentil-

1. Golfe intérieur créé par les inondations non loin de
l'embouchure de l'Ems.

11.

homme qui avait été des premiers à signer la
ligue des nobles. Pibo Harda s'était chargé de la
défense d'Ameland : il s'acquitta de son mandat
jusqu'au martyre.

Pour nous, pour l'étranger, ces hauts faits
sont des hauts faits inconnus, ces noms de
héros sont des noms obscurs. Il n'est guère de
Hollandais, en revanche, qui ne les connaissent.
Les Hollandais sont un peuple sérieux ; nous
les rencontrerons toujours profondément res-
pectueux de leur histoire. Ils la lisent, si j'osais
employer cette expression, à la loupe. J'admire
trop un patriotisme que nous devrions bien
imiter pour ne pas m'efforcer de ne point pro-
voquer par quelque erreur involontaire ses criti-
ques. La tâche m'a paru quelquefois, je l'avouerai
sans honte, singulièrement laborieuse. Pouvais-
je cependant me flatter de comprendre les
Tromp et les Ruyter, sans avoir fait connaissance avec leurs ancêtres ? Il n'y a vraiment pas,
suivant moi, d'histoire instructive et féconde,
si l'on ne prend cette histoire à son origine, si
l'on ne peut, en un mot, passer constamment
sans lacune du connu à l'inconnu. Telle est la
préoccupation qui m'a fait, sans que j'en eusse

pour ainsi dire conscience, remonter insible-
ment au déluge, qui me ramène, après le siège
de La Rochelle [1], aux premières campagnes
des gueux de mer et qui ne me permettra d'arriver à Duquesne et à Tourville qu'après avoir
passé par les grands amiraux anglais et hollandais appelés à se disputer la suprématie navale
dans la Manche de l'année 1652 à l'année 1672.

Aussitôt après la prise d'Ameland et de Ter-
Schelling, le centre des opérations fut transporté
par Robles, de Delfzijl sur l'Ems, à Harlingen
sur la rive frisonne du Zuyderzée. En face
d'Harlingen s'ouvrait, entre Ter-Schelling et
Vlieland, la grande passe de la Vlie. Dans cette
passe, les gueux continuaient de se tenir embusqués : Robles expédia contre eux cinq de ses
plus gros vaisseaux.

Les gueux de mer, en ce moment, faisaient
flèche de tout bois ; leurs plus gros vaisseaux
venaient de La Rochelle, quelques-uns leur
étaient fournis par les défections qui tendaient,
grâce aux nouvelles exigences du duc d'Albe, à

1. Voyez l'ouvrage intitulé le *Siège de La Rochelle* ; Firmin-
Didot. En vente au profit de la Société de sauvetage des nau-
fragés, 1, rue de Bourgogne, Paris.

se multiplier. Un de ces vaisseaux transfuges, le vaisseau la *Cloche*, de 230 tonneaux, semblait un colosse au milieu de la flottille de Myrmidons qu'il était venu joindre. Avant l'arrivée de la *Cloche*, c'était un navire de 120 tonneaux qui tenait dans la flotte rebelle le premier rang. Le reste se composait de bâtimens marchands capturés, de flibots, de yachts, de kromstevens[1] tous navires de 40 à 60 tonneaux, de bateaux de pêche, d'esquifs plus chétifs et plus misérables encore, — quelque chose, en un mot, comme la flottille qu'on voit, aux jours d'été, sortir chaque matin des jetées de Trouville. Les heux, les balandres, les caravelles de Zélande, n'avaient pas encore pris place dans la flotte commissionnée par Orange. Lorsqu'en 1571 Blois de Treslong fera, au prix de 6,000 florins, l'acquisition d'un navire de 180 tonneaux, armé de seize pièces de fonte verte, les gueux de mer accueilleront ce renfort avec autant de joie et d'orgueil qu'en montreront soixante-sept ans plus tard les capitaines de l'archevêque de Sourdis le jour où le vaisseau la *Couronne*, ce

---

1. *Kromsteven*, vaisseau dont l'avant est bâti en croissant.

chef-d'œuvre de construction dont la charpente devait absorber toute une forêt de la duchesse de Rohan, rallia l'escadre du roi Louis XIII devant Guétarie [1]. Le *bon combat*, le combat de la liberté, fut soutenu, au début, dans les Pays-Bas, par des coques de noix et par des flibustiers, — je n'oserais pas dire par des voleurs de grand chemin.

Les vaisseaux de Robles approchaient rapidement. Au moment où l'action va s'engager, la tempête éclate. L'escadre espagnole, la flottille des rebelles, se trouvent du même coup dispersées. L'ouragan les mêle, les confond à leur insu. Un vaisseau espagnol rencontre à l'improviste deux navires qu'il ne tarde pas à reconnaître pour navires ennemis. Le vent s'est apaisé, la mer est redevenue plate. On peut de nouveau se battre. Confiant dans sa masse, l'Espagnol va droit aux gueux. Un des deux navires qu'il prétend attaquer ne portait pas de canons. Celui-là prend la fuite. L'autre avait à la fois à son bord deux canons et un certain nombre de mousquetaires. Il épargne à l'Espa-

1. Voyez les *Marins du XVᵉ et du XVIᵉ siècle*, t. II. Plon, Nourrit et Cⁱᵉ.

gnol la moitié du chemin. Rude combat où chacun des deux adversaires apporte la même
énergie! Le capitaine de Robles commence à
regretter la rencontre; il laisse entrevoir à son
équipage l'intention de ne pas prolonger davantage la lutte. Voilà près de quatre heures qu'il
échange sans profit des boulets. L'équipage se
montra en cette occasion plus acharné que son
capitaine. « A l'abordage! à l'abordage! crient
de toutes parts les matelots, ou nous vous jetons
à la mer! — Vous le voulez, répond le commandant indigné; vous le voulez! Je vais donc
accrocher ce vaisseau hollandais. Que le diable
maintenant, si l'envie lui en prend, nous sépare! » Les grappins sont jetés, les deux navires s'accostent et font corps. Je laisse à penser
la furie avec laquelle ces haineux ennemis s'ef-
forcent de se joindre, une fois aux prises, cherchent à se terrasser. Les gueux de mer avaient
pour capitaine un rude compagnon du nom de
Spierings. Longtemps, très longtemps, Spierings tint les Espagnols en échec. Son vaisseau
finit cependant par être envahi. Terrible mésa-
venture pour un homme qui combat la corde
au cou! « Tue-moi! » dit le corsaire à un de

ses soldats. Le soldat ne se le fait pas dire deux
fois. Il passe son épée à travers le corps du
capitaine et se jette ensuite à la mer.

Quelle merci pouvait-on attendre d'un ennemi
à qui on n'eût assurément pas songé à en faire
soi-même ? Les gueux que le flot n'engloutit
point furent en majeure partie massacrés. Les
Espagnols mirent pourtant de côté quelques
prisonniers : il fallait bien donner un certain
éclat à la rentrée triomphale qu'on préparait.
Le pont du vaisseau investi était jonché de
morts. Les têtes furent coupées et salées à la
façon turque, on lança les troncs par dessus le
bord. Revenus au port, les soldats de Robles
prirent avec leurs sanglans trophées la route
de Groningue. Les gueux ouvraient la marche.
On leur avait laissé les mains libres pour
qu'ils pussent porter, non point des corbeilles
de fleurs à la façon des canéphores antiques,
mais les têtes de leurs camarades. Ils défilèrent
ainsi, entre deux haies de spectateurs terrifiés,
et allèrent déposer les hideuses offrandes aux
pieds de Robles. On les conduisit ensuite à la
geôle. Quelques jours plus tard, les portes de
la prison se rouvraient, et les gueux, déjà brisés

par de cruelles tortures, allaient à la potence
recevoir le châtiment suprême.

Vous trouverez, sans doute, ces procédés
atroces. Notez bien que nous sommes ici en
plein xvi° siècle, et rappelez-vous avec quelle
ardeur sauvage catholiques et huguenots se
faisaient, à la même époque, la guerre dans
notre belle et malheureuse France. Ce qui nous
fait frémir étonnait à peine nos ancêtres. Ne
vous fiez pas trop, d'ailleurs, aux progrès si
vantés de notre civilisation. Le monde a peut-
être connu, dans les profondeurs des siècles
préhistoriques, des périodes où la vie humaine
avait droit à autant de respect que nous nous
faisons gloire de lui en accorder aujourd'hui.
Puis brusquement, par un choc imprévu, l'âge
d'or a fait place à l'âge de fer. Il a fallu des
milliers d'années pour lui donner le temps de
renaître. La main de Caïn, par une fatalité in-
hérente en quelque sorte à notre nature, reste
toujours levée sur Abel. On ne saurait présu-
mer à l'avance jusqu'à quel degré de barbarie
la guerre pourrait, de représailles en représailles, ramener des peuples qui croient avoir abjuré
à jamais les horreurs des temps passés. La ré-

plique aux assauts des torpilleurs provoquerait
très probablement des rigueurs près desquelles
les combats sans pitié dont le récit fait passer
dans nos veines un secret frisson, n'apparaî-
traient plus que comme le légitime exercice des
droits du belligérant. Qu'on y songe pendant
qu'il en est temps encore ! L'empereur Napoléon Ier entrevit le remède en 1812 : d'accord
avec les États-Unis, il ne craignit pas de le
proposer [1]. Je n'en connais point d'autre que
celui qu'il indiqua. Le cannibalisme nous guette,
hâtons-nous, croyez-moi, de conjurer le fléau,
et, sans perdre une minute, déclarons dans un
congrès solennel « la neutralisation sur mer de
la propriété privée ».

Pas de grâce ! Tel était le mot d'ordre des
hostilités dont l'année 1568 donna le signal. Les
rencontres sur terre et sur mer devenaient plus
impitoyables de jour en jour ; les cœurs encore
accessibles à la compassion peu à peu s'endur-
cissaient. Les égards que l'antique chevalerie
ne refusait pas au courage malheureux, la clémence vers laquelle certains esprits inclinaient

---

1. Voyez la préface des *Corsaires barbaresques*.

au début, passaient maintenant d'un aveu à peu près unanime pour des faiblesses. Au mois de mai 1570, les gueux de mer entrèrent de vive force à Hindeloopen, petite ville de la Frise située près de Workum. Le butin fut considérable ; les sanctuaires des églises en fournirent la majeure partie. La rage dévastatrice des gueux prenait surtout plaisir à s'exercer aux dépens du clergé. Quelques jours plus tard, le maire Dongeradeel était, près de Holwert [1], enlevé de nuit dans son lit. La terreur devenait générale. Aucun noble, aucun habitant de la Frise, se sentant soupçonné d'être partisan de l'Espagne, n'osait plus séjourner hors des villes.

Outre ces incursions venues de la mer, il fallait encore craindre les attaques des troupes de brigands affiliés aux pirates. Les gueux des bois écumaient la campagne, pendant que les gueux de mer écumaient l'océan germanique et les fleuves. A la tête des audacieux malfaiteurs, figurait le jeune noble frison dont nous reproduisions, au début de cette étude, les prédic-

---

1. En face d'Ameland.

tions sinistres. Comblé par la nature de ses
dons les plus séduisants, Hartman Gauma
n'était pas né pour piller des villages et pour
dévaliser des couvents. Le malheur des temps
l'avait chassé de sa patrie ; il séjournait d'ordinaire à Emden. Ses complices sur l'autre rive
de l'Ems étaient nombreux. Il apparaissait subi-
tement et disparaissait de même. En vain
Robles mettait-il chaque jour, avec un redoublement de promesses, sa tête à prix. Personne
en Frise ne se sentait le courage ou la volonté
de le trahir. Ni tortures, ni potences, ni bûchers,
n'arrachaient aux suspects qu'on parvenait à
saisir le secret des retraites successives où
Gauma trouvait à se réfugier. Brûlait-on un de
ces asiles, la maison de Six Janszoon, par
exemple, dans le village d'Oldeborn [1], aussitôt
le *Mané*, *Thécel*, *Pharès* du festin de Balthazar
brillait en vers latins sur les ruines fumantes
du repaire favori des gueux. Bientôt, il n'y eut
qu'un cri dans les campagnes dévastées pour
réclamer la protection des vaisseaux du roi.
Puisque le duc d'Albe prétendait avoir raffermi

1. Oldeboorn en Frise, à 20 kilom. au sud de Leeuwarden.

d'un bout des Pays-Bas à l'autre l'autorité
de Philippe II, c'était bien le moins qu'il son-
geât enfin à rendre la sécurité aux provinces
maritimes et qu'il consacrât à ce soin une
partie des ressources arrachées à un peuple ap-
pauvri.

Comment s'expliquer qu'Albe ait pu continuer de rester sourd à ces plaintes réitérées,
à ces doléances de jour en jour plus vives ? La
confiance d'Albe dans la pacification des Pays-
Bas était moins complète que son attitude et
son langage auraient pu le faire croire. Le pru-
dent gouvernement tenait à garder ses forces
et ses fonds pour faire face à un retour offensif,
toujours à prévoir, toujours imminent, du
prince d'Orange. Le soulèvement des Maures
dans le massif des montagnes de Grenade n'était
pas encore apaisé : ne pouvait-on craindre que
le sultan Sélim ne vînt quelque jour en aide à
ces persécutés auxquels, des côtes d'Afrique, les
corsaires barbaresques tendaient déjà la main ;
qu'il n'expédiât enfin sa flotte sur les côtes de
l'Andalousie, au lieu de l'employer à refouler
les galères de Venise au fond de l'Adriatique ?
Ce n'était pas, on en conviendra, pour Philippe II

ainsi menacé, le moment d'envoyer ses vaisseaux dans les mers du Nord. « Les Maures,
écrivait le prince d'Orange, nous donnent, par
la grâce de Dieu, un bon exemple. Si un peuple
de rien, un troupeau de brebis, peut entreprendre de lutter contre la puissance du roi
d'Espagne, que ne doit-on attendre du courage
d'un peuple vaillant et fort, entouré de toutes
parts, comme le sont les Néerlandais, de voisins prêts à l'assister? » L'indifférence affectée
par Albe au sujet des ravages dont l'écho ne
cessait d'arriver à ses oreilles avait donc probablement pour cause un souci plus grave et
plus impérieux encore. L'heure, en tout cas,
semblait passée où un léger effort pouvait
étouffer la marine naissante qui prêtait déjà un
si vigoureux concours à l'insurrection. Albe prit
la seule mesure qu'il jugea, dans cette situation
critique, à sa portée : il envoya ses pleins pouvoirs à Robles.

Le vaillant stathouder ne perdit pas une minute pour justifier la confiance que le vieux duc
de fer mettait en lui. Il fit sur le champ appel
aux contributions volontaires des habitants qui
le pressaient de les protéger. Malheureusement

ces mêmes habitants, si empressés à solliciter
son appui, ne savaient pas résister aux excita-
tions secrètes des émissaires d'Orange. Ils
auraient voulu être à la fois patriotes et tran-
quilles. N'est-ce pas le spectacle qu'en tout
temps et en tout pays a offert, au grand détri-
ment de la paix publique, une bourgeoisie
frondeuse? « Ils chantent, disait Mazarin, ils
paieront. » Il eût été plus vrai, peut-être de
dire : « Ils chantent : prenons garde! » Le
peuple, à lui seul, ne fait pas de révolutions ;
il n'est propre qu'à faire des émeutes. Toutes
les chutes de gouvernement sont venues des
chambres de rhétorique : n'est-il pas juste que
les chanteurs aient leur part dans les calamités
qu'ils provoquent?

Le prince Guillaume faisait quêter de tous
côtés pour la cause de Dieu. Pierre Adrien van
der Werf a un nom célèbre dans l'historie des
Pays-Bas. De concert avec le ministre protestant
Jurriaan Epeszoon, il récoltait d'abondantes
aumônes. Son éloquence entraînante savait
arracher aux plus hésitants et aux plus timides
des libéralités qu'il fallait quelquefois payer de
sa tête. La situation présentait donc cette ano-

malie singulière d'esprits favorables au fond à
la cause de la Réforme, assez irrités cependant
contre les gueux de mer pour se prêter sans trop
de mauvais vouloir à des exigences qui auraient
du moins pour effet d'éloigner des côtes néerlandaises ces défenseurs irréguliers de la patrie.
Les réquisitions des agents du fisc rencontrèrent
ainsi moins de résistance qu'on n'eût pu le
craindre, et Robles se trouva bientôt en mesure d'augmenter dans une proportion notable
ses armements.

Le plus grand secours lui vint d'Amsterdam.
cette ville marchande, tout occupée de ses opérations commerciales, n'avait pas encore pris
parti pour la révolte. Elle ne communiquait
avec l'océan Germanique que par le Zuyderzée :
il était naturel qu'elle s'indignât de voir les
passes de cette mer intérieure constamment as-
siégées par les vaisseaux des gueux. Semblable
blocus devait la conduire à une ruine totale, s'il
n'avait même bientôt pour résultat de l'affamer.
Puisque le gouvernement de la régence demeurait impuissant, la noble cité se défendrait
elle-même. Ses magistrats réclamèrent et obtinrent à cet effet, sans trop de peine, le con-

cours des autres villes de la Hollande. Douze
vaisseaux d'Amsterdam se portèrent, sous les
ordres de Boshuizen, à l'embouchure de l'Ems ;
d'autres vaisseaux, équipés à Hoorn et à Enkhuysen, furent placés sous le commandement
du bourgmestre de Hoorn, Jan Simonsz Rol.
Gouda, Delft, Dordrecht, promirent de leur côté
d'entretenir sur les fleuves des barques armées
de canons et de soldats, pour y garantir la
sûreté des transports. Albe eût voulu donner
quelque consistance à ces flottes détachées, les
ranger toutes sous l'autorité d'un même amiral.
Il songea même un instant à conférer cette importante fonction à un prince allemand, au duc
Adolphe de Holstein. La combinaison eût offert
l'avantage d'associer les villes hanséatiques, —
Hambourg, Brême et Lubeck, — à la répression
d'actes qu'Albe, dans son indignation d'Espagnol et de catholique, s'obstinait à flétrir du
nom de pirateries. Le duc Adolphe se défendit
d'accepter une mission qui lui eût très probablement aliéné les sympathies de ses compatriotes. Les villes allemandes étaient presque
toutes infectées de l'esprit d'hérésie. Albe se
vit donc contraint de s'en fier encore une fois

à l'énergie de Robles et à l'activité du comte
de Bossu, dans la personne de Rol, le bourgmestre de Hoorn, stathoudher de Hollande : il
se contenta de donner à Bossu, un actif auxiliaire. Rol fut investi des fonctions de vice-
amiral.

A Bossu les réformés opposèrent, le 16 juin
1570, Jan van Troyen. Ce vaillant corsaire
réunit à la hâte un certain nombre de vaisseaux
et obtint d'abord sur son adversaire quelques
succès. Les efforts d'Amsterdam redoublèrent,
ses armements grossirent, la jonction s'opéra
entre les vaisseaux équipés par Robles et ceux
qu'avec un zèle infatigable continuait de rassembler Bossu : les gueux de mer durent vider
les lieux. Ils allèrent chercher un asile en Angleterre. C'était le seul refuge qui leur restât.
Leurs violences croissantes éloignaient ceux-là
même que la politique et la religion en auraient
le plus naturellement rapprochés. Pressés par
le besoin, les gueux ne respectaient plus rien,
pas même les sauf-conduits délivrés aux vaisseaux de La Rochelle par le comte Louis de
Nassau, représentant d'Orange auprès des réformés français. Tout vaisseau marchand était

12

pour ces flibustiers aux abois de bonne prise.
Orange n'ignorait pas les réclamations véhé-
mentes que provoquait de toutes parts la conduite déréglée de ses partisans. Il ne se bornait
point à en gémir tout bas, il s'en plaignait très
haut et avec amertume ; mais en vain multi-
pliait-il les réprimandes, les objurgations : son
autorité n'était que l'autorité d'un chef de parti,
c'est-à-dire l'autorité la plus précaire qui soit
au monde. Quand on se met à la tête des passions de la foule, on roule avec le flot, on ne le
dirige pas.

Le frère aîné de Coligny, Odet de Châtillon,
ce cardinal étrange qui, gagné à la cause de la
réforme, épousa la comtesse de Beauvais, et,
revêtu de la pourpre romaine, osa célébrer la
cène calviniste dans sa cathédrale, Odet de
Châtillon, disons-nous, se trouvait en Angleterre en ce moment. Il y plaidait avec une cha-
leur persuasive la cause des huguenots, quand
les gueux de mer, battus par la tempête, ayant
perdu en route plusieurs de leurs vaisseaux,
vinrent jeter l'ancre sur la rade de Douvres.
C'était sur le conseil de Châtillon qu'Orange,
en 1568, avait délivré à ces capitaines d'aven-

ture des lettres de marque. Aujourd'hui Châtillon rougissait de ses protégés : « Si les gueux ne changent pas de conduite, s'empressa-t-il d'écrire à Orange, ils finiront par compromettre la cause qu'ils prétendent servir. Toute liberté leur était autrefois donnée de se ravitailler et d'espalmer leurs vaisseaux dans les ports de France : ils se sont si mal comportés que le 23 avril ordre a été expédié de la part du roi de les mettre sous séquestre. N'ont-ils pas eu l'audace de poursuivre des vaisseaux jusque dans les ports et franchises de France? Pour les éloigner, il a fallu tirer sur eux. Le roi s'est montré très offensé de ces insolences... Il est temps que le prince avise et porte enfin remède à un état de choses qui ne pourrait se prolonger sans les plus graves inconvénients. »

Charles IX, on le sait, avant de jeter le masque, ne négligeait rien pour rassurer les huguenots ; il leur laissait même entrevoir, comme un terrain sur lequel tous les partis en France se mettraient aisément d'accord, une guerre prochaine avec l'Espagne. Élisabeth, de son côté, ne pouvait se défendre d'un sentiment commun avec les Pays-Bas : elle haïssait le

pape et elle surveillait les papistes. Ni Charles IX
ni Élisabeth cependant ne se résolvaient à
prendre franchement leur parti de venir en aide
« à des serviteurs soulevés contre leur maître ».
Une pareille alliance froissait toutes les idées
de l'époque ; la majesté des rois en semblait
atteinte. L'exemple des Néerlandais n'était-il
pas de ceux qui deviennent avec une rapidité
foudroyante contagieux ? Orange avait donc un
immense intérêt à ne fournir aucun prétexte au
désaveu que Philippe II et le duc d'Albe demandaient avec une vivacité presque menaçante aux
deux souverains de France et d'Angleterre.

La révocation de Dolhain était un premier
pas vers la constitution d'une flotte mieux dis-
ciplinée. A la place de Dolhain, Orange nomma
pour commander ses forces navales Guislain de
Fiennes, seigneur de Lumbres. Les grands seigneurs ne lui manquaient pas : la noblesse,
on s'en souviendra, donnait en 1567 le signal
de l'insurrrection ; elle ne pouvait conserver
l'espoir de rentrer en possession de ses biens
confisqués que par le triomphe du prince
d'Orange. Guislain appartenait à une illustre
maison originaire de l'Artois. Homme de con-

seil et homme d'action, il offrait à Orange toutes
les garanties désirables. On le savait, d'ailleurs,
un des plus fidèles et des plus actifs amis de
Louis de Nassau. Sa nomination porte la date
du 10 août 1570. Non moins que le jour où
furent distribuées les premières lettres de
marque, cette date est mémorable. Le 1ᵉʳ juillet
1568 était venu donner une existence légale
aux armemens des gueux de mer : il avait, en
quelque sorte, ouvert les annales de la marine
indépendante des Pays-Bas ; le 10 août 1570
tendait à séparer de plus en plus la course autorisée de la piraterie. La guerre d'émancipation,
soutenue avec tant d'héroïsme par la Grèce
moderne, nous a récemment montré combien
la distinction est difficile.

Entre Navarin et Stampalie, vous ne trouverez que quelques jours d'intervalle. Le 20 octobre 1827, Rigny, Codrington, Heïden, brû-
laient la flotte ottomane au nom du salut de la
Grèce ; le 5 novembre, Bisson se faisait sauter,
pour ne pas tomber aux mains des brigands
affranchis par nos soins de la crainte des Turcs.
Ce n'étaient pas là, dira-t-on, « les compagnons
de Miaulis et de Canaris ». En êtes-vous bien

sûrs? S'il n'y avait jamais eu de pirates en Grèce,
les capitans-pachas auraient pu dormir tran-
quilles : sans les gueux de mer et sans leurs
frêles bateaux, Philippe II eût probablement
réalisé son beau rêve de la cité de Dieu et de la
monarchie universelle.

L'engin de destruction ramassé sous un petit
volume n'est vraiment à sa place qu'aux mains
de désespérés. Si vous l'assujettissez au calcul,
au soin de la sûreté personnelle, il trompera
la plupart du temps, votre espoir. Qu'il s'appelle
brûlot ou torpille, c'est toujours un instrument
de guerre à outrance. Confiez-le à un fanatique,
— patriote ou sectaire, — vous le verrez rarement manquer son coup. Canaris communiait
le matin : avant midi, il avait incendié un vaisseau. De ces vaisseaux turcs, beaucoup ont été
assaillis pendant la guerre de 1821 à 1830;
combien, si l'on en excepte ceux qu'aborda
Canaris, ont succombé[1]?... « Mettez mes hom-
mages aux pieds de ce héros, » écrivai-je il y a

---

1. Voyez, sur le rôle des brûlots dans la guerre de l'indépendance grecque, la *Station du Levant*, t. Ier, p. 127, 128,
145, 146, 147, 153, 201, 202, 203, 217, 223, 224, 257, 274, 279,
280, 283, 284, 285, 287, 299, 307, 310, 325, 326, 327.

seize ans à M. Palaska. Ma lettre arrivait au
Pirée, au moment où l'immortel marin venait
de rendre l'âme. Je le regrette encore.

III

Le seigneur de Lumbres est à peine installé
à son poste que les ordonnances destinées à
fonder sur la flotte un ordre régulier se succè-
dent. Lumbres est nommé amiral ; tous les
chefs d'escadre doivent lui obéir. L'honneur,
le service et la gloire de Dieu y sont intéressés ;
la liberté, la vie de tant de chrétiens opprimés
en dépendent. « Je veux voir, écrivait le prince
d'Orange, la pure parole de Dieu s'implanter et
fleurir, grâce à l'assistance de nos marins, dans
ce malheureux pays. C'est dans cet espoir que
j'ai équipé des vaisseaux. Les dissensions et les
divisions des partis ont amené le désordre, jeté
la flotte dans la plus déplorable confusion. Il

est temps de travailler à la cause commune.
C'est la cause de Dieu, c'est celle de vos
proches, c'est la vôtre. Les fidèles et les braves
peuvent compter sur ma gratitude. Avec l'aide
de Dieu, je récompenserai leurs bons services.
Écartez de vos âmes toute ambition, tout intérêt
personnel. Ne songez qu'à la gloire de Dieu et
à la délivrance des pauvres croyants des Pays-
Bas. »

Croire, c'est pouvoir; le scepticisme ne mène
à rien; mais, nation ou individu, on n'est pas
sceptique quand on souffre. J'aime à croire
Orange, dans ses homélies politiques, aussi sincère que le peuple auquel il s'adresse. Néanmoins, dans cette grande révolution des Pays-
Bas, c'est surtout le peuple que j'admire sans
réserve. Les Néerlandais ont prouvé de quels
sacrifices et de quelle persistance la foi est capable. Si la religion n'eût été pour les insurgés
des Pays-Bas qu'un prétexte ou un masque,
ces insurgés n'auraient jamais secoué le joug
espagnol. Brave peuple chez qui la vigueur de
l'âme s'unit encore aujourd'hui au culte le plus
sérieux de toutes les vertus domestiques ! C'est
bien assurément de lui qu'on peut dire qu'il

n'aurait pas conquis la liberté s'il n'en eût été
vraiment digne. Et pourtant de quelles erreurs
sanglantes, de quelles ingratitudes ne l'a-t-on
pas vu se rendre coupable! « Ne mettez pas
votre confiance dans les princes des hommes, »
a dit l'Écriture. Mettez-la donc dans les foules !
Ce que les foules, — les meilleures ! — vous
réservent, c'est le sort de Barneveldt et des
frères de Witt.

Les engouemens populaires jouent un grand
rôle dans l'histoire. Jamais maison princière n'a
joui d'une faveur plus constante que celle dont
fut, dès son début sur la scène politique, entourée la maison de Nassau. Le prince Guillaume
ne doit pas son ascendant au succès, car jusqu'ici le succès lui manque : il le doit à cette
sorte d'instinct qui désigne souvent aux nations
la voie du salut. Orange ordonne, et tous les
insurgés se soumettent. Les gueux de mer eux-
mêmes dépouillent devant lui leur agitation
féroce. Le prince leur rappelle avec énergie ses
droits si fréquemment méconnus. Le tiers du
profit des captures doit être scrupuleusement
remis à ses agents. On sait à quel saint emploi
il le destine. On a jusqu'à présent enrôlé tout

matelot, tout soldat, tout fugitif qui s'est présenté. Désormais, on n'admettra sur les vaisseaux armés pour combattre la tyrannie du duc
d'Albe aucun homme qui ne jouisse d'un bon
renom ou qui ait eu quelque démêlé avec la
justice. Les commandants en chef et les patrons
seront, — tous et sans autres exceptions que
celles qui seraient prescrites par Orange lui-
même, — Néerlandais. Chaque capitaine est
tenu d'embarquer sur son vaisseau un ministre
qui puisse « y annoncer la parole de Dieu, y
faire les prières et entretenir l'équipage dans les
bornes de la modestie chrétienne ».

Il est, je crois, fort à craindre que ce dernier
ordre n'ait jamais été pris au sérieux. C'était
généralement d'Emden que les pasteurs calvinistes travaillaient au salut des âmes. Le décret
d'Orange n'en avait pas moins son importance,
car il mettait du moins la responsabilité du
prince à l'abri. Orange pouvait-il témoigner
d'une façon plus éclatante, devant les consis-
toires alarmés, de son orthodoxie et de ses intentions vraiment pieuses ?

Le prince ne tenait pas seulement à prouver
qu'il n'oubliait point ses devoirs de chrétien ;

il avait aussi à cœur de montrer que l'âpreté de
la guerre civile ne lui faisait pas méconnaître
ses obligations de gentilhomme. La quatrième
femme de Philippe II, Anne d'Autriche, allait
s'embarquer pour l'Espagne. Orange prescrivait
à Lumbres, à Berghes, à Tseraerts, le premier
amiral, les deux autres chefs d'escadre des gueux
de mer, de laisser passer librement, sous peine
de sa plus haute disgrâce, la fille de l'empereur
Maximilien, la fiancée de ce roi d'Espagne dont
il combattait les armées, mais dont il faisait pro-
fession de respecter l'autorité souveraine.

Ce commencement d'organisation était de
nature à inspirer aux gueux des visées plus
hautes que le pillage des navires de commerce
et la dévastation des abbayes. Orange pressait
en vain, depuis deux ans, les rois de Suède et
de Danemark, ses coreligionnaires, de lui céder
un port où il pût librement exercer la police
sans laquelle toutes ses ordonnances ne seraient
jamais que des mots. Accueilli par des refus
formels, Orange ne cessait de recommander à
ses émissaires d'étudier sur quel point du littoral une entreprise de la flotte aurait quelque
chance de réussir. Les complices ne feraient pas

défaut. Il y en avait à Dordrecht, il y en avait
à Enkhuysen ; on en trouverait même à Flessingue et à la Brille. Dans toute la Hollande,
dans toute la Zélande, on conspirait. L'exécution de quatre prêtres réformés à La Haye, le
10 mai 1570, avait achevé d'exaspérer les esprits. Malheureusement toutes ces conjurations
n'aboutissaient pour la plupart qu'au supplice.

Trois gentilshommes de l'Ommeland, —
Poppo Ufkens, Pierre et Asinga Riperda, —
offraient à Sonoy de se jeter avec trois cents
hommes dans Enkhuysen, dans Flessingue,
dans Dordrecht, dans Rotterdam, dans la Brille,
dans la ville, en un mot, qui leur serait désignée. Le manque d'argent ne permit pas à Sonoy,
d'accepter ces propositions. Plus tenace que ses
compagnons, Ufkens, au mois de mai 1570,
renouvela ses offres. Il s'attaquerait à Flessingue, Sonoy se chargerait d'Enkhuysen. Tout
était prêt ; Ufkens avait rassemblé à Emden des
soldats et des vaisseaux. Le bailli d'Emden
intervint : il mit l'embargo sur la flottille.

D'Enkhuysen, arrivaient au même moment
des rapports peu favorables : les habitants
d'Enkhuysen déclaraient qu'ils ne recevraient

13

dans leurs murs aucune troupe en armes, à
quelque parti que cette troupe appartînt. Du
même coup les deux projets avortaient. Il en
fut de même d'une irruption lentement préparée sur Dordrecht. Un des gueux de mer les
plus aventureux, Gisbert Jansz Coninck, pénétra dans la ville et y séjourna quelque temps,
caché dans la maison qu'habitait son père. Son
oncle, Pieter Jansen, s'associait avec ardeur au
complot. Tout marchait à souhait, quand la
terrible détresse financière fit encore une fois
renoncer à l'entreprise. Le dessein cependant
s'était ébruité : le vieux Coninck paya la malen-
contreuse tentative de la vie. On l'arrêta et on
l'envoya rendre compte de sa complicité au
Conseil des troubles. Le Conseil, après un inter-
rogatoire sommaire, le jugea digne du bûcher.

L'heure n'était pas venue : il ne faut pas chercher d'autre explication à ces insuccès répétés.
Les événements sont comme les fruits qu'il faut
laisser mûrir, pour qu'ils se détachent d'eux-
mêmes de la branche. On secoue l'arbre en vain
quand le fruit est encore vert. Le ciel allait
d'ailleurs apporter une courte trêve aux dis-
putes des hommes. La tempête effroyable du

1er novembre 1570 rompit les digues sur plusieurs points, confondant un instant dans une
terreur commune les faiseurs de complots et
les fauteurs de répressions sans pitié. L'inondation du 9 novembre 1421, connue sous le nom
d'*inondation de la sainte Élisabeth*, n'avait
guère été plus désastreuse que ce nouveau
cataclysme, auquel fut assigné le nom d'*inondation de la Toussaint*. Près de 100 000 hommes
furent, dit-on, engloutis dans toute l'étendue
des Pays-Bas, 20 000 dans les deux Frises seulement. Comme en l'année 1173, le ciel vengeait
les saints dont les rebelles avaient brisé les
images. L'indignation des catholiques se sentit
fortifiée par cette éclatante manifestation de la
colère divine; les réformés tremblèrent et sus-
pendirent pour un instant leurs complots. Mais
bientôt les rancunes, excitées par les violences
du duc d'Albe, reprirent le dessus. Le duc, nous
l'avons dit, ne se contentait plus de traîner ses
victimes à Bruxelles; il les faisait exécuter maintenant à La Haye, en pleine Hollande, jetant
ainsi avec un dédain provocateur le défi aux
populations qu'il savait le plus attachées à l'hérésie. Cette fois, c'en était trop; un sourd bouil-

lonnement se fit entendre. « Les derniers temps,
annonçaient les chansonniers populaires, sont
proches; la prédiction de saint Jean va s'accomplir; l'épée se lèvera bientôt sanglante sur
les chiens de Babylone. »

Chansonniers et pasteurs rivalisaient de zèle
pour entretenir le peuple dans la haine du papisme et de l'Espagne; des milliers de conjurés
se transmettaient mystérieusement le mot d'ordre de la révolte, sans qu'il se trouvât, — chose
presque incroyable,— un traître parmi eux.

La terreur demeurait impuissante vis-à-vis de
ces âmes aigries par l'injustice, soutenues par
le fanatisme. Albe continuait d'allumer les bûchers et, sur la place même où mouraient les
martyrs, dans une salle où les vitraux des fe-
nêtres s'éclairaient tout à coup de la lueur des
flammes, les ministres de l'Évangile prêchaient
sans s'émouvoir « la parole de Dieu ». Les gueux
de mer savaient qu'à leur approche le complot
préparé à la Brille, à Dordrecht, à Rotterdam, à
Delft, à Kampen, à Zwolle, à Deventer, à Zutphen, — à Enkhuysen surtout, — éclaterait.

L'attaque sur Enkhuysen avait été confiée par
Lumbres à Lancelot de Brederode. Dès le 30 sep-

tembre 1570, Lancelot se tenait dans la Vlie. Il
y capturait dix hourques chargées de stockfish,
trois flibots, vingt buses[1], deux vaisseaux espagnols. La tempête du 1er novembre vint disperser
sa flotte; dès qu'il put la rallier, il essaya de se
rendre maître de l'île de Texel. Les glaces l'en-
tourèrent et faillirent le cerner. Il n'échappa
qu'avec peine à ce nouveau péril et se hâta de
gagner le large.

Alarmé des triomphes du duc d'Albe, le comte
Edzard[2] prenait alors ouvertement parti contre
les gueux. Les vaisseaux rebelles n'entraient
plus à Emden que pour y être confisqués. Il
leur restait, par bonheur, en France La Rochelle, en Angleterre les Dunes et la rade de
Douvres. C'était sur la côte anglaise que se réu-
nissaient, à l'époque où nous sommes arrivés,
outre Lumbres et Tseraerts, Fokke Abbels, Dirk
Duireel, Jan Klaasz, Spiegel, Dirk Geerlofsz,
Roobol, Niklaas Ruychaver, Egbert et Jurrien
Wijbrants. Cinquante vaisseaux mouillés sur la

---

1. Buse, — *buis*; au pluriel, *buizen* en hollandais. Espèce
de flibot employé à la pêche du hareng.

2. Comte de la Frise orientale, feudataire de l'Empereur
d'Allemagne.

rade des Dunes se préparaient à tenter une des-
cente dans l'île de Walcheren. Albe avait bien
quelques vaisseaux à leur opposer, seulement
ces vaisseaux étaient en majeure partie montés
par des marins néerlandais, et la foi de tout
Néerlandais lui était suspecte. Le duc croyait
donc sage de tenir sa marine sur la défensive,
réclamant des secours d'Espagne et se flattant
de les recevoir aussitôt que Philippe II, engagé
dans la ligue maritime des puissances méditer-
ranéennes contre le sultan, aurait retrouvé la
libre disposition de ses forces.

La flotte des gueux, en somme, pouvait bien
dévaster les côtes, harceler le commerce et la
pêche, seconder même au besoin un soulèvement heureux ; elle n'était pas en état d'enlever
la moindre enceinte fortifiée. Les Espagnols se
raillaient de sa chétive artillerie, de « ses canons
de bois » qu'ils comparaient à des pompes.

Et peut-être, en effet, les gueux avaient-ils
plus d'une fois déguisé leur détresse, comme le
faisaient naguère beaucoup de nos navires marchands, en présentant aux sabords des simula-
cres de bouches à feu. A la fin de l'année 1570,
ils étaient cependant plus sérieusement armés.

Ils avaient dépouillé tant de clochers, que le métal de cloche, le *klokspijs,* ne leur manquait pas. Dans les ports où on les accueillait, ils se hâtaient d'en faire des canons.

C'était du reste une bannière commode pour tous les malfaiteurs que la bannière des gueux. La plupart des meurtres commis dans les campagnes par des paysans masqués l'étaient au nom de la délivrance de la patrie. Il y avait en réalité des gueux sauvages et des gueux réguliers. Pour peu que la crise se prolongeât, les Pays-Bas finiraient par être convertis en déserts. Il était à souhaiter, — et ce fut probablement plus d'une fois le vœu des gens paisibles, — que l'un des deux partis triomphât, que quelque victoire décisive rendît enfin la paix à ces malheureuses contrées.

On put croire un instant que la puissance espagnole allait se manifester d'une façon irrésistible, quand, au mois d'octobre de l'année 1571, on apprit dans les Pays-Bas la destruction de la flotte ottomane complètement écrasée à la journée de Lépante. La conscience des réformés, à cet instant critique, sembla sur le point de fléchir. La cause des Turcs, comme l'avait très

bien discerné le pape Pie V, était en partie soli-
daire de la cause des huguenots. Turcs et huguenots reconnaissaient le même ennemi; et
cet ennemi sortait victorieux de la lutte! Tout
s'assombrissait : le roi de France affectait bien
une complaisance secrète pour ces réformés
dont « il voulait, disait-il, se faire des alliés
contre l'Espagne », mais les esprits clairvoyants
dans le camp de la réforme se méfiaient déjà
des indécisions du faible monarque, bien plus
encore des dangereux artifices de « sa méchante
mère ». Quant à la reine Élisabeth, on savait
qu'elle craignait avant tout que les Français ne
se rendissent maîtres des provinces belges. Le
voisinage des Espagnols lui semblait encore
moins dangereux. Il ne fallait donc compter
qu'à demi sur son assistance capricieuse. En
résumé, l'année 1571 finissait mal.

« Si nous avions de l'argent, — et nous devrions en avoir, — écrivait le prince d'Orange
le 17 février 1572, nous pourrions faire, avec
l'aide de Dieu, quelque chose de bon. » De tout
temps, mais au xvi° siècle surtout, l'argent fut
le nerf de la guerre. Orange s'était procuré quelques ressources en engageant ses biens et ceux

de ses amis. Ce généreux exemple trouvait peu d'imitateurs. Les gueux de mer, entre autres, dissipaient presque en totalité, dans de folles orgies, le butin que le prince eût voulu consacrer à l'accomplissement de ses desseins. Orange recevait plus d'argent des corsaires de La Rochelle que des commandants de sa propre flotte.

Quand on ne veut pas mettre sa confiance uniquement en soi-même, on n'est que trop disposé à se montrer peu scrupuleux dans le choix de ses alliés. « Plutôt le Turc que le Pape », était devenu la devise des gueux. L'anéantissement de la flotte ottomane à Lépante ne les désabusa pas du coupable espoir d'une intervention qui pouvait devenir si funeste à toute la chrétienté. Les réformés d'Anvers se montraient disposés à payer le concours du sultan du prix exorbitant d'un subside de trois millions de florins, et les gueux arboraient fièrement à leur chapeau l'emblème de l'islamisme. Sur la face du croissant de métal, on lisait ces mots inscrits en langue flamande : « *Liever Turx dans Paus;* au revers, ces mots français : *En despit de la mes*[1] ». Oui, plutôt se soumettre

---

1. On trouve encore de ces croissants de métal en Hollande.

13.

au représentant du Prophète qu'au joug maudit
de Rome! « Les Zélandais sont endurcis à la
guerre, habitués à la course : s'il le faut, ils
pousseront leurs vaisseaux jusqu'à Chypre, pour
frayer à Sélim le chemin de Veere. »

Nous ne croyons plus à la puissance du Turc :
au XVIᵉ siècle, au lendemain de la mort de Soli-
man le Grand, le Turc était encore l'épouvantail de l'Europe. Il n'avait pour contrepoids que
la monarchie de Philippe II. L'Allemagne craignait à chaque instant de voir crever sur elle la
tempête. Pendant plus de cent ans encore, elle
ne cessa de prêter une oreille inquiète au loin-
tain mugissement du flot en chemin vers son
territoire. Ce flot amènerait-il, suivant la prédiction du poète, « la couvée sanglante jusqu'à
Cologne »? Si les coursiers ottomans venaient
jamais, comme on en menaçait l'Europe catholique, « s'abreuver dans le Rhin », n'est-ce pas
à ces factieux incorrigibles, à ces hérétiques si
disposés à pactiser avec les infidèles, que l'Europe aurait le droit de s'en prendre? Compre-
nons donc les haines de cette époque. N'en ju-
geons pas les passions avec notre indifférence ;
nous risquerions d'être peu équitables. Phi-

lippe II, le duc d'Albe, Pie V lui-même, — si
nous osons associer le nom du grand et saint
pontife à ces noms contestés, — ne pouvaient
pas, en bonne justice, se montrer tolérants. Ils
ne combattaient pas seulement pour l'orthodoxie des doctrines ; ils se croyaient appelés à
sauver la civilisation chrétienne. Eux aussi, ils
relevaient des digues, et se seraient crus niai-
sement criminels s'ils n'avaient opposé qu'un
rempart perméable à l'affreux cataclysme. Ce
qui prouve à quel point les agitations de l'homme
sont stériles, c'est que, malgré l'apparence d'un
zèle bien employé, tous ces personnages qu'ani-
mait un dévouement, — respectable, parce qu'il
fut profondément sincère, — n'étaient, en somme, que des insurgés à leur façon. Dieu poussait le monde en avant ; Albe et Philippe II voulaient le ramener en arrière. On pourrait, ce
me semble, sans trop manquer aux égards qui
leur sont dus, les appeler « des révolutionnaires
rétrogrades ».

Élisabeth était plus perspicace ; mais elle
jouait un jeu double. Elle avait d'abord essayé
de le prendre de haut avec Albe. Le vieux duc
n'eut pas de peine à la convaincre de son im-

prudence. Des corsaires français se hasardèrent
un jour à poursuivre jusque dans les eaux an-
glaises, des navires génois qui portaient au duc
d'Albe des fonds impatiemment attendus. La
reine étendit sa protection sur les navires me-
nacés, et mit en même temps la main sur les
fonds. Albe ne lui fit pas attendre la réplique.
Il donna l'ordre d'arrêter sur-le-champ tous les
sujets britanniques qui se trouvaient à Anvers,
de mettre le séquestre sur tous les navires anglais mouillés dans l'Escaut. La reine comprit
à quelles extrémités pourrait la conduire cet
échange de mauvais procédés : elle se soumit.
L'Écosse, où prédominait l'influence des Guises,
l'inquiétait ; elle promit au duc d'Albe une neu-
tralité absolue et signifia, en effet, le jour même,
aux gueux de mer, qu'ils eussent désormais à
chercher un abri ailleurs que sur ses côtes.

Chassés d'Emden, chassés du Danemark,
chassés de la Suède et de l'Angleterre, les
gueux n'avaient plus d'autre lieu de ravitaillement que La Rochelle ; à La Rochelle même,
ils ne rencontraient plus la faveur d'autrefois.
Odet de Châtillon était mort, — « empoisonné »,
disait-on ; son frère, l'amiral de Coligny, attiré

à la cour par de fallacieuses promesses, leurré
de l'espoir d'un hymen qui ne convenait plus
guère à son âge, Coligny, avec une crédulité
qui pèse lourdement sur sa mémoire, entraî-
nait son parti dans le piège tendu par Médicis.
Louis de Nassau lui-même se laissait gagner
à de décevantes chimères. Il se croyait à la veille
d'envahir, à la tête d'un corps de huguenots, les
Pays-Bas espagnols. On sait comment se dis-
sipa ce beau rêve. Si, après le 24 août 1572, il
resta encore des huguenots en France, c'est que
les mesures de Catherine de Médicis furent mal
prises. La Saint-Barthélemy fut une scélératesse
maladroite. Le coup n'atteignit d'ailleurs les
réformés des Pays-Bas qu'un an trop tard.
Quand leurs frères de France furent massacrés,
les réformés des Pays-Bas se trouvaient en mesure de se suffire à eux-mêmes. L'audace des
gueux de mer les avait sauvés.

LA PRISE DE LA BRILLE

I

Peut-on avoir raison d'un peuple par la terreur? Grave problème dont la solution a de tout
temps divisé les politiques. Oui! on peut dominer et réduire un peuple par les moyens violents, mais à deux conditions : on n'aura pas la
férocité repentante, et on sera constamment
heureux. Albe allait trouver le caillou provi-
dentiel sur sa route, et cependant la fermeté de
son âme était telle que, si Philippe II ne l'eût
pas rappelé, j'inclinerais à croire que le dernier
mot lui serait resté. Ce n'est pas une figure
séduisante que cette figure implacable; on ne

saurait cependant se défendre d'admirer, dans
le futur conquérant du Portugal, la puissance
de la volonté humaine.

Le comte Louis de Nassau avait appelé à lui
Lumbres, l'amiral des gueux, pour que Lumbres, dont il appréciait les talents multiples,
l'aidât à recruter en France une armée. La flotte
était restée sous le commandement de Guillaume de la Mark. Ce chef renommé des gueux
de mer, plus communément appelé Lumey que
la Mark, du nom d'une de ses seigneuries, descendait du fameux sanglier des Ardennes. Lumey était le type de ces gentilshommes flamands,
ivrognes, débauchés, que la haine de l'influence
espagnole, bien plus que leurs convictions religieuses, avait jetés dans le parti de la révolte.
« Il voulait avant tout, disait-il, venger la
mort de ses parents, Horn et Egmont. » Il ne la
vengea que trop par ses infernales cruautés.
Orange l'avait nommé stadhouder de la Hollande, en même temps qu'il nommait Lancelot
de Brederode et Adrien Monninck capitaines
généraux de la flotte.

Les mécontents ne pouvaient plus guère
attendre d'assistance de l'extérieur et, cependant

par un phénomène dont il faut chercher l'explication dans l'entêtement proverbial du peuple
néerlandais, le nombre des mécontents augmen-
tait sans cesse. Le 29 janvier 1572, un tumulte
populaire contraignit le duc d'Albe à quitter
Bruxelles. Les gueux de mer jugèrent le moment propice pour entrer dans le Zuyderzée.
Guillaume Blois de Treslong, avec treize vaisseaux, franchit le 10 février les passes de la Vlie
et se porta sur Wieringen. Il mettait, et il avait
sujet de mettre, sa confiance dans la connivence secrète des habitants. La brutalité habi-
tuelle des gueux de mer changea ces dispositions favorables. Les honnêtes et paisibles
bourgeois de Wiéringen prirent les armes et
chassèrent ces hôtes incommodes. Les gueux
durent se retirer précipitamment sur leurs vaisseaux, après avoir perdu dix-sept hommes. La
glace s'en mêla et vint rendre tout à coup la
position encore plus critique. Elle enveloppa la
flottille de Treslong et la réduisit à une immo-
bilité complète. Le vice-amiral de la flotte espagnole, Jan Simonsz Rol, se mit à la tête de
quatre compagnies de soldats et se fit fort d'enlever d'assaut les navires que l'hiver lui livrait.

Pour être immobiles, les vaisseaux de Treslong
n'étaient cependant pas tout-à-fait sans défense :
Rol dut battre en retraite devant le canon des
gueux. On ne prend pas tous les jours des flottes
avec de la cavalerie : semblables exploits n'ap-
partiennent qu'au siècle des merveilles, à l'audace étourdie des hussards de Pichegru.

Il n'était pas permis aux gueux de perdre
courage; la perspective de la potence est un
grand aiguillon. A force d'énergie, les gueux
parvinrent à s'ouvrir un chemin dans la glace.
Confus d'un insuccès qu'ils n'avaient que trop
mérité, ils traversèrent la Manche, et allèrent
demander à un de leurs asiles habituels de nouveaux vivres et des munitions.

Vers le milieu de mars de l'année 1572, quarante vaisseaux, pour ne pas dire — ce qui serait
peut-être plus exact — quarante barques, se
trouvaient rassemblés sur la côte d'Angleterre.
En l'absence de Lumbres, Lumey, comme nous
l'avons dit, les commandait. Ce n'est que dans
les romans de chevalerie qu'il n'est jamais question de provisions. Dans la vie réelle des flottes
et des armées, les opérations de ravitaillement
tiennent presque autant de place que les ba-

tailles : que sera-ce quand, avec le biscuit et le lard, il faudra se procurer le charbon? Ne faites pas de plan de campagne, croyez-moi, sans avoir toujours ce détail prosaïque présent à l'esprit. Les croisières à petite portée nous conviendraient probablement beaucoup mieux que les grandes envolées que nous rêvons. Heureusement nous n'en sommes pas encore arrivés au moment où il faudrait prendre une résolution à ce sujet. Si j'effleure en passant la question, c'est que le plan de campagne doit être préparé par le plan de constitution de la flotte. Je n'ai cessé de dire depuis cinquante ans : « La marine est avant tout de la politique ; il importe de savoir ce qu'on en veut faire. » Que les hommes d'État nous disent leur secret : le jour venu, nous ne leur causerons pas de déceptions.

La flotte de Lumey était à bout de vivres. Un ordre impérieux de la reine Élisabeth vint brusquement la contraindre à reprendre la mer. Les représentations du duc d'Albe, appuyées par ses récents avantages sur les troupes d'Orange, avaient produit leur effet. Élisabeth refusait maintenant de reconnaître aux vaisseaux des rebelles la qualité de belligérants ; elle prescri-

vait, s'ils se présentaient de nouveau sur les
côtes d'Angleterre, de les traiter en pirates.
Acculés, sentant déjà les premières angoisses
de la famine, à quel parti les gueux allaient-ils
s'arrêter? Après une longue délibération, il fut
décidé qu'on ferait voile vers le Sund. Là on
avait la chance de pouvoir saisir au passage les
vaisseaux chargés des blés de la Baltique. Pour
cette expédition, Lumey, d'accord avec Jacob
Simonsz de Rijk, un de ses plus vaillants capitaines, fit choix de 24 flibots, les meilleurs mar-
cheurs de la flotte. Aux seize autres vaisseaux
on laissa complète liberté de manœuvre.

Apprêtez vos lyres, chambres de rhétorique!
La première lueur de la liberté va rougir l'horizon; le ciel tout entier en sera bientôt embrasé.

« Qui veut entendre une nouvelle chanson? —
Je vais vous raconter quelque chose de nouveau. Comment les gueux prirent leur course
— hors d'Angleterre, non pour leur plaisir assurément. — Ils avaient pour leur entreprise —
élu un amiral : — c'était le très honorable seigneur, qui porte le nom bien connu de Lumey.
— Avec lui venait encore Treslong renommé au
loin. — Les Hollandais avaient plaisir à les sui-

vre ; — sous eux ils se battaient vaillamment. »
Vous pouvez fouiller toutes les archives, consul-
ter toutes les chroniques, vous ne trouverez rien
de plus vrai, de plus réel, de plus dramatique que
ces vieux récits populaires. Quand il m'arrive
de feuilleter le recueil des chansons historiques
des Pays-Bas, il me semble entendre les *piezmas*
des Monténégrins ; Napoléon a dit à son roi
des mers : « J'entends les cris des Turcs mau-
dits ; vole vers la blanche Cettigne ! » De rhapsò-
des en rhapsodes, à Cettigne comme à Anvers,
les hauts faits libérateurs sont venus jusqu'à
nous. Un enfant d'Amsterdam a pris soin de
les réunir ; si l'indépendance de la patrie était
jamais menacée, ils réchaufferaient encore les
cœurs des Hollandais.

Les gueux de mer avaient à peine quitté la
côte anglaise qu'ils découvraient devant eux
une flotte marchande battant pavillon espagnol. Quelle bonne fortune pour des gens
affamés ! Le 30 mars, les gueux et les Espagnols en vinrent aux mains. Le combat fut
vif. Les vaisseaux espagnols arrivaient de
Lisbonne et se proposaient d'entrer à Anvers. Ils se défendirent vaillamment. Pour

des galions assaillis en pleine mer, la défense
semblait facile contre des flibots. Les lévriers
aux côtes efflanquées finirent pourtant par avoir
le dessus. Deux des vaisseaux marchands furent
amarinés, déchargés rapidement et convertis
en navires de guerre. Marinus Brandt et Adam
van Haren en prirent le commandement. A bord
on trouva de riches cargaisons d'épices et — ce
qui n'était pas non plus à dédaigner — deux cof-
fres remplis d'argent monnayé.

« Ceci, dit la chanson, se passait le dimanche des Rameaux [1]. — Le matin, vers huit
heures. — Les Gueux attaquèrent avec grand
entrain; — ils attaquèrent sans hésitation. —
L'artillerie comme un roulement de tonnerre —
se faisait entendre des deux côtés. »

Le vent jusqu'alors avait été favorable. La
flotte se trouvait à la hauteur d'Egmont. Elle
s'apprêtait à poursuivre sa route quand le vent
sauta au nord-ouest. Le vent du nord-ouest,
dans la saison d'hiver est rarement modéré sur
les côtes de Hollande; il ressemble fort à ce *dux
inquietus Adriæ* dont parle Horace. Il ramena

---

1. Le 30 mars 1572.

malgré eux les vaisseaux des gueux vers les embouchures de la Meuse. Heureuse contrariété, providentielle tempête, qui portait dans ses flancs l'indépendance des Pays-Bas!

La détresse était grande sur la flotte. On assure que Brandt et van Haren se virent réduits à se partager fraternellement un fromage. Ne voyons là qu'une façon poétique de rappeler le dénûment où se trouvaient les gueux. Les vaisseaux espagnols capturés, s'ils manquaient de fromages, ne manquaient probablement pas de biscuit. Il est incontestable cependant que les gueux n'étaient pas en mesure de batailler longtemps contre la tempête; il leur fallait à tout prix se procurer des subsistances. Ennemis ou neutres, tous vaisseaux qui en portaient devaient être de bonne prise pour ces désespérés. Si la mer restait déserte, on irait chercher recours contre la famine à terre. Je me suis trouvé surpris, il y a quarante-trois ans, dans des mers lointaines, avec une cale vide, par une révolution qui ébranlait rudement notre crédit. Je peux donc peut-être mieux qu'un autre apprécier les inquiétudes des gueux. Il est difficile d'en concevoir de plus émouvantes.

Les passes de la Méuse étaient familières
à des capitaines et à des équipages recrutés
pour la majeure partie en Zélande. Treslong
avait passé sa jeunesse à la Brille ; son père
y exerçait les fonctions de bailli. Les gueux se
dirigèrent hardiment vers la branche du fleuve
qui sépare la Brille de Maassluis. Brandt et van
Haren marchaient en tête : dès qu'ils eurent
franchi les hauts-fonds de la barre, ils laissèrent tomber l'ancre. Les autres capitaines imi-
tèrent leur exemple. Un bac mettait en communication les deux rives du fleuve : le passeur,
van Pieterez Koppelstok, venait en ce moment de quitter Maassluis avec son bateau
rempli de passagers. A la vue des vaisseaux
mouillés dans la passe, il n'y eut qu'un cri :
« Les gueux de mer ! les gueux de mer !
Ramenez-nous au rivage ! » Koppelstok était
un patriote. Dès qu'il a débarqué ses passagers,
il reprend ses rames et se rend à bord du vaisseau le plus rapproché de terre. Le hasard
voulut que ce vaisseau fût précisément le vaisseau de Treslong. Le capitaine et le passeur se
reconnurent. La conférence fut courte. Treslong
comprit sur le champ le parti qu'il pouvait

tirer de la rencontre. Il conduit Koppelstok à Lumey. « La ville, raconte Koppelstok, n'a pas de garnison, quelques canons à peine sur les clochers et sur la porte du sud. Il sera facile de s'en emparer. » On ne prend même pas le temps de rédiger une sommation écrite ; on se borne à confier à Koppelstok le cachet de Lumey. Ce cachet tiendra lieu au passant de lettres de créance.

Le Conseil de la Brille s'était assemblé. Koppelstok introduit joua admirablement son rôle. « Cinq mille hommes, dit-il, s'apprêtent à descendre à terre. Si la ville ne leur est pas livrée dans l'espace de deux heures, ils la prendront de vive force et mettront tout à feu et à sang. »

Lumey cependant brûlait d'impatience. Il n'attend pas le retour de son messager et débarque sur la plage à la tête de trois cents hommes.

« Avec un trompette gaiement, — on voit Treslong aller sommer la place : — « Ouvrez la porte, dit-il, — car toutes vos fortifications et toutes vos murailles — ne nous arrêteront pas. — De la part du Très Haut Seigneur, — le glorieux Orange. » — Il leur donna une heure

14

pour tenir conseil. — Ils ne rendirent pas de
réponse. — Lumey les pressait d'en finir. — A
la tête de ses troupes choisies, — il fait apporter
deux tonneaux de poudre. — On les place devant la porte. — Il commande qu'on y mette
le feu. »

La principale attaque eut donc lieu à la porte
du Nord. Quand cette porte eut cédé devant
l'explosion, les bourgeois qui la défendaient
s'enfuirent, et, s'il faut en croire la chanson,
« allèrent ouvrir la porte du Sud sans contradiction. »

L'intrépide Roobol fut le premier qui entra
dans la ville.

« Écoutez maintenant quelles drôleries ! —
Lorsque toute la bande, — Non sans bruit,
Eut pénétré dans la ville au pas de course, —
Elle se porta en toute hâte — Vers le temple
de Baal. — Mélis allait être sacrifiée — Au
Croissant[1]. — Le commandant des troupes de
Mélis, — Était le grand Christophe[2]. — Les

---

1. Mélis était le nom que les Gueux donnaient à la sainte
hostie. Plusieurs d'entre eux arboraient déjà le croissant des
Turcs pour emblème.
2. Probablement Saint-Christophe.

gueux s'en prirent à lui comme au grand
coupable. — Comme on lit dans Samuel, —
Que devant l'arche s'écroulèrent — Toutes les
images des faux dieux, — Christophe et son
compagnon, — Et avec eux le grand Bel,
— Furent aussitôt livrés aux flammes. »

Aucun des gueux de mer ne fut tué
ni blessé dans cette rapide aventure; pas un
habitant de la ville n'eut à souffrir dans sa personne ou dans ses biens. Seul le bourgmestre,
Jan Pieterez Nickel, dut remettre aux vainqueurs le produit de la taxe du vin. Le percep-
teur de Voorne, Johan Van Duivenvoorde, vit
aussi sa caisse forcée et allégée d'une somme
de six mille florins. Ce ne sont pas là de bien
grands abus du droit de conquête. La rage et la
violence, comme le confesse, ou plutôt comme
le proclame avec joie la chanson, se tournèrent vers les églises. Le froid était vif : les
gueux se chauffèrent toute la nuit avec les
images des saints et firent cuire leurs aliments
avec les débris des statues. Le sacrilège leur
semblait œuvre pie et hommage méritoire «à la
pure foi ».

Quand le jour parut, les marins de Lumey

étaient transformés : ils parcouraient les rues
en chasubles et en robes de moines. Ce fut
dans ce costume qu'ils remontèrent à bord de
leurs vaisseaux pour s'y préparer à de nouveaux
combats.

II

La prise de la Brille produisit dans toutes les
provinces des Pays-Bas un effet incroyable. La
date du 1ᵉʳ avril 1572 est encore aujourd'hui
un anniversaire sacré pour tout bon Hollandais.
« Ce n'est rien », dit avec son flegme habituel,
le duc d'Albe, quand on lui annonça l'étrange
nouvelle. Tel ne fut pas l'avis des chambres de
Rhétorique. Les chansonniers, en cette occasion,
montrèrent plus de clairvoyance que le premier
capitaine de l'Europe.

« Nous, petits gueux, s'écrièrent-ils, nous
voulons maintenant chanter — Dans ce temps
de mai — Et sauter de joie — De ce qu'à nous
Dieu béni — A maintenant donné pure — Sa

14.

puissante bénédiction. — En retour, d'un commun accord, — Nous donnerons à Dieu nos
louanges. — Située sur la Meuse, — La Brille
méritera d'être appelée — Une nouvelle La Rochelle. — Le Duc d'Albe n'a pu garder — Ses
lunettes sur son nez [1]. »

Parmi les gueux de mer eux-mêmes, tous ne
comprirent pas sur-le-champ l'importance de la
conquête accomplie. Lumey entre autres ne
voyait dans ce succès inespéré que l'avantage
du moment, que le moyen de ravitailler ses
vaisseaux et de courir à de plus fructueux pillages. Déjà l'ordre était donné aux marins jetés
à terre de se rembarquer. Treslong intervint.
« Chassée de tous les ports neutres, dit-il, la
flotte n'avait-elle pas un puissant intérêt à s'assurer une base d'opérations permanente? C'était
depuis plus d'un an l'ambition de Guillaume
d'Orange. Évacuer la Brille serait trahir les
desseins du prince, méconnaître la grâce que
le ciel venait d'octroyer au peuple opprimé des
Pays-Bas. » Jacob Cabiljauw, Jacob Simonsz,
Dirk Duivel et Entens joignirent leurs instances

1. *Brill* veut dire en hollandais des lunettes.

à celles de Treslong. Lumey céda, et les capitaines assemblés prêtèrent entre ses mains le
serment solennel « de défendre jusqu'à la dernière goutte de leur sang » la place con-
quise.

Il n'y eut pas besoin de presser beaucoup les
habitants pour les associer à ce projet. Leurs
cœurs étaient gagnés d'avance à la cause de
l'indépendance nationale; tout ce qu'ils demandaient, c'étaient quelques garanties contre les
excès d'une troupe dont ils ne connaissaient que
trop la turbulence. Lumey fit rentrer dans
l'ordre ses marins dispersés, et bientôt marins
et bourgeois se mirent de concert à l'ouvrage. Il
fallait s'attendre à une attaque prochaine.
Toutes les dispositions furent prises pour la
recevoir. On brûla les faubourgs, on abattit à
coups de hache les vergers qui entouraient la
ville, on garnit les remparts d'artillerie em-
pruntée aux vaisseaux des gueux. Que l'ennemi
maintenant se présentât, on était prêt.

L'ennemi dormait : le coup de main des
gueux était fait pour l'éveiller. Deux compagnies du régiment de Lombardie tenaient garnison à Utrecht. Sur l'ordre du duc d'Albe et

sous la conduite d'un fils naturel du duc, de
Frédéric de Toledo, ces compagnies rejoigni-
rent à La Haye le vaillant stathouder de la
Hollande, le comte Maximilien de Bossu. De La
Haye, les Espagnols marchèrent sur Schiedam
et sur Maaslandsluis. Les vaisseaux qu'ils trouvèrent à Maasluis les transportèrent, le 5 avril
1572, à Zwartewaal, à Heenvliet, à Geervliet.

Vous n'allez pas, j'espère, vous plaindre avec
Boileau :

De ces terribles noms mal nés pour les oreilles,

On ne peut raconter l'histoire de la Hollande
sans citer des noms hollandais. Du reste, le
grand épouvantail de cette langue énergique
ne réside que dans l'emploi des doubles lettres.
Si l'on remplaçait les doubles lettres par un
accent, l'effroi se dissiperait sur l'heure. Le
hollandais est la langue d'un peuple qui ne
craint pas d'appuyer sur les consonnes : il n'est
pas plus dur que le Catalan. Les Doriens et les
Ioniens n'employaient pas le même dialecte ; il
est fort probable qu'ils n'avaient pas non plus
la même prononciation. L'aigle crie, le rossi-
gnol chante. A un peuple vigoureux il ne faut

pas une langue molle et traînante, une langue
dont l'ossature n'ose pour ainsi dire pas se
montrer. J'ai vécu dans un temps où il était
de bon goût de « commander du gosier », — à
l'anglaise. — Le commandement rauque, aussi
rauque que possible, avait remplacé le porte-
voix. Nous ne redoutions pas alors le choc des
consonnes; nous ne faisions fi que des voyelles.
Les voyelles! elles auraient vraiment eu beau
jeu à bord d'un vaisseau à trois ponts, quand il
fallait, d'un seul éclat de voix, mettre en mouvement onze cents hommes. On ne criait pas,
on rugissait. Que n'avions-nous le hollandais à
notre disposition! Avec le hollandais, on peut
se flatter de dominer les hurlements de la tempête. C'est un idiôme fait pour des marins.
Vous figureriez-vous bien Tromp et Ruyter
commandant à leurs équipages du bout des
lèvres, à la créole ou à l'italienne! « La vapeur
me direz-vous, à tout changé. » La vapeur!
elle en fera bien d'autres! Ne parlons donc pas
de la vapeur.

Près de Heenvliet coule un ruisseau connu
sous le nom de la Bernisse. Les Espagnols y
laissèrent leurs vaisseaux : le bourgmestre de

Maaslandsluis leur assurait qu'ils pouvaient les y laisser en toute sécurité. Nul chemin praticable n'existait, suivant lui, entre les bords de la Bernisse et les retranchements ennemis.

Dès qu'ils ont pris terre, les Espagnols marchent en bon ordre vers la Brille. On sait ce que valaient ces soldats aguerris par toute une existence de combats. Ils trouvent les gueux abrités en partie par des retranchements, couverts en partie par des abattis d'arbres. L'action s'engage immédiatement avec furie; elle s'engage au sein du gros polder de Nieuwland. Les soldats de Bossu ont rencontré dans ces pirates formés, eux aussi, à la lutte par des années de misère et d'aventures, des adversaires résolus et tenaces, des ennemis vraiment dignes de leur courage. La fortune hésite. Pendant ce temps Treslong et Roobol se jettent avec quelques hommes choisis dans des barques et se glissent par un de ces canaux dont le sol de la Hollande est en quelque sorte veiné, jusqu'aux rives de la Bernisse. Les Espagnols voient tout à coup des flammes s'élever derrière eux : ce sont leurs vaisseaux qui brûlent. Il n'y a plus à reculer : la prise de la ville est devenue pour eux l'unique voit de salut.

Les barricades sont chargées avec un redoublement d'énergie : en ce moment, sans que rien ait pu faire appréhender pareille catastrophe, l'eau envahit brusquement le polder. Un charpentier de la Brille, un vaillant patriote, Rochus Meeuwsen, de son propre mouvement, dans un élan d'héroïsme, s'est précipité vers l'écluse : à coups de hache, il en brise la porte. La mer s'engouffre à l'instant dans la brêche, le flot monte rapidement; les Espagnols sont obligés de se réfugier sur la digue. Cette voie étroite peut encore les conduire à la porte du Sud; malheureusement pour eux la porte du Sud est cette fois mieux armée que lorsqu'elle fut attaquée par les gueux. Foudroyés par le canon des rebelles, les assaillants sont contraints de revenir sur leurs pas. Ils rétrogradent vers leurs vaisseaux en flammes. Tous ces vaisseaux, par bonheur, n'ont pas été incendiés. Il en reste encore un nombre suffisant pour sauver les débris de l'armée de Bossu. La perte des Espagnols fut considérable. Pas un n'eût échappé, si la destruction de la flotille eût été complète. Deux capitaines et seize soldats, demeurés en arrière, tombèrent aux mains des gueux. Leur procès fut court : on les pendit, sans merci et sans remords, à l'arbre d'un moulin.

De Heilizerlee datait la guerre de quatre-vingts ans : du combat du 5 avril 1572 date l'affranchissement des Pays-Bas.

III

Le prince d'Orange n'avait pas, dès le début, approuvé l'occupation de la Brille. Il craignait un retour offensif des Espagnols. Ce retour offensif venait d'avoir lieu : son effet fut tout autre que celui que le prince appréhendait; il confirma les gueux dans le sentiment de leur force. L'insurrection en reçut une impulsion irrésistible. Les gueux résolurent de s'établir à poste fixe sur l'île de Voorne et de faire de cette île leur quartier général. Le lundi de Pâques 7 avril 1572, les habitants prêtèrent, entre les mains de Lumey, serment de fidélité au prince d'Orange. Quant aux Espagnols, ils avaient re-gagné la rive droite de la Meuse et opéraient

15

péniblement, à travers la campagne inondée leur retraite sur Dordrecht :

« Quand ils arrivèrent devant la ville, dit la chanson, — Sortant de la boue, — Traînant leurs petits drapeaux après eux, — Ils avaient l'air de nègres. — Ils se tenaient piteusement devant Dordrecht. — Ils avaient cru y pénétrer sur-le-champ, — Mais ils devaient rester dehors. — Les bourgeois ne les laissaient pas entrer. »

Bossu n'insista pas. Il se savait environné de toutes parts de trahisons, et se rejeta, sans perdre un temps précieux, sur Rotterdam. Là il ne trouva pas meilleur accueil. On parlementa. Les bourgeois de Rotterdam inclinaient fort à la rebellion ; ils n'osaient pas encore en déployer le drapeau. Avec Albe, la chose était grave. Sans se déclarer ouvertement hostiles, ils refusaient pourtant d'admettre dans leurs murs une troupe espagnole. La plupart des villes en étaient là : elles craignaient plus que tout la présence d'une soldatesque insolente. Les bourgeois ne se sentaient plus chez eux dès que *el senor soldado* pouvait venir se dédommager à leurs dépens des fatigues de la guerre. Les habitants de Rotterdam, vivement pressés par Bossu, finirent

par admettre un compromis. Ils n'ouvriraient
pas tout à fait leurs portes : ils les entrebaille-
raient. L'armée espagnole serait autorisée à
traverser la ville par détachements de vingt-cinq
hommes, mèches éteintes ; à la traverser, non
pas à s'y arrêter. Était-ce le moment pour Bossu,
alors en pleine retraite, de faire montre d'une
fierté outrée ? Bossu souscrivit à la condition
humiliante qu'on lui opposait.

La garde de la porte était confiée à un peloton de la milice bourgeoise, et ce peloton était
commandé par un forgeron. Les corporations
furent de tout temps en possession d'un pouvoir à peu près sans contrepoids dans les villes
néerlandaises. Le premier détachement espagnol se présente. Ce forgeron se prépare à
l'introduire dans la place. Il s'est aperçu cependant que les mèches, au lieu d'être éteintes,
conformément à l'accord conclu, sont restées
allumées : les Espagnols cherchent en vain à
les dissimuler sous leurs manteaux. Le forgeron en fait la remarque et se dispose à refermer
la porte entr'ouverte. Bossu ne lui en laisse
pas le temps ; il lui plonge son épée dans la
gorge. Les soldats, à ce signal, se jettent sur

la garde, la tuent ou la mettent en fuite. Toute
la troupe espagnole se presse derrière eux et se
rue en armes dans la ville.

« O frères, écoutez ma chanson plaintive. — Un
massacre cruel a eu lieu récemment. — Dans la
belle Hollande à Rotterdam. — Mainte personne
innocente y a perdu la vie. — Le neuf avril, —
Quand les lansquenets furent dans la ville, — Ils
commencèrent à tirer et à faire usage de leurs
armes. — Acte affreux que Bossu laissa com-
mettre. — Sa méchanceté se garda bien d'arrêter
le massacre. — Les Espagnols employèrent la
violence — Contre maint pauvre héros, — Qu'ils
égorgèrent sans pitié. — Les bourgeois, dans
leur épouvante, — Prenaient en foule la fuite,
— Pour échapper à la mort. — On a évalué le
nombre des victimes à cent cinquante. — Les
Espagnols les enterrèrent comme des réprou-
vés — Dans de larges puits, où ils les jetèrent
comme des bêtes. — Qui que vous soyez, veuillez vous renseigner à ce sujet. — Songez quelle
clameur il y eut là pendant cette journée! —
Quelle plume pourrait la décrire? — Clameurs
de femmes et d'enfants — Encore enveloppés de
leur langes, — Qui devaient mourir innocents. »

L'impression dans toute la Hollande fut immense. Elle subsiste encore. Si vous visitez Rotterdam, on vous montrera, au-dessus de la porte de l'Est, cette inscription gravée sur la pierre :

« Le comte de Bossu, avec les Espagnols sanguinaires, — Dans l'année soixante-douze, le neuvième jour d'avril, — Entra ici comme ami, mais devint bientôt insolent, — Et laissa massacrer beaucoup de citoyens avec d'effroyables clameurs. »

La prise de la Brille et la défaite de Bossu auraient eu de tout temps une grande importance; elles en acquirent davantage encore par suite des circonstances au milieu desquelles le double événement se produisit. Le mécontentement était au comble; les conjurations se trouvaient déjà nouées partout. Une résistance passive trompait l'espoir que le fisc espagnol aux abois s'obstinait à mettre dans le prélèvement du dixième denier. Plutôt que de subir cet impôt odieux, les mécontents renonçaient au commerce de détail; bouchers et boulangers fermaient leurs boutiques. Fidèle à son système, Albe s'apprêtait à réduire cette opposition par la ter-

reur ; le bourreau de Bruxelles préparait déjà
ses échelles et ses cordes : les nouvelles alar-
mantes qui se succédaient obligèrent le vieux
duc à suspendre l'exécution de ses vengeances.
Toute son attention se trouvait brusquement
appelée sur le terrain des opérations militaires.

La première ville qui répondit à l'appel venu
de l'île de Voorne fut Flessingue. Albe appréciait à sa juste valeur l'importance d'une place
dont la possession assurait à ceux qui l'occupaient la domination de l'Escaut. Anvers, la
capitale commerciale des Pays-Bas, ne pouvait
communiquer avec la mer si Flessingue s'entendait avec les gueux de mer pour lui fermer
la route. Il y avait longtemps que l'ordre était
donné de mettre cette clef du fleuve sous la
garde d'une citadelle. Depuis Amphion, les
pierres n'ont jamais été remuées avec une plus
merveilleuse aisance que par les Espagnols. Les
soldats de Charles-Quint et de Philippe II ont
bâti des châteaux-forts partout. La citadelle de
Flessingue était à demi-achevée quand l'occupation de la Brille vint, dans cette ville déjà tra-
vaillée par des intrigues de toute sorte, porter
jusqu'au paroxysme l'agitation des esprits. Une

bonne garnison eût fait rentrer les factieux dans l'ombre. Malheureusement pour les Espagnols, quelques compagnies des gardes wallonnes répondaient seules au duc du maintien de l'ordre dans Flessingue. Remarquons que, si le duc eût voulu entretenir des garnisons suffisantes dans toutes les places fortes des Pays-Bas, il ne lui serait plus resté d'armée pour faire face aux irruptions toujours à craindre du côté de la France ou de l'Allemagne.

Les partisans d'Orange cependant, s'ils prétendaient s'emparer de Flessingue, n'avaient qu'à se hâter. Les troupes expédiées par Albe pour renforcer une garnison trop faible étaient déjà en route. Quelques jours, quelques heures peut-être encore, elles allaient arriver. Un homme résolu se rencontra, Johan van Kuyk, seigneur d'Erpt, exalté par les joyeuses nouvelles qui se transmettaient de bouche en bouche, prit, dès le 6 avril, son parti. Il parcourut les rues et harangua le peuple. « Il fallait », prêchait-il, « chasser immédiatement la garnison wallonne, fermer l'accès de la ville aux renforts que cette garnison attendait. » Les Wallons n'opposèrent aucune résistance. La

milice bourgeoise, sous les ordres de quatre capitaines, Jacob de Zwijger, Claude Willemsy,
Hendrik van Baerle, Pieter de Geldersman,
s'occupa sur le champ de mettre la ville en état
de défense.

Les troupes espagnoles approchaient rapidement; elles approchaient à marches forcées. Un
secours important les devança heureusement à
Flessingue. Tout secondait en ce moment les
insurgés. Il y a, dans la vie des nations, comme
dans la vie des hommes, un flot et un jusant.
Les affaires des gueux avaient rencontré enfin
la marée montante. Jacob Simonsz de Rijk,
envoyé par Lumey en Angleterre pour y faire
des levées d'hommes et se procurer clandesti-
nement, en dépit des ordres de la Reine, des
munitions, rencontrait à Douvres quelques
navires de Flessingue chargés de fugitifs que la
crainte des nouvelles rigueurs du duc d'Albe
chassait de leur patrie. Fuir quand les gueux
de mer triomphaient, quand la Brille venait de
capituler! était-ce bien le moment de se con-
damner à un bannissement volontaire? De Rijk
s'efforça de relever le courage de ces patriotes
timides. Il offrit de les ramener à main armée à

Flessingue. Grâce à la libéralité de deux réformés de race espagnole, mais néerlandais de
cœur, — Marens et Salvador della Palma, —
de Rijk avait déjà, au prix de 500 florins, frété
trois vaisseaux ; il avait réuni, sous les ordres
des capitaines Eloy van Rudam et Nicolas Ber-
nard, cinq cents Anglais, Ecossais ou Néerlandais émigrés. Il partit d'Angleterre, emmenant
avec lui les fugitifs de Flessingue, plein d'espoir et d'audace, oublieux des ordres de Lumey
qui l'attendait à la Brille, et ne prenant conseil,
comme il est parfois bon de le faire en temps de
révolution, que des circonstances. Le vent le
favorisa ; il put débarquer à Flessingue le 9 avril
les renforts inespérés qu'il y amenait. Un jour
plus tard, les Espagnols, descendant en force la
rivière, auraient occupé la place.

Dès qu'on sut l'embouchure de l'Escaut aux
mains des insurgés, les secours affluèrent à Flessingue. Des Flandres, de l'Angleterre, de la
Brille, les volontaires se mirent en chemin,
impatients d'aller prêter main-forte à l'occupation de cette tête de pont qu'il fallait conserver
à tout prix. La reine Élisabeth avait fermé ses
ports aux vaisseaux d'Orange ; La Rochelle les

15.

accueillait encore : de nombreux corsaires en ce
moment s'y ravitaillaient. Ces corsaires se virent pour ainsi dire envahis par des bandes
entières de huguenots français réclamant l'honneur d'aller combattre le papisme sur le terrain
où une chance nouvelle se présentait de le terrasser.

Janin et quelques individus appartenant à la
principauté d'Orange s'étaient mis à la tête du
mouvement. Avec eux débarquèrent bientôt à
Flessingue, amenés par la flottille de Jérôme
Tseraerts, les capitaines Tangerloo, Adriaan
Menninck et Gysbrecht Jansz Coninck. Des
Flandres vinrent ensuite Hooft, Martin Houweel,
seigneur de Schoonewal, Watervliet et Haver-
schot, Van den Casteele enfin, chacun à la tête
de ses paysans.

Lumey, de son côté, ne restait pas inactif :
une partie de ses flibustiers cinglait de nouveau
vers le Texel et vers les côtes de la Frise ; un
autre détachement allait occuper Veere. C'est à
ce détachement qu'appartenaient Menninck,
Ruychaver, Jan Blommaert, Fokke Abels, Entens Mentheda, le seigneur de Zwieten et un
noble frison souvent cité dans cette guerre sa-

crée, Homme Hottinga, qu'accompagnait son fils
Duco. Les gueux cessaient peu à peu d'être un
ramassis de brigands. C'est dans leurs rangs
qu'on eût peut-être déjà rencontré les meilleurs
gentilshommes des Pays-Bas.

L'ère des conquêtes était donc ouverte pour
les gueux; le souffle de la liberté venait de
passer sur les îles de la Zélande. Middelbourg,
presque seule, dans l'île de Walcheren, restait
fidèle à l'autorité du roi d'Espagne : Amsterdam
en Hollande ne la reniait pas non plus encore.
C'étaient là deux forts points d'appui pour les
flottes espagnoles. Par compensation, sur le
Zuyderzée, la plupart des villes se laissaient
gagner au parti national. L'amiral du duc
d'Albe, Boshuizen, essayait vainement de retenir Enkhuizen dans les liens du devoir. Enkhuizen par sa position, était maîtresse du Zuyderzée,
comme Flessingue était maîtresse de l'Escaut,
la Brille maîtresse de la Meuse.

Lumey dirigea sur Enkhuizen ses meilleurs
capitaines : Jacob Cabiljauw, Nicolas Ruychaver,
Cornelis Loefsz et Roobol. Boshuizen dut se
retirer devant ces forces, je ne dirai pas imposantes — rien n'était imposant dans les flot-

tilles des gueux, — mais momentanément supé-
rieures aux siennes. Un de ses vaisseaux s'échoua
sur un des bancs dont cette mer si peu profonde
est semée. Les gueux le brûlèrent, et, à la lueur
des flammes, les portes d'Enkhuizen s'ouvrirent.
Tiète Hettinga, Willem Lievensz, Gilles Stel-
tuean, Nicolas Holbuk et Wybe Sjoërds prirent
possession, au nom du prince d'Orange, de
l'acquisition nouvelle. Hoorn, ainsi que les villes
de la Frise Occidentale, — Alkmaar, Edam,
Monnikendam, Purmerend, Leyde, Harlem, —
suivirent l'exemple d'Enkhuizen. Medenblik
résistait : elle finit par céder aux habiles menées
de Ruychaver et de Cabiljauw. Adriaan van
Zwieten s'empara de Gouda et d'Oudewater ;
Gorinchem et son château se rendirent à Marinus Brandt ; Zierikzée et Dordrecht furent occu-
pées par Entens de Mentheda. Une grande partie de la Hollande et de la Zélande eurent, dans
le court espace de deux ou trois mois, secoué le
joug espagnol.

Il fallait maintenant consolider ces conquêtes : sur l'ordre d'Orange, Sonoy partit à l'instant d'Emden. Muni d'une lettre du Prince qui
l'investissait, sous le nom de stadhouder, du

commandement supérieur de la Hollande du Nord et de la Frise occidentale, il installa partout des gouverneurs. Grâce à sa fermeté, un certain ordre ne tarda pas à s'établir au sein de ces insurrections partielles. Treslong répondait de Flessingue et de la Brille ; Lumey, en sa qualité de stadhouder de la Hollande méridionale, — fonction que lui avait dévolue une lettre du 20 juin 1572, — promenait en tous lieux, précédé de la terreur qu'inspirait son nom, le zèle sanguinaire auquel applaudissait avec des transports de joie le parti violent.

Au seul bruit de son approche, les moines et les nonnes s'enfuyaient de leurs couvents, les réformés poussaient des cris d'allégresse. En vain le prince d'Orange essayait-il de mettre un frein à des fureurs qui ne pouvaient que compromettre sa cause : la cruauté même de Lumey hautement approuvée par un parti altéré de vengeance, le plaçait au dessus du blâme ou des éloges du Prince. La popularité du fougueux amiral ne connut plus de bornes quand on apprit qu'il venait d'entrer à Rotterdam.

A ce farouche et incommode serviteur Orange ne pouvait opposer avec quelque succès

que Marnix de Sainte-Aldegonde. Celui-là n'é-
tait ni cruel ni fanatique, bien qu'en fait de
doctrine, il se montrât d'une intolérance absolue. Dans le parti de la Réforme, Marnix de
Sainte-Aldegonde représentait à la fois le calvinisme aimable et le calvinisme exclusif.
Élève de Calvin et de Théodore de Bèze, il
avait tempéré les sombres leçons de ses maîtres
« par la joyeuseté brabançonne ». La morosité de
l'école de Genève n'eut point de prise sur lui.
Il aimait la danse et ne s'en cachait pas. Il fut
le Tyrtée, le frère quêteur et l'interprète en
quelque sorte officiel de la Révolution. Toutes
les pièces importantes, — le compromis des
nobles, la requête présentée à Marguerite de
Parme, et plus tard la pacification de Gand, — ont
été rédigées par lui. Dès le début, il exerce une
action décisive sur l'esprit hésitant de Guillaume d'Orange; il détermine cette âme froide
et prudente « à mettre enfin le tout pour le
tout ».

Quand on était savant au xvi° siècle, on ne
l'était pas à demi. Le latin, le grec, l'hébreu, le
français, sont pour l'élève de Théodore de
Bèze des armes dont il pourra user en se jouant.

Toutes ces langues auront leur utilité quand il faudra descendre dans l'arène de la polémique ; ce n'est pas avec leurs secours qu'on pourrait émouvoir le peuple des Pays-Bas. Marnix relève l'idiome néerlandais d'une injuste déchéance. Il s'adresse à ses compatriotes dans un langage que tous ses compatriotes vont comprendre. Les Néerlandais possèdent une langue puissante, faite pour exprimer les pensées énergiques : Marnix leur en a le premier révélé les ressources et l'incontestable richesse. Ce n'est pas un des moindres services qu'il ait rendu à son pays.

La langue préférée de combat n'est pas cependant, pour l'ami de Guillaume d'Orange, la langue maternelle : le Français se prête mieux à la raillerie et à l'invective. La guerre que Marnix fit à la Papauté ne fut certes pas toujours une guerre de bon goût. On pourra plus d'une fois surprendre en flagrant délit de gaîté grossière ce lettré délicat. Ce n'est plus à Tyrtée que nous aurons alors affaire : Tyrtée est devenu un autre curé de Meudon. Dans sa haine du catholicisme, le joyeux, le bienveillant Marnix ramasse sans hésiter toutes les armes qu'il

rencontre sous sa main : il ne discute plus, il
lapide. A cet égard, il est bien de son temps.
Qui donc songeait, en l'année 1570, à des con-
troverses courtoises ? Le mot de liberté de conscience était-il même déjà inventé ? La liberté,
on la voulait pour soi ; on la refusait naïvement,
brutalement, aux autres. Marnix de Sainte-Aldegonde n'était probablement pas né avec un
tempérament de persécuteur ; il n'en écarte pas
moins d'un geste indigné la seule pensée d'admettre au même traitement la religion qu'il
prêche et la religion qu'il réfute. Le culte catholique, voilà l'ennemi ! Vis-à-vis du catholicisme,
il n'y a, au sentiment de Sainte-Aldegonde ,
qu'une politique à suivre : la politique de la
proscription. Il s'est rencontré en plein xixe siècle un grand historien pour oser écrire : « Partout où le protestantisme a laissé la liberté à
l'église ennemie, il n'a pas tardé à disparaître
déshonoré [1] ». D'une pareille conviction aux
édits proscripteurs la distance n'est pas grande.
Pas plus que le duc d'Albe, Marnix de Sainte-
Aldegonde n'entendait réduire la question reli-

1. *Marnix de Sainte-Aldegonde*, par EDGAR QUINET. 1854.

gieuse à un simple débat théologique. « La révolution hollandaise, nous assure Edgar Quinet,
a réussi parce qu'elle a osé profiter de sa victoire. » Bien des gens trouveront peut-être aujourd'hui qu'elle a en profité jusqu'à en abuser.
Ne nous hâtons pas trop d'amnistier l'intolérance : la politique préconisée par Marnix de
Sainte-Aldegonde n'a pas, si je ne me trompe,
été tout à fait étrangère aux embarras de Guillaume d'Orange. Elle a fini par couper les
Pays-Bas en deux. Que l'exemple nous serve!
« Ce que vous aurez résolu, dit Guillaume
d'Orange *à Messieurs les Estats Générauls*, je
le maintiendrai. » Est-ce à dire que Guillaume
d'Orange ait toujours approuvé dans son for
intérieur ce que les États Généraux décidaient?

Né à Bruxelles en 1538 d'un père savoisien
et d'une mère hollandaise, Marnix de Sainte-
Aldegonde avait eu en 1572 trente-quatre ans,
— un bel âge pour la politique! — Un des
premiers il a jugé le moment venu de sortir
des voies de la temporisation et d'affronter à
visage découvert la domination espagnole. Le
16 mars 1567, il voit, sous les murs d'Anvers,
ses compagnons en fuite, son frère Jean de

Marnix brûlé vif dans la grange où la déroute
générale l'a contraint de se réfugier ; trois
ans plus tard, il assiste au désastre de Jemmingen. Là, vaincu, fugitif, il ne perd pas courage :
il changera seulement de champ de bataille. La
plume en ses mains va remplacer l'épée. Dans
les heures de détresse, Marnix a décerné à Guillaume d'Orange le nom de « Père de la patrie » ;
il vient, maintenant que la fortune semble sourire au grand exilé, l'aider à donner enfin une
existence légale à la Révolutien.

Les délégués des villes affranchies et les députés de la noblesse se sont réunis au mois de
juillet 1572 à Dordrecht. Dans cette assemblée,
— la première assemblée libre des Pays-Bas, —
Philippe de Marnix figure à un double titre : il
est député de la Gueldre, il est représentant du
Prince d'Orange. La fiction chère au Prince
subsiste toujours : l'autorité du roi d'Espagne
ne sera pas répudiée ; on ne veut abjurer que
l'obéissance au duc d'Albe. Marnix de Sainte-
Aldegonde doit être désormais considéré
comme le lieutenant du Roi, au nom du prince
d'Orange, comme le seul gouverneur légitime
de la Hollande, de la Zélande, de la Frise Occi-

dentale. Sur la proposition de Marnix, tous les assistants se jurent une fidélité mutuelle et reconnaissent Orange comme le chef suprême de l'insurrection.

Albe ne pouvait plus conserver d'illusions, les provinces domptées étaient aujourd'hui à reconquérir. Pour les âmes de fer comme la sienne, ces moments d'épreuve sont les beaux moments : c'est alors qu'elles brillent de tout leur éclat. Au mois de juillet 1572 il ne fallait pas une âme vulgaire pour ne point désespérer. Les gueux de mer, à la tête de 150 vaisseaux, occupaient les passes du Zuyder-zée, les embouchures de l'Escaut et les embouchures de la Meuse. Les communications d'Anvers et d'Amsterdam avec la mer étaient coupées; le beau-frère d'Orange, le comte Guillaume Van den Berg inondait l'Overissel et la Gueldre de ses mercenaires; le comte Louis de Nassau s'emparait, par surprise, le 23 mai 1572, de la ville de Mons, capitale du Hainaut, riche cité défendue par un triple fossé et par de hautes murailles.

Cet incroyable coup de main, bien digne du Bayard néerlandais, du héros sans tache qui

portait inscrite sur ses drapeaux : la fière devise
« Vaincre ou Mourir : *Recuperare aut Mori* »
fut salué par un cri unanime d'allégresse :

« Venez tous, petits gueux, ici alentour, —
Et chantons comme il convient. — Chantons et
jubilons ! — C'est de Mons en Hainaut qu'il
s'agit. — A nos chansons joignons de gais
accords — Pour augmenter encore notre joie.
— Douze Messieurs déguisés en marchands —
Entrent dans la ville (écoutez-moi bien) : —
Le soir même, en leur logis, — Tenant leurs
escopettes cachées, — Ils disent à l'aubergiste
— Qu'ils comptent se lever de bonne heure. —
« Dites-nous donc, Monsieur l'aubergiste, — A
« quelle heure on ouvre le matin — La porte de
« cette ville. — Des chariots chargés d'excellent
« vin — Seront là, si je ne me trompe. — Les
« tonneaux auront été roulés devant la porte —
« Avant le lever du soleil. — Je voudrais bien
« qu'on pût — Ouvrir la porte, — Avant que
« l'ardeur du soleil — Ne tombe sur nos ton-
« neaux. — Sans être exposé à tourner, — Notre
« vin entrerait ainsi dans la ville. » — L'auber-
« giste répond sans hésiter — Croyant toujours
« s'adresser à des marchands de vin : — « Le

« matin, sur les quatre heures, — Le portier se
« rend à son poste ; — Il ouvre — Les portes aus-
« sitôt que la cloche sonne, — Sans le moindre
« retard. — Voulez-vous qu'il ouvre plus tôt ? —
« Faites-lui cadeau d'une partie de votre mar-
« chandise : — Il se laissera toucher, — Et fera
« entrer dans la ville — Vos excellents vins. »
— Doux comme un enfant. — Le matin, ils se
sont réveillés — Et ont couru à la porte. — Ils
font un cadeau au portier, — Et la porte leur est
sur-le-champ ouverte. — Puis d'un coup d'es-
copette bien chargée — Ils jettent le portier à
terre. — Les clefs de la porte, — Ils les prennent
sur lui (Allez ! Répétez cette chanson au loin).
— Ces clefs, ils les gardent bien. — Le comte
Louis, avec quarante hommes, — Est bientôt
averti. — Il s'approche à cheval — Suivi de bonnes épées. — Le comte Louis, solide d'esprit, —
Prince aussi sage que vaillant, — Entre dans la
ville avec ses gaillards. — Il occupe aussitôt
les rues ; — Personne ne soupçonne encore sa
présence. — Il peut donc prendre position —
Et galoper ensuite à travers la ville. — Qui fait
mine de sortir — Un plomb le fait rentrer. —
« Liberté ! » crie le comte, « nous est accordée ! »

— (N'était-ce pas là un joli coup de main —
Exécuté par un si grand prince — De quatre
heures à cinq? — De cinq à six et sept (écoutez
cette chanson) — Il galopait à travers les rues.
— « Le prince d'Orange, l'audacieux prince
« d'Orange, — Arrive à grand bruit! » — Criait-
il. « Il arrive pour nous assister. — Liberté!
« Liberté! Le Prince vous l'apporte. — Vous
« allez être affranchis sur l'heure — Le dixième
« denier dont vous vous plaignez tant, — il veut
« vous en délivrer, — vous en délivrer ici — de
« la part du Roi tout-puissant. »

Cinquante dragons — la troupe conduite par
Louis de Nassau en personne n'était pas plus
nombreuse — n'auraient pas résisté longtemps
à une population remise d'un premier étonnement. Les soldats embusqués dans les bois qui
environnent Mons accoururent, et trois jours
après le secours promis par les huguenots de
France arriva. Ce secours consistait en deux
mille hommes d'infanterie. Au commencement
de juin le comte de Montgommery, amena un
nouveau renfort de douze cents chevaux. La ville
enlevée par surprise se trouvait désormais bien
gardée. Pour la reprendre, il faudrait un siège.

Albe ne prit pas la perte de Mons aussi philosophiquement que la perte de la Brille. Il voyait dans cet événement la main perfide de Catherine de Médicis. « Elle sème autour de moi ses lys de Florence », dit-il en posant son chapeau à terre, « je lui enverrai, à mon tour, des chardons d'Espagne. »

Pour la première fois, il se montrait découragé. Ce qui l'attristait c'était moins le poids de plus en plus lourd de la haine du peuple ; « haine dont n'avait pu, » disait-il, « le défendre sa modération dans l'application de rigueurs nécessaire » ; c'était moins une succession rapide et inattendue de revers, que la crainte de n'être plus d'accord avec la volonté intime de son Roi. Il sentait instinctivement que la résolution de Philippe II faiblissait. Il avait demandé un successeur, et, bien qu'il n'en eût pas reçu l'avis officiel, il savait que le duc de Medina-Celi, le vaincu de Zerbi, mais un des plus grands seigneurs de l'Espagne, était déjà en route pour venir le remplacer. La situation d'Albe, en ce moment, et celle du général Pélissier après l'échec du 19 juin devant Sébastopol, n'ont-elles pas, comme les qualités militaires de ces deux

grands hommes de guerre, une étrange et frap-
pante analogie? La similitude paraîtra plus sai-
sissante encore quand nous les verrons, à force
de rudesse, faire rebrousser chemin à la fortune
contraire.

Entre les gueux de mer, les troupes levées
en Allemagne et les huguenots français, dont
Charles IX semblait favoriser en secret les mouvements, il y avait, depuis la prise de Mons,
émulation de zèle. Sonoy, lieutenant du prince
d'Orange dans le Nord-Hollande, faisait couler
à l'entrée de l'Y un certain nombre de vaisseaux
remplis de lest et s'établissait en croisière aux
abords du Pampus. Étroitement bloquée, Amsterdam ne pouvait refuser bien longtemps encore son adhésion à la cause nationale. Dans
la Hollande du Sud, Dirk Worst, l'amiral de
Zélande, dévastait la campagne, brûlait le
cloître d'Emstein et repoussait avec perte les
Espagnols venus au secours de ce couvent.
Worst veut dire *andouille* en hollandais. Les
Espagnols raillaient l'amiral de Zélande sur son
nom. Après leur victoire, les Zélandais répli-
quèrent: « Maintenant, je crois que tous les
chats vont miauler. — Ils ne pourront plus

passer leur temps — A manger des andouilles.
— Les andouilles sont trop dures pour les chats.
— Il en ont eu la preuve. » Les héros d'Ho-
mère et les personnages d'Aristophane auraient-
ils mieux dit ? Toute cette guerre atroce a un
côté plaisant. On se bat l'écume et le sourire
aux lèvres. La gaîté n'est pas délicate, mais
c'est de la gaîté : il n'y a pas de qualité plus
précieuse à la guerre. Le nombre des prisonniers pendus, noyés, égorgés, est incroyable ;
et pourtant, dans cette campagne d'extermination où la haine est poussée jusqu'à la frénésie,
la chanson ne perd pas ses droits.

Écartons la pensée des graves questions en
jeu, ne voyons que les lutteurs qui occupent
l'arène : à qui des Hollandais ou des Espagnols
accorderons-nous la palme? Il s'est passé dans
ces marais boueux des choses dont on n'eût pu
croire l'audace humaine capable. Les vieilles
bandes espagnoles y sont jusqu'au dernier
jour restées dignes de leur renommée ; les
gueux de mer, peu dociles encore aux ordonnances qui voudraient les assujettir « à la modestie chrétienne » ont gardé, tant qu'a duré
la guerre, ce mépris de la mort contracté

16

dans leur impitoyable existence de pirates.

L'amiral de Veere, Sébastien de Lange, est attaqué par quatre vaisseaux espagnols sortis de Middelbourg. Il s'échoue et se trouve à la merci complète de l'ennemi. Tous ses moyens de défense sont épuisés : il ne lui en reste plus qu'un. Il met le feu aux poudres et fait voler son vaisseau en éclats. Ce n'était pas seulement un dernier exploit, c'était un exemple. L'exemple fut suivi. Dans leurs expéditions les plus heureuses, les Espagnols ramenèrent rarement des vaisseaux néerlandais comme trophées.

Le sort cependant ne trahissait plus toujours la marine d'Albe. Dans la Frise notamment, l'intrépide activité de Robles maintenait au drapeau du Roi l'avantage. Les Frisons s'étaient joints en masse à la flotte des gueux de mer. L'histoire a retenu les noms de Duco Martena, de Grovestins, de Burmanias, de Rollema, d'Aylva. Martena prit le commandement en chef de l'escadre du Zuyderzée et continua de rôder sur les côtes de la Frise. Il y fit, au début, grand mal à l'ennemi ; mais bientôt ses vaisseaux furent chassés et dispersés par les galères de Robles. Les Wallons, sous la vigoureuse

impulsion du vaillant chevalier portugais, —
Robles était d'origine portugaise, — montrèrent
là ce qu'Albe aurait pu attendre des moyens
maritimes restés à sa disposition, s'il eût daigné,
dès le principe, accorder plus d'attention aux
déprédations des gueux de mer.

Dans un rang secondaire Robles a tenu sa
place avec honneur. Son humanité, son dévouement pendant la désastreuse inondation de la
Toussaint, l'avait rendu cher à tous les habitants
que n'aveuglait pas la passion religieuse. Pour le
haïr, il fallait se rappeler qu'il était Espagnol. Il
ne se borna pas à réparer les ravages de la for-
midable tempête de 1570 ; il employa tout son
zèle à prévenir par les soins les mieux entendus
de nouveaux malheurs. C'est à lui que la Frise
est redevable de l'amélioration apportée au
système des digues qui la protègent, et aujour-
d'hui encore le nom de Robles n'a pas cessé
d'être honoré à Harlingen. Un monument gros-
sier s'élève sur la jetée battue par les flots. Ce
monument, que le peuple, dans son naïf langage,
appelle « l'homme de pierre », fut élevé jadis
pour consacrer les services du bienfaisant gouverneur espagnol et pour perpétuer sa mémoire.

Après avoir chassé Duco Martena du Zuyderzée, Robles voulut lui en interdire à tout jamais
l'accès. Ses soldats wallons firent voile vers
Vlieland, battirent les gueux qui occupaient
cette île et s'emparèrent de deux vaisseaux
ennemis, — le vaisseau de Gerrit Sebastiansz,
de Gorcum, et le vaisseau de Jelmec de Vlieland.

Aux plus heureux, la fortune ne sourit pas
toujours. Les gueux évidemment, en 1572,
avaient le vent dans les voiles; néanmoins leurs
échecs égalaient presque leurs succès. Jacob
Andrieszoon perdait son vaisseau, avec quatorze hommes, sur les côtes de la Frise; Pieter
Ariens van Bolsward était assassiné par son
équipage mutiné; Jette Eelma et Seger Spier-
kloe tombaient dans une embuscade en vou-
lant surprendre Schoonhoven : ils laissaient
trois cents morts et soixante prisonniers sur le
terrain. La ville de Bommel s'était rendue par
capitulation : les gueux en furent expulsés
comme parjures et iconoclastes par les troupes
auxiliaires de Wallons et d'Allemands. Les
Luthériens se montraient parfois aussi acharnés
que les Catholiques contre les Calvinistes. Le
capitaine Roobol avait déjà pénétré jusqu'à

Sparendam. Il voulait favoriser les mouvements des corps de troupes qui, au nord et au sud de l'Y, se tendaient la main. Il fut surpris, battu et fait prisonnier par un gros détachement espagnol. Ne faites pas la guerre si vous devez vous laisser abattre par le premier revers. Il y a longtemps qu'on l'a dit : « La fortune est femme, » et il faut s'attendre à ses caprices. Au moment même où elle semblait abandonner les gueux, elle leur envoyait une aubaine bien faite pour les consoler de leurs insuccès.

Le 10 juin 1572, le duc de Medina-Celi arrivait, avec sa flotte composée de cinquante-quatre vaisseaux, à la hauteur de Blankenberg, sur la côte de Flandre. De ces cinquante-quatre vaisseaux, les uns étaient des vaisseaux de guerre, les autres des transports sur lesquels s'étaient embarqués deux mille soldats commandés par un intrépide vétéran, Julien Romero. Devant Sluis, autrement dit devant le port de l'Écluse, — nom rendu fameux par le grand combat d'où Édouard III d'Angleterre sortit au moyen âge vainqueur — les gueux attaquèrent la flotte espagnole, tombée en

16.

calme. L'alarme se mit soudain dans le convoi. La majeure partie des transports, profi-
tant d'un souffle de brise, se dirigea à toute
voiles sur la plage. Les gueux en capturèrent
cinq et en brûlèrent treize autres, chargés
de laine et de cochenille. Medina-Celi, mieux
servi par le vent et par la marée, réussit à
entrer dans le port de l'Écluse. De ce port, il
gagna Bruxelles, laissant ainsi sa flotte à
l'abandon. Douze vaisseaux Biscayens, la véritable force de cette armée navale, ne se laissèrent pas déconcerter par un si complet dé-
sarroi. A côté des marins néerlandais, les
Biscayens pouvaient encore faire figure. Habitués aux tempêtes de l'Océan, ils ne se sentaient pas dépaysés dans ces parages redoutés
des galères. Ils poussèrent hardiment vers
l'Escaut, enfilèrent les bras du fleuve désigné
sous le nom de Hond, et, passant intrépides sous
le canon des forts de Flessingue, allèrent jeter
l'ancre à Rammekens. La moitié des soldats
passagers fut ainsi sauvée. De Rammekens, on
les achemina sur Middelbourg, en ce moment
serrée de très près par les gueux. Jamais arrivée de renfort ne fut plus opportune.

La flotte marchande comptait vingt-six navires : sur ce nombre, il n'en échappa que trois,
qui purent gagner Anvers. Si les vaisseaux de
Flessingue, appelés par le bruit du canon,
avaient pu rallier deux heures plus tôt les vaisseaux en croisière, la flotte de Medina-Celi
serait tombée tout entière, sans qu'un seul
navire échappât, entre les mains des rebelles.

Ce n'était pas pourtant la flotte de Medina-
Celi que les gueux de mer attendaient. Cette
flotte, annoncée depuis près de trois ans, fut
pour les rebelles néerlandais une manne ines-
pérée. Ce que les gueux de mer guettaient
depuis plusieurs jours, c'était le passage de la
flotte de Portugal, flotte marchande expédiée
chaque année de Lisbonne pour Anvers, à une
époque fixe, et qui ne variait guère, selon le
caprice des vents, que de quelques semaines.

On craignait que la flotte de Portugal n'eût
été informée de la prise de Flessingue et qu'elle
ne passât devant l'embouchure de l'Escaut sans
s'y arrêter. Elle avait dans Hambourg un port
neutre prêt à la recevoir. Le 11 juin cependant,
au lendemain du jour où la flotte de Medina-
Celi était tombée comme une pêche miraculeuse

dans les filets des gueux, on vit apparaître à
l'horizon tout un nuage de voiles. Chargée
d'épices, de pierres précieuses, portant en outre
500 000 ducats en argent monnoyé, la flotte de
Portugal s'avançait sans défiance. Vingt-trois
vaisseaux furent en quelques instants amarinés,
vingt-cinq même, si l'on veut tenir compte de
la prise de deux vaisseaux isolés venant de Barbarie. Le butin fut considérable. Il eût suffi,
d'après une évaluation rapide, à soutenir la
guerre pendant deux ans.

Après le butin, la vengeance : les juges de
Flessingue n'eurent garde d'y manquer. Les
deux flottes espagnoles — la flotte de guerre
et la flotte marchande — étaient anéanties, plus
de mille soldats avaient péri pendant le combat,
vingt-cinq des principaux capitaines se trouvaient prisonniers. Un triomphe si complet et
en même temps si facile aurait dû désarmer les
ressentiments des vainqueurs. Il n'en fut rien.
La potence réclamait sa part : on lui livra quarante Espagnols.

Les victoires du 10 et du 11 juin 1572 furent
avant tout des victoires zélandaises : de Rijk et
Blommaert y eurent la plus grande part. Une

fraternité sans nuages unit du reste dans ces deux combats les vaisseaux de Verre et les vaisseaux de Flessingue. L'escadre de Flessingue fit don aux habitants de Verre d'un des plus riches bâtiments capturés, du *Faucon volant*, commandé par Joos Jansz d'Anvers. Le chargement du *Faucon volant* consistait en mâcis, en clous de girofle, en coton, poivre, sucre, gingembre, camphre et alun. Pour la première fois, grâce aux communications de Jacques Smidt, seigneur de Haarland, les teinturiers de Verre apprenaient à se servir pour teindre leurs draps de l'indigo.

Le succès élevait peu à peu les âmes. Après avoir été longtemps plus pirates que patriotes, les gueux de mer se laissaient insensiblement gagner au mouvement généreux du pays. Flessingue eut après le 11 juin un beau spectacle. On vit l'équipage du vaisseau de Joost de Moor apporter au gouverneur qui tenait la ville au nom d'Orange trente sacs d'argent pris sur un des vaisseaux pillés. Cet argent, les gueux étaient en droit de le garder pour prix de leur courage : ils demandèrent qu'on l'employât au service du pays.

Du moment que de pareils sentiments trouvaient accès jusque dans le cœur d'incorrigibles
pirates, on pouvait dire que la Révolution avait
cause gagnée. « Ainsi, écrivait le Jésuite **Strada**,
s'éleva du sein des eaux, comme par un coup
de tonnerre, cet État venu au monde avant terme,
qui eut l'ambition pour mère .et l'hérésie pour
accoucheuse. »

LA BATAILLE DU ZUYDERZÉE

I

La situation pour Medina-Celi n'avait rien
de tentant. Le hautain gentilhomme reconnut avec une modeste bonne foi que, pour en
sortir, il fallait la main éprouvée du duc d'Albe.
« Il serait trop heureux », dit-il, « de servir le
Roi sous les ordres d'un capitaine qu'il respec-
tait si fort. » Le vieux duc, en ce moment, était
en proie à un accès de goutte, mais les difficultés avaient le don de le guérir : elles lui refai-
saient en quelque sorte une jeunesse. Albe possédait d'ailleurs dans son fils naturel, don
Frédéric de Toledo, un lieutenant imbu de ses

idées, investi de sa confiance, la grande conso-
lation de ses vieux jours, et, suivant la parole
de son secrétaire Albornoz, « le génie le plus
étonnant qu'on eût jamais vu ». Albe ne songea
donc pas un instant à déposer le fardeau du
commandement. Il l'assuma tout entier, au
contraire, avec la joie sombre du héros qui
flaire sa revanche, et jetant, on peut croire, un
regard de pitié sur son successeur éventuel, il
donna sans tarder ses ordres.

Le pivot de la guerre était Mons. Orange
avait le plus grand intérêt à conserver cette
place ; Albe n'attachait pas moins d'importance
à la reprendre. Le prince était parvenu à recruter
en Allemagne un corps de 15 000 fantassins et
de 7 000 chevaux. Il venait d'y joindre 3 000 Flamands, Wallons pour la plupart. En 1572, semblable force pouvait déjà compter pour une
grosse armée. Grâce aux gueux, Orange était,
en ce moment, plus riche qu'Albe. C'était Albe
qui, malgré tous ses artifices financiers, se
débattait, au mois de juillet 1572, contre la misère. Heureusement pour le grand capitaine
espagnol, il lui restait les premiers soldats du
monde.

Ce qu'a pu faire à cette époque une poignée de soldats abandonnés à eux-mêmes dans les Flandres dépasse toute imagination. On prodigue ce nom de soldat : Albe, s'il revenait à la lumière, ne consentirait à le décerner qu'à l'homme qui se rit des intempéries et des fatigues, qui supporte avec un égal courage le feu de l'ennemi, la soif et la faim, qui couche sur la dure, bivouaque sans eau-de-vie, passe les fleuves à la nage, les bras de mer avec de l'eau jusqu'au cou, monte à l'assaut sur les corps de ses compagnons dix fois repoussés, et se retrouve à toute heure dispos, à toute heure prêt à recommencer. De ces soldats, il en reste peut-être encore : j'en ai connu moi-même, bien que je n'aie pas vécu sous le premier Empire : ils s'appelaient du vieux nom africain de zouaves. Ils étaient la goutte de métal restée au fond du creuset après que de longues années de campagne, semant les morts et les malades sur la route, avaient dégagé le minerai de ses scories. Ceux-là auraient été dignes de marcher dans les rangs des soldats d'Alexandre et de Napoléon, de rivaliser avec les *escopteros* du duc d'Albe.

Les Réformés n'avaient pas leurs pareils pour défendre les places fortes : il ne fallait, dans ces luttes de pied ferme, que de la constance. En rase campagne, les Réformés trouvaient souvent leurs maîtres.

Le 15 juillet 1572, un corps de huguenots français, commandé par M. de Genlis n'était plus qu'à deux lieues de Mons. Il venait renforcer la garnison insuffisante contenue dans le devoir, malgré ses légitimes inquiétudes, par l'indomptable énergie du comte Louis de Nassau. Le 19 juillet, Frédéric de Toledo attaque ce corps auxiliaire avec 4 000 fantassins et 1 500 chevaux. La défaite des Français fut complète. Ils laissèrent au moins 1 200 hommes sur le terrain : leur commandant, M. de Genlis, se trouvait lui-même au nombre des prisonniers.

Dans l'armée espagnole, Chiappin Vitelli eut les honneurs de la journée. Grièvement blessé dans un premier combat, il n'en conduisit pas moins ses troupes au feu, porté dans une litière. Cette désastreuse guerre des Flandres me remet en mémoire la plupart des noms que j'ai déjà rencontrés sous les murs de Malte ou à la journée de Lépante[1]. Ce sont tous des noms de héros.

Le prince d'Orange cependant, depuis le 7 juillet, était en campagne. Il avait, ce jour-là, traversé le Rhin à Duisbourg. Le 23 il s'emparait de Roermende-sur-la-Meuse : peu maître d'une armée presque entièrement composée de mercenaires, il se voyait contraint de laisser massacrer dans cette ville, enlevée de vive-force, les prêtres et les moines! Pour pousser plus loin, il fallait à Guillaume d'Orange de nouveaux subsides. Ses troupes non payées refusaient d'avancer. Au bout d'un mois, les subsides demandés aux villes de la Hollande arrivèrent enfin. Orange reprit sa marche vers la ville assiégée. Le 27 août, il franchissait la Meuse : Malines reconnaissait son autorité ; Louvain, sans se prononcer encore, versait dans ses caisses une contribution de six mille ducats; Bruxelles seule fermait résolument ses portes à la révolte. Malgré cette attitude inattendue de la capitale du Brabant, tout n'en prenait pas moins un aspect favorable. Le roi de France

1. Voyez l'ouvrage intitulé : *Les Chevaliers de Malte*. Plon, Nourrit et Cⁱᵉ, éditeurs.

n'avait-il pas formellement déclaré à Coligny
qu'il voulait « employer les forces mises par le
Seigneur en ses mains à la délivrance des Pays-
Bas » ? Propos de fou plutôt que propos de perfide ! Charles IX ne savait pas bien au fond ce
qu'il voulait : il se laissa entraîner par les passions des bourgeois de Paris, et le 24 août, dans
la nuit, le signal d'un massacre général des huguenots fut donné. En trois jours, du dimanche
au mardi, cinq mille victimes tombèrent sous le
fer des assassins. Dans l'espoir des instigateurs
du complot, le protestantisme devait, par le succès de ce grand attentat, être pour toujours ba-
layé de la terre de France. Après de longues
hésitations, le conseil donné à Catherine de
Médicis par le duc d'Albe dans la célèbre en-
trevue de Bayonne[1] recevait enfin son exécution. Les mesures cependant étaient si mal
prises, le coup fut porté d'une main si tremblante que, dans toute l'étendue de la France,
cent mille réformés seulement disparurent, victimes du décret qui devait les exterminer tous.
On avait promis à Charles IX qu'on ne laisse-

1. Voyez l'ouvrage intitulé : *Les Corsaires barbaresques.*
Plon, Nourrit et Cie éditeurs.

rait pas un seul huguenot vivant pour venir lui
reprocher un jour son forfait : après la nuit funèbre, il restait encore sur les terres du Roi très
chrétien assez d'hérétiques pour préparer les
voies au fils de Jeanne d'Albret. Le duc
d'Albe assurément aurait fait mieux. Il ne
marchanda pas toutefois à ce coup d'état manqué l'expression de sa joie et son approbation.
Orange, dans sa pensée, était frappé au cœur :
il venait de recevoir ce qu'Orange, tout le premier, appelait « un coup de massue ». Toute
l'armée espagnole partagea l'allégresse du duc.

La cordialité des rapports entre la France et
l'Espagne n'aurait-elle pas dû se trouver complètement rétablie par cette atroce complicité
morale dans le meurtre ? Les anciens ombrages
continuèrent néanmoins de subsister. La politique est faite de contradictions. Le duc d'Albe,
à la réflexion, s'était ravisé. Il affectait maintenant de désavouer tout haut la Saint-Barthélemy. « J'aimerais mieux, disait-il, avoir les
deux mains coupées que de me sentir coupable d'une si méchante action. » Charles IX
pressait son ambassadeur auprès du gouverneur
des Pays-Bas de réclamer le prompt supplice

des Français que Toledo avait fait prisonniers
dans la journée du 19 juillet. Le fils de Catherine de Médicis tenait essentiellement à faire
disparaître le plus tôt possible ces témoins de
sa duplicité. Le duc, de son côté, s'obstinait à
les conserver. « J'exécute des prisonniers tous
les jours », répondait-il à M. de Mondoucet : « il
ne m'en reste plus qu'une poignée. » C'était précisément cette poignée qui inquiétait Charles IX.
Le secrétaire du duc nous en donne la raison :
« Vous seriez confondu », écrivait-il, « si vous
lisiez une lettre que je possède et qui est adressée par le roi de France au comte Louis de
Nassau. »

Entre un allié qui le trahissait et des partisans qui lui refusaient le moyen de solder ses
troupes, le prince d'Orange, le désespoir et le
dégoût au cœur, n'avait plus qu'à se retirer.
Dans la nuit du 11 au 12 septembre, il avait failli
être enlevé par un de ces coups de main si fré-
quents dans les guerres d'Italie et qu'on appelait des *encamisadas*. Revêtus d'une chemise
par dessus leur cuirasse pour se reconnaître au
milieu des ténèbres, six cents arquebusiers pé-
nétrèrent jusqu'à la tente du Prince. Orange

n'eut que le temps de sauter en selle et de s'en-
fuir, protégé par l'obscurité. Le lendemain, il
battit en retraite sur Péronne et Nivelles, laissant à son frère Louis le conseil de capituler
« aux meilleures conditions possibles ».

Le comte Louis, miné par les fièvres, était à
bout de force; la ville était à bout de vivres. La
capitulation fut signée le 19 septembre. Le duc
d'Albe, cette fois, faisait un pont d'or à l'ennemi : il était impatient de porter ses troupes sur
d'autres points où l'autorité du Roi venait d'être
plus insolemment encore méconnue.

Les soldats du comte sortirent de la ville avec
armes et bagages. Le duc n'exigeait d'eux que
l'engagement de ne plus servir contre le roi
d'Espagne ou contre le roi de France. Quant
aux habitants, la miséricorde à leur endroit eût
été un encouragement donné aux connivences
secrètes. Albe resta, en cette occasion, fidèle à
lui-même. L'armée espagnole avait occupé la
place le 24 septembre : le 15 décembre les exécutions commencèrent. De son plus brillant général de cavalerie, du féroce Noircarmes, dont
les Hollandais ne prononcent encore le nom
qu'avec horreur, Albe fit le ministre souverain

de sa justice. Noircarmes, en sa qualité de grand-bailli du Hainaut, donna le signal des supplices. Pendant plus de sept mois, il n'y eut guère de jour où, sur la place de Mons, le bûcher, la potence, l'échafaud, ne furent rappelés à enseigner au peuple le respect de l'autorité royale. Les condamnés étaient livrés au bourreau par bandes de dix, de douze, quelquefois même de vingt personnes. Frappées de terreur, toutes les villes de la Flandre et du Brabant ne songèrent qu'à faire oublier la fatale complaisance avec laquelle leurs habitants avaient accueilli l'invasion du prince d'Orange. De toutes ces villes, Malines était la plus compromise : Albe n'hésita pas à l'abandonner à la convoitise de ses soldats. Le sac de Malines est resté célèbre, même dans cette guerre des Flandres où les horreurs ne se comptaient plus. Les catholiques ne furent pas ce jour-là plus épargnés que les protestants. C'était la fête du soldat : le soldat se conduisit en gueux de mer ; il pilla les maisons ; il dévasta même, tout catholique qu'il fût en majorité, les cloîtres et les églises.

Le prince d'Orange ne s'était point arrêté dans sa retraite. Après avoir franchi la Meuse, il avait

franchi le Rhin. Ce fut alors qu'il eut une inspiration de génie. Instruit par une double et
douloureuse expérience de l'impossibilité de se
maintenir longtemps dans les Flandres, il réso-
lut de se retirer, non plus en Allemagne, non
plus en France, mais au cœur de la Hollande.
« Là », écrivait-il à son frère, « je trouverai s'il
le faut ma sépulture. » Par cette décision énergique, Orange s'enrôlait en quelque sorte dans
l'armée des gueux. Il venait, à la tête de ces
désespérés, reprendre possession des fonctions
que, partant pour l'Espagne, lui confiait en 1559
Philippe II.

Au mois d'octobre, rentré par le Hanovre dans
l'Overissel, le prince Guillaume arrivait sur les
bords du Zuyderzée avec une suite peu nombreuse. Les vaisseaux des Nord-Hollandais vinrent le prendre à Kampen et le conduisirent à
Enkhuizen, d'où il gagna facilement Harlem
dans la Hollande du Sud. Orange avait enfin
rencontré un terrain où la lutte pouvait se prolonger indéfiniment : sa droite était couverte par
la flotte ; si l'ennemi le serrait de trop près, il
lui restait pour dernière ressource la rupture des
digues et l'inondation.

17.

II

La campagne de Zélande et de Hollande restera l'immortel honneur de l'armée espagnole.
Je ne crois pas qu'il existe aujourd'hui une armée au monde qui fût capable de la recommencer : les fièvres seules suffiraient probablement
pour avoir raison de l'envahisseur. Sur l'ordre
d'Albe, Frédéric de Toledo, dès que Mons se
fut rendue, entreprit la conquête du « pays
noyé ». Middelbourg dans l'île de Walcheren,
Goës dans l'île du Sud-Beveland, tenaient encore pour le roi d'Espagne. Le gouverneur installé par Orange à Flessingue, Tseraerts, pressait vivement Goës et Middelbourg. Les soldats
débarqués à Rammekens par les vaisseaux de

Medina-Celi mirent pour quelque temps Middelbourg à l'abri de nouvelles attaques; Goës seule demeurait en péril. La ville de Goës était la clef de la Zélande. Pour s'en emparer, Tseraerts ne reculerait pas au besoin devant les lenteurs d'un siège en règle. Albe, de son côté, prit ses dispositions pour conserver au Roi une place de cette importance : il prescrivit au gouverneur d'Anvers, à Don Juan d'Avila, de renforcer à tout prix la garnison de Goës.

La supériorité maritime des gueux interdisait aux Espagnols la voie de mer : ils conçurent l'audacieux projet de profiter de la nuit et de la marée basse pour traverser à gué un détroit long de quatre lieues, profond de trois ou quatre pieds en moyenne. La distance devait être parcourue en six heures. Que le flot, en effet, vînt à surprendre la troupe aventureuse en route, pas un homme, à coup sûr, n'atteindrait le rivage. Le niveau de la mer passait à marée haute de trois et quatre pieds à neuf ou dix : il n'en fallut pas tant pour noyer l'armée de Pharaon. Un capitaine flamand, du nom de Plomaerts, sonda deux fois avec le plus grand soin ce chemin périlleux. Après la seconde reconnaissance il le déclara praticable. D'Avila autorisa l'entreprise. Un vétéran habitué à toutes les audaces assuma la responsabilité de l'exécution.

Le 20 octobre au soir, « le bon vieux Mondragon », comme l'appelaient ses soldats, entra le premier dans l'eau. Trois mille hommes d'élite le suivirent, marchant à la file, de l'eau jusqu'à la poitrine, en certains endroits jusqu'au cou. La traversée s'accomplit dans un sombre silence. L'obscurité était profonde, neuf hommes s'écartèrent du sentier : ces neuf hommes se noyèrent. Le reste prit pied sur le rivage, alluma des feux pour annoncer à d'Avila, resté à Berg-op-Zoom, son succès, et se mit à l'instant en marche vers le camp des insurgés. La résistance n'était guère à craindre de la part d'une armée surprise. Les soldats de Tseraerts coururent à leurs vaisseaux. Les Espagnols n'eurent que la peine d'égorger l'arrière-garde.

Voilà contre quels ennemis les Zélandais et les Hollandais devaient conquérir leur liberté ! Les Grecs de Marathon n'avaient eu à combattre que les immortels de Darius. Un illustre archéologue, M. Dieulafoy, a fait sortir, après deux mille ans d'enfouissement, ces immortels de

terre : vous pourrez, si l'envie vous en prend,
aller les contempler au Louvre. Ce sont de beaux
hommes, presque des géants. Hérodote s'est
rendu garant de leur courage ; je doute fort
cependant qu'ils valussent les soldats de Mondragon.

III

Orange n'avait plus d'armée régulière à opposer au duc d'Albe, — car on ne pouvait compter pour une armée régulière les bandes qui,
sous les ordres de son beau-frère, le comte van
den Berg, avaient, au commencement de l'année
1572, occupé les principales cités de la Gueldre
et de l'Overissel : — il ne lui restait que des places fortes. Ce furent ces places que Don Frédéric de Toledo reçut l'ordre de reconquérir. Le
fils du duc d'Albe entra dans la Gueldre et se
porta immédiatement sur Zutphen. La malheureuse ville eut un instant l'idée de se défendre.
Aux premiers coups de canon la garnison prit
la fuite : avant que la bourgeoisie se fût con-

certée pour faire appel à la clémence du vainqueur, les Espagnols étaient dans la place. Don
Frédéric avait reçu du duc les ordres les plus
rigoureux. Partout où on résisterait à ses som-
mations, il devait mettre le feu aux maisons,
passer au fil de l'épée les habitants. A Zutphen
la résistance n'avait pas été assez prolongée
pour justifier un pareil châtiment : Don Frédéric
se contenta de faire attacher deux à deux cinq
cents bourgeois et d'ordonner qu'on les jetât
dans l'Yssel. Il n'en fallut pas davantage pour
répandre la terreur dans les deux provinces et
pour ouvrir à l'armée espagnole toutes les portes qu'on aurait été tenté de lui fermer. Le
comte van den Berg reconnut, un peu vite peut-
être, qu'il ne lui restait plus la moindre chance
de trouver quelque appui dans le pays. Il aban-
donna la Gueldre et l'Overissel, sans paraître
se soucier beaucoup des devoirs qu'en sa qualité de stathouder nommé par le prince d'Orange
il avait encore à remplir, et alla chercher un
refuge en Allemagne.

Avec une rapidité étonnante les choses venaient tout à coup de changer de face. C'est un
spectacle que la guerre de Quatre-vingts ans pré-

sentera maintes fois. Plus d'argent, plus de soldats. Robles en quelques jours faisait rentrer la Frise dans le devoir. Don Frédéric, mainte- nant que la Frise et la Gueldre étaient soumises, ne douta pas qu'il ne lui fût aussi facile de re- couvrer la possession de la Zélande et de la Hollande. Don Frédéric comptait sans le carac- tère opiniâtre des Hollandais. Il se mit en marche pour Amsterdam, restée *fidèle au Roi*. La route qui passe par Amersfoort et Naarden devait l'y conduire en quelques jours. Le comte de Bossu avait son quartier général à Utrecth. Il s'empara, sans coup férir d'Amersfoort, et déblaya ainsi le terrain du seul obstacle qui aurait pu arrêter Toledo.

Une division placée sous le commandement de Romero prit les devants. Le 22 novembre 1572, elle atteignait les bords méridionaux du Zuyderzée et sommait la place de Naarden. L'im- pression produite par le châtiment infligé à la bourgeoisie de Zutphen n'était arrivée qu'affai- blie à Naarden. La magistrature voulut négocier, poser des conditions. L'accueil que ses proposi- tions rencontrèrent lui prouvèrent bientôt qu'il fallait renoncer à ce fol espoir. Toledo n'accep-

tait que la soumission des villes, qui se rendaient
à discrétion. Naarden avait d'ailleurs été le premier nid de l'hérésie. Ce grief ajouté à tous les
autres lui présageait un traitement plus impitoyable encore que le traitement infligé à Zutphen. Romero entra dans la place à la tête de
cinq cents mousquetaires et fit publier au son du
tambour l'ordre à la bourgeoisie de se rassembler dans la nef de l'église, convertie par les
réformés de Naarden en hôtel de ville. Il ne
s'agissait, croyait cette multitude tremblante,
que d'un nouveau serment à prêter au Roi.
Quelle fut son épouvante quand elle vit entrer
un prêtre, le crucifix à la main ! Ce prêtre venait
préparer les bourgeois de Naarden à la mort.
Les Espagnols prenaient toujours soin de l'âme
de leurs victimes : il y allait, pensaient-ils, de
leur propre salut — *Animam pro animâ.* —
Quand la foule se fut agenouillée, les portes
s'ouvrirent, les mousquetaires parurent, une
décharge générale joncha le parvis de morts et
de blessés. L'épée se chargea d'achever les mou-
rants. Pour terminer, les Espagnols mirent le
feu à l'église.

Cette horrible scène n'était que le prologue

de la grande tuerie. Avides de pillage, les soldats furent, par l'ordre de Toledo, déchaînés
dans la ville, les citoyens paisibles poursuivis
de maison en maison. On ne s'en tint pas là. Une
partie de la population s'était enfuie dans les
champs. La campagne fut fouillée, et tout homme
qu'on parvint à saisir fut pendu sans plus de
façon aux arbres. « On n'a pas laissé vivant, »
écrivait le duc d'Albe au Roi, « un seul fils de
femme. »

Ne nous étonnons pas trop de ces horreurs.
Si l'on n'y prenait garde, si l'on se laissait im-
prudemment engager sur la route des représailles, on pourrait les revoir. L'homme est toujours le même animal féroce. La guerre des
Cipayes, la guerre de Saint-Domingue n'ont
pas été plus clémentes que la guerre des Flandres, et, si je ne craignais de faire appel à de
trop douloureux souvenirs, ce n'est peut-être
pas seulement dans l'Inde et aux Antilles, que
je pourrais aller chercher des exemples de cette
soif de sang qui, une fois éveillée, ressemble si
fort chez le soldat à un instinct.

On distinguait déjà en 1572 deux Hollandes :
la Hollande du Nord, qui commençait un peu au-

dessous d'Amsterdam et se prolongeait, limitée
à l'est par le Zuyderzée, jusqu'à la passe du
Texel; la Hollande du Sud, qui n'avait pour
bornes méridionales que la Meuse. A la hauteur
d'Amsterdam, distante de quatre lieues environ,
la ville d'Harlem et la mer d'Harlem, dont les
Hollandais ont fait aujourd'hui un polder, mar-
quaient la ligne de démarcation des deux Hollandes, en d'autres termes de ce qu'on appelait le quartier Nord et le quartier Sud. Sur ce
point, la terre ferme, resserrée entre les dunes
sablonneuses du rivage et la mer intérieure, ne
présentait plus qu'un cordon, un isthme large
de deux lieues à peine. La possession d'Harlem
offrait donc un intérêt capital : elle permettait
de couper les communications par terre entre
les deux parties de la province. Harlem, une
des plus grandes villes de la Hollande à cette
époque, s'était, presque aussitôt après la prise
de la Brille, déclarée pour le prince d'Orange.
Marnix de Sainte-Aldegonde y installa de nouveaux magistrats. Le 11 décembre, Don Frédéric parut devant la place.

La défense d'Harlem ne se trouvait pas uniquement confiée au courage de ses habitants ;

la présence d'une garnison de 4 000 soldats pouvait, en dépit de l'imperfection de l'enceinte
fortifiée, justifier jusqu'à un certain point la
fierté dédaigneuse avec laquelle les somma-
tions de Don Frédéric furent reçues. La canon-
nade s'ouvrit le 18 décembre. Après trois jours
d'un feu des plus violents, la brèche parut praticable.

Le prince d'Orange avait essayé vainement
de renforcer la garnison d'Harlem. Guillaume
de la Mark, sorti de Leyde à la tête de trois
mille hommes, trouva le chemin barré par
Noircarmes, par Julien Romero, par Bossu. Il
dut rétrograder, au risque de s'égarer au milieu
d'épais tourbillons de neige : il laissait sur le
terrain près d'un millier d'hommes. Sous l'impression de ce succès, ordre fut donné de tenter
l'assaut. Chefs et soldats se prodignèrent. Julien
Romero perdit un œil dans le combat. L'assaut
fut cependant repoussé. On eut de nouveau recours au canon et aux cheminements souter-
rains. Dans cette guerre de mines et de contre-
mines, aussi bien que dans l'échange des ca-
nonnades, les habitants d'Harlem n'eurent pas
toujours le dessous. En rase campagne seule-

ment, les Espagnols maintenaient invariablement leur supériorité. Batenbourg, expédié avec 2 000 hommes par Orange, n'était pas plus heureux que la Mark. Pour la seconde fois, les Espagnols crurent le moment venu d'enlever la place par un coup de force. Le 31 janvier 1573, leur colonnes s'élancèrent vers la brèche à la faveur de la nuit. Effort inutile ! Cette seconde attaque ne fit que démontrer aux Espagnols leur impuissance contre une population qui n'attendait pas de merci et chez laquelle les femmes ne déployaient pas moins de courage que les hommes. Il n'y avait plus qu'une arme infaillible : la famine. « Les bourgeois d'Harlem », écrivait Don Frédéric au duc d'Albe, « se défendent comme pourraient le faire les meilleurs soldats. » Pendant ce temps, l'armée d'investissement, décimée par le froid, décimée par les privations de tout genre, se fondait avec une rapidité désolante. Assiégeants et assiégés luttaient de constance, supportaient avec la même énergie les mêmes misères.

La mer d'Harlem était gelée : les vivres, si l'on voulait en faire entrer dans la ville, devaient être amenées par terre. Vers la fin de février se produisit le dégel. Le prince d'Orange avait établi son quartier général à Sassenheim, faisant face à la place assiégée. S'il restait maître de la mer intérieure, il lui serait facile de ravitailler Harlem. La mer d'Harlem avait alors 70 000 mètres carrés de superficie et quinze pieds de profondeur. Orange donna l'ordre de préparer et de lancer sur le lac une flottille. Bossu y amenait de son côté ses chaloupes armées en guerre. Il les y amenait par une brèche pratiquée dans la digue qui contenait les eaux du côté d'Amsterdam.

La guerre prend en Hollande des aspects qu'elle ne connaît pas en tout autre pays. On se bat sur d'étroites chaussées, on se dispute des écluses, on s'attaque à coups d'inondations. Ce n'est que là seulement qu'on peut voir un homme tenir tête à toute une armée. Un jeune matelot de Hoorn, Jan Haring, est resté célèbre pour avoir donné aux troupes de Sonoy refoulées sur la digue du Diemer le temps de se retirer. Il fit face à l'ennemi, couvrant le passage de son corps, défendant la chaussée comme Horatius Coclès défendit jadis le pont de bois, et, aussi heureux que Coclès, se sauvant, comme lui, à

la nage, après que le dernier soldat se fût mis
en sûreté. Si c'est là un miracle, ce n'est pas
du moins une légende : des milliers de témoins
ont pu l'attester.

« Il n'y a jamais eu sur la terre de guerre
semblable, » écrivait le duc d'Albe, en proie aux
plus vives inquiétudes. Cependant, quand Toledo lui fit pressentir qu'il serait peut-être contraint de se replier vers Amsterdam, toute la
volonté de fer de l'inébranlable gouverneur se
retrouva. « Si Don Frédéric, écrivait-il, abandonne le siège d'Harlem avant que la ville soit
prise, je ne le reconnais plus pour mon fils. S'il
succombe, je prendrai sa place. Quand nous
aurons succombé tous les deux, la duchesse
viendra d'Espagne pour nous venger. » Dans
toute autre bouche, semblables paroles auraient
mérité d'être taxées de jactance ; dans la bouche
d'Albe, elles n'étaient que l'expression d'une
volonté fermement arrêtée. Cette persistance,
digne d'une âme romaine, devait pourtant
coûter cher à l'Espagne. La guerre des Flandres
a usé l'armée espagnole, comme la campagne
de Russie a consumé l'armée de Napoléon. On
ne comble pas avec des levées nouvelles les

vides laissés par de vieux soldats. Quand on a
de vieux soldats, des soldats à bon droit réputés
invincibles, il faut les ménager.

Philippe II lui-même commençait à s'émouvoir de ce long siège. Il envoyait au duc d'Albe
de l'argent, il lui expédiait trois régiments dé-
tachés de l'armée de Lombardie. Le 25 mars,
une sortie des assiégés avait enlevé à l'armée de
Toledo sept canons. Venant de ces bourgeois
qu'on affectait de mépriser, l'échec avait quelque chose de mortifiant. Ce qui était pourtant
infiniment plus grave, la flottille des rebelles
menaçait de prendre sur le lac d'Harlem le
dessus. Des efforts incroyables furent faits par
le duc d'Albe pour rendre au comte de Bossu
la supériorité numérique que l'activité d'Orange
avait un instant failli lui faire perdre. De part
et d'autre le lac se couvrit de bateaux. Le 28 mai
1573, date aussi célèbre que la date du 1er avril
1572, un grand combat de bateaux à voiles
et de bâtiments à rames s'engagea. L'amiral
des gueux, Martin Brandt, avait l'avantage du
nombre.

Il pouvait mettre en ligne jusqu'à 150 barques.
Bossu ne lui opposait que cent vaisseaux; seu-

lement ces cent vaisseaux l'emportaient sur ceux de Martin Brandt par les dimensions. Le résultat fut longtemps incertain ; des milliers d'hommes périrent avant que le sort se prononçât. La balance trébucha enfin ; elle trébucha en faveur des Espagnols. Vingt-deux des vaisseaux du prince tombèrent au pouvoir de Bossu ; les autres évacuèrent le champ de bataille dans le plus complet désordre.

La ville d'Harlem était condamnée. Elle tint encore jusqu'au 1ᵉʳ juillet, luttant contre la famine avec le courage du désespoir. Orange lui prodiguait ses exhortations, ses promesses ; mais Orange ne la secourait pas. Les pigeons messagers expédiés de Sassenheim n'apportaient dans Harlem que de vaines paroles.

Le 8 juillet pourtant un dernier effort fut tenté. Quatre cents chariots chargés de provisions partirent de Sassenheim sous l'escorte de quatre mille fantassins et de six cents cavaliers. Ce ne fut pour l'armée espagnole que l'occasion d'une nouvelle victoire. Le commandant du convoi, le comte de Batenbourg, fut tué ; son armée fut mise en déroute. L'échec était sanglant. Plus de deux mille hommes gisaient sur le champ de bataille.

18

On s'en prit à Orange. Le prince n'y était pour
rien, pas plus que son général, que l'on accusait
d'avoir été ivre au moment du combat. Les
foules ne savent jamais être justes. Il était
pourtant bien facile de comprendre qu'en présence de troupes aguerries, le courage ne suf-
firait pas. Les nations compteraient moins de
défaites si elles n'exerçaient pas la pression de
leur ignorance sur les chefs auxquels, dans un
moment d'enthousiasme, elles ont confié leurs
destinées.

Avec la fermeté de son rare bon sens, Orange
fut le premier à donner à Harlem le conseil de
capituler. Une ville réduite, comme l'était Harlem, aux dernières extrémités, ne capitule pas ;
elle se rend. Le 13 juillet 1573, Don Frédéric
de Toledo entra dans la ville.

Toledo avait bien des morts à venger : il ne
s'en fit pas faute. Douze mille des siens avaient
péri depuis le commencement du siège, par le
froid, par le fer, par les maladies. Si leurs
mânes pouvaient être consolées par des supplices, elles durent l'être. Tous les officiers de
la garnison, le capitaine Ripperda en tête, furent
exécutés sur l'heure. On les avait épargnés à

Mons : on ne leur pardonna pas d'avoir violé le serment de ne plus porter les armes contre l'Espagne. Le tour des bourgeois vint ensuite : on en égorgea plus de deux mille.

Les gueux de mer étaient seuls en mesure d'exercer des représailles; ils ne demeurèrent pas en reste de cruauté. Quand on évoque le spectre de la guerre, on devrait avoir toujours présentes à la pensée les horreurs que la guerre traîne après elle. « C'était la guerre du XVIe siècle ! » dira-t-on. Qui vous garantit que dans une guerre prolongée, dans une guerre où l'un des adversaires ne serait pas écrasé du premier coup, la bête humaine ne se montrerait pas tout aussi bestiale? En 1871, nous étions sur la voie : la fortune suspendit les hostilités à temps.

Pendant sept mois Harlem avait occupé toutes les forces espagnoles : le reste de la Hollande eut ainsi le loisir de s'organiser. Quand Albe voulut poursuivre ses opérations, il trouva le pays ennemi sur pied et son armée en partie disparue. Le duc de Medina-Celi jugea plus que jamais opportun de répudier l'héritage. Il ne partit pas seulement; il se déroba, sans même prendre congé du gouverneur général qu'il devait remplacer.

Il restait à Don Frédéric seize mille vétérans. Dès le 12 août, Frédéric portait ces glorieux débris à quelques lieues plus au nord, sous les murs d'Alkmaar. Cette fois encore Don Frédéric montra trop d'impatience. Il commanda un premier assaut, puis un second, et vit à deux reprises ses soldats repoussés. Alkmaar n'était cependant défendue que par huit cents hommes de troupes irrégulières et par dix-huit cents bourgeois en état de porter les armes ; mais derrière des murailles tout homme de cœur vaut un vétéran. Un troisième assaut infructueux découragea des troupes que rien jusqu'alors n'avait pu rebuter. Les soldats de Toledo refusèrent d'aborder une quatrième fois la brèche. Albe lui-même en perdit son sang-froid. « Si je prends Alkmaar, écrivit-il au Roi, « je suis résolu à n'y pas laisser une créature humaine en vie. On coupera la gorge à tout le monde... On ne peut rien obtenir de ce peuple par la bonté. » La bonté du duc d'Albe !

« Nous ne trouverons donc pas quelque souverain pour intervenir en notre faveur ! » demandaient avec anxiété au prince d'Orange ses partisans épouvantés. « Je suis entré dans une étroite alliance avec le Roi des rois », répondait le prince. A cette heure, Guillaume de Nassau fut vraiment grand. Tous désespéraient autour de lui. Seul il se montra inébranlable. « Le Dieu des armées », disait-il, « nous donnera le moyen de lutter contre ses ennemis qui sont les nôtres ». Quand le mysticisme s'en mêle, il va loin. Le prince d'Orange n'était pas un mystique ; sa politique n'en savait pas moins parler le langage qui va le plus sûrement au cœur des peuples. La froide raison ne transporte pas les montagnes.

Toledo ne pouvait se résoudre à confesser son échec. Ses soldats cependant se laissaient tuer par leurs officiers plutôt que d'avancer quand on voulait les pousser vers la brèche.

L'abattement était profond, la mutinerie peut-être n'était pas loin. Des bruits d'inondation recommençaient aussi à circuler. Des lettres interceptées annonçaient qu'Orange se préparait à couper les digues. Toledo voulut sauver au moins sa grosse artillerie. Dès qu'il l'eut fait mettre en sûreté, il donna l'ordre de lever

18.

le siège. Le 8 octobre 1573, l'armée se replia
sur Amsterdam.

Le 8 octobre 1573 ! encore une date à retenir.
Alkmaar avait résisté à trois assauts, arrêté
pendant sept semaines l'armée Espagnole sous
ses murs. Il n'y eut qu'un cri dans le pays.
« D'Alkmaar commence la victoire ! » Après
plus de trois siècles la Hollande s'en souvient
encore.

IV

Au lendemain des massacres d'Harlem on pouvait ne songer qu'à la vengeance. La délivrance miraculeuse d'Alkmaar conseillait au contraire de s'occuper enfin de rendre à la cause nationale le respect que les excès des gueux de mer tendaient chaque jour à lui enlever. Guillaume de la Mark ne connaissait plus de mesure. Tant qu'il avait été victorieux, sa situation commandait des ménagements : l'échec qui lui fut infligé par les troupes espagnoles, au mois de décembre 1572, amena d'abord son remplacement par Blakenbourg ; quelques jours après, la levée du siège d'Alkmaar, sa disgrâce complète.

Cette disgrâce, Guillaume de la Marck ne
l'accepta pas sans murmure. Il s'en vengea en
redoublant de férocité. Un vieillard de 72 ans,
fort estimé du Prince, Cornélius Musius, pasteur de Sainte-Agathe, fut, sous le plus frivole
prétexte, immolé à sa rancune. En apprenant
ce meurtre exécuté avec une barbarie inouïe, le
prince d'Orange versa, dit-on, des larmes. En ce
moment, il se sentait fort : il en appela aux
États de Hollande. Les États lui donnèrent
raison et signifièrent à l'amiral des gueux 'qu'il
eût à quitter le pays. Guillaume de la Marck se
rit de la sentence : « Je dispose », dit-il, « de
trois mille hommes qui me sont entièrement
dévoués ; je dispose d'un grand nombre de
beaux vaisseaux de guerre : j'ai là de quoi faire
danser les États sur l'air qu'il me plaira de
jouer. » Les États le décrétèrent d'arrestation,
et Orange le fit emprisonner.

Quelles clameurs dans le camp des fanatiques ! Jeter Guillaume de la Marck en prison !
sacrifier le plus pur héros de la Réforme aux
plaintes des modérés, aux dénonciations des
traîtres !

« Fi sur vous, idolâtres, — Qui contrecarrez

les desseins de Dieu! — Vous préférez le pain des
Papistes — A la moisson du Prince. Ne pensez-
vous pas que Dieu le vengera — Et mettra au
jour vos démarches perfides et rusées? — Un
blâme éternel vous attend. — Rougissez de vos
méchantes actions, — Misérables hypocrites, —
Qui, parés de mensonges, — Siégez dans le Conseil du pays! — Vos discussions sont fausses. —
Fils d'Achitophel. — Vous regretterez comme
Aman — La méchanté que vous faites. — Vous
demandez la vie du comte, — pour pouvoir plus
aisément — Mettre ce pays à mort — Par vos
projets infidèles. — Vous avez prêté serment au
prince. — Ce serment vous le parjurez. — Vous
conspirez contre ce noble seigneur — Pour lui
ôter la vie. — Vous siégez comme des potentats
— Dans le gouvernement du pays. — Les moines, les papistes, les prélats, — Vous rendent
aveugles. — Voilà pourquoi vous vous levez
contre — Le valeureux comte ; mais — Toute
votre trahison viendra au jour. — Vous avez
honteusement — proposé au duc d'Albe — De
livrer le pays entre ses mains : — On le soup-
çonnait — Voilà pourquoi le duc à volé — Vers
Harlem — (la chose était évidente). — Le

Prince à Harlem était trahi du haut en bas. —
Vous êtes très nuisibles au pays; — C'est un
malheur que vous viviez. — Le gracieux prince
et le comte, — Avec tous ceux de leur suite, —
Vous espériez alors — (c'est véridique) — Les
conduire à la boucherie. — Dieu, le Seigneur
tout-puissant, — A veillé sur nous. — Si vous
eussiez servi fidèlement, — Comme l'ont fait
jadis vos pareils, — Le comte Louis de Nassau
serait depuis longtemps dans le pays; — Le duc
avec ses limiers — N'aurait pas fait de mal. —
Si on vous trouvait fidèles, — Le pays serait
déjà tranquille. — Vous vous tendez vous-
mêmes des pièges — Dans lesquels vous tombe-
rez. — Le comte découvrira votre malice, —
Quand le temps sera venu. — Vous rougirez
encore de honte devant lui. — Laissez-le se présenter dans la lice, — Le noble seigneur qui
porte le nom — De comte de la Marck. — Noble
et puissant seigneur, — Prenez donc bon courage ! — Dieu épargnera votre vie. — Malgré vos
ennemis violents, il vous donnera la force, — Par
sa grande grâce — Afin que par vos efforts, nous
sortions de la détresse. — Quoique David fût
pourchassé — Par l'orgueil de Saül, — on vit

pourtant le sort tourner, — en faveur de celui qui était sous le pied. — Ainsi gémiront (notez bien que je vous dis) — ceux qui osèrent courir le risque — De s'attaquer à votre noblesse. — Ils ont brassé beaucoup de mal — Par leur grande hypocrisie, — Hommes et femmes — Ils ont mis dans une grande souffrance. — Avant que le pays soit en paix, — Cela coutera beaucoup d'hommes. — Priez donc avec nous, — Invoquons Dieu! — Priez pour le Prince au cœur fidèle, — Pour le Prince si justement célèbre! — Priez pour les seigneurs de tous les pays — Où la parole de Dieu est expliquée. — Priez pour le comte de la Mark lui-même, — Pour le comte Palatin sur le Rhin. — Pour l'Angleterre, pour la Reine, — on peut bien aussi prier. »

En temps de révolution, être modéré c'est être suspect. Ce sont cependant toujours les modérés qui triomphent, à moins que la Révolution ne succombe épuisée avant la victoire, et ne meure de ses propres mains. L'emprisonnement de Guillaume de la Mark fut de courte durée. Pour fermer la bouche à ses partisans, on s'empressa de convertir la prison en exil. Guillaume de la Mark quitta les Pays-Bas vers la fin de l'année 1573, et n'y reparut plus. Il mourut, assure-t-on, quelques années plus tard, en France, de la morsure d'un chien enragé. Fin digne de la bête fauve qui avait déshonoré jusqu'à la piraterie!

Avec Guillaume de la Mark se clôt l'histoire des gueux de mer. Le crédit d'Orange grandit de jour en jour : Orange l'emploie, avec un soin jaloux et constant, à doter la marine naissante de la seule chose qui lui manque encore : du respect de la discipline.

V

Le succès de Bossu sur la mer d'Harlem avait rendu confiance à la flotte espagnole ; elle redoublait aussi l'activité des chantiers d'Amsterdam. Les obstacles accumulés par les insurgés devant l'embouchure de l'Y n'empêchèrent pas Bossu de déboucher, avec ses vaisseaux, dès le 3 octobre, dans le Zuyderzée. L'amiral de Zélande, Cornelis Dirkszoon, de Monnikendam, avec vingt-cinq vaisseaux hollandais, l'y avaient précédé. Le Zuyderzée, nous l'avons déjà dit, est, en maint endroit, peu profond. Tout vaisseau dont le tirant d'eau dépasse deux mètres ne peut naviguer au milieu de ce labyrinthe de surprises qu'avec des précautions

19

infinies. Bossu montait un navire de construction récente, haut de bord, chargé d'artillerie,
manœuvré par un nombreux et excellent équipage. Ce navire, qu'il avait, par une sorte de défi
outrageant, nommé l'*Inquisition*, devait, dans sa
pensée, pulvériser à lui seul toute la flottille de
Dirkszoon. L'*Inquisition* serait d'ailleurs ap-
puyée par une trentaine de vaisseaux de moindres
dimensions, supérieurs cependant pour la plupart aux petits vaisseaux hollandais. Seulement
les vaisseaux hollandais auraient l'avantage de
pouvoir passer sur les bancs que les Espagnols
seraient obligés d'éviter comme autant de
pièges.

Le 4 octobre, les deux escadres furent en
vue. Jusqu'au 11 elles manœuvrèrent sans se
joindre. Les Espagnols mettaient toute leur
confiance dans leurs canons ; les Hollandais
s'efforçaient, au contraire, d'en venir à l'abordage :

« Je vous chanterai une chanson. — Écoutez
hommes et femmes : — Sur mer compte nous
battre — Le comte de Bossu. — Au duc d'Albe
il est très fidèle. — Le duc l'a nommé son amiral (c'est ce que je vous dis). — Il veut main-

tenant remplir son office. — Son vaisseau
s'appelle l'*Inquisition*. — Sur mer il est venu
— Avec toutes ses forces. — Les Gueux, sans
le craindre, — L'ont guetté. — Notre noble
amiral, sagement circonspect, — Attend que
Bossu s'approche — Pour se battre contre lui,
— Et gaiement l'accrocher. — Lorsque les
papistes apprirent — Que les gueux n'étaient
pas loin — Et venaient à eux, — Lestement,
ils tournèrent le dos. — Ils redoutaient fort
pareille rencontre, — Mais Schuylenborch [1] —
(Ceci vous soit connu) — Ne pouvait pas
s'échapper, — Prisonnier, il devait rester là. —
En octobre, le onzième jour, — (Écoutez bien
ce récit) — Les gueux se rapprochèrent — Tout
prêts à l'abordage. — Les papistes — (Je vous
dis la vérité) — Auraient voulu l'éviter, — Car
ils avaient plus de confiance — Dans leur grosse
artillerie. — Aussitôt que les vaisseaux s'abor-
dèrent, — Les gueux jetèrent dé haut en
bas — Les pots remplis de chaux qui volait —
Des hunes en quantité — Dans les yeux des
Espagnols : c'était une affreuse brûlure. — La

---

1. Sobriquet par lequel les Gueux désignaient d'ordinaire
le comte de Bossu.

chaux se répandait en poussière de plus en plus.
— Les vaisseaux en devenaient tout blancs. —
Avec cette chaux on les effrayait — Les papistes — (Écoutez mon histoire) — Laissèrent
Bossu dans la détresse, — Mais les gueux sans
hésiter — Ne s'abandonnèrent pas entre eux, —
Ainsi qu'on le vit là clairement. — Deux pieux
capitaines — (Écoutez ce récit) — Assistèrent
notre amiral — Et allèrent s'échouer avec
lui.

Trois vaisseaux hollandais s'étaient, en
effet, réunis contre l'*Inquisition* et avaient jeté
les grappins à bord. On combattait avec acharnement. Sur les deux flancs, par la proue,
l'*Inquisition* était assaillie. Cerceaux enduits de
poix [1], huile bouillante, plomb fondu, pleuvaient
sur son pont. Les sondeurs en oubliaient leur
devoir. Ce groupe de quatre vaisseaux qui n'en
faisaient plus qu'un dérivait lentement vers
l'écueil de Neth, près de Wydeness. Tout à
coup il toucha le fond, sans que, dans la cha-
leur du combat, on s'en aperçût, le groupe
entier resta élevé sur place. Les vaisseaux de

1. Voyez dans l'ouvrage intitulé : *Les Chevaliers de Malte*.
Plon, Nourrit et C° éditeurs, l'emploi de ces cerceaux.

Dirkszoon accoururent; ceux de Bossu s'enfuirent :

« On allait attaquer les Espagnols avec le canon — Pour les apprivoiser un peu. — Ils réussirent à couler le vaisseau du capitaine Vesten. — Avant que le feu fut fini, — Les autres firent voile vers Moordam[1]. — A cette vue, Bossu entra dans une furieuse colère : — Ils le laissaient abandonné, — eux qui lui avaient juré fidélité. »

Le duc d'Albe se borne à écrire à Philippe II : « La flotte du Roi, sous le commandement du vice-amiral Boshuyzen[2], est retournée vers Amsterdam. » Bossu cependant ne lui a pas dissimulé la défection dont il se croit victime : « Au lieu de me donner quelque assistance, » fait-il savoir au duc dans une lettre écrite en français, lettre qui mérite d'être, au moins en partie, reproduite, « je n'aperçus qu'un ou deux qui firent quelque devoir, dont l'un fut coulé et l'autre fut abordé de deux navires, de sorte qu'il

1. Autrement dit vers Amsterdam.
2. Suivant M. Louwerse, *Geïllustreerde vaderlandsche Geschiedenis*, le vice-amiral du comte de Bossu n'aurait pas été Boshuyzen, mais bien Rol, « qui prit, dit-il, la fuite, avant qu'il n'y eût de raison pour fuir ».

ne me pût approcher. Le reste de nos navires commencèrent à se mettre au large, de sorte qu'ils donnèrent loisir à toute la flotte de nous venir charger. »

La défense de Bossu fut magnifique. Toute la nuit il tint la flotte ennemie et les vaisseaux attachés à ses flancs en échec. L'amiral Cornelis Dirkszoon et son vice-amiral n'avaient voulu céder à personne l'honneur d'aborder le commandant en chef de la flotte espagnole. Ils le tenaient pressé entre leurs navires sans pouvoir, si vaillants faucons qu'ils fussent tous les deux, enlever cette riche proie dans leurs serres. « Nous nous maintînmes ainsi », écrit le comte de Bossu, « jusque vers les neuf ou dix heures du matin, ne pouvant croire que je serais si lâchement abandonné. » Hélas! quel amiral vaincu ne crut-il pas avoir le droit de s'en prendre à ses capitaines? S'il n'y avait pas d'abandon, il y aurait moins de défaites. La grande loi de la tactique navale doit être de prévenir avant tout les défaillances. Sur mer il n'y a point d'accidents de terrain qui puissent dérober aux combattants l'état réel des choses. Ce qui ne s'explique que trop souvent à terre n'a pas d'excuses sur cette vaste plaine où le regard embrasse tout l'horizon.

A diverses reprises les Espagnols avaient recouvré la possession de leur pont envahi. Un dernier effort les fit reculer jusqu'à la poupe. En ce moment, Jan Haring, ce jeune héros que nous avons déjà rencontré sur la digue du Diemer, s'élance dans les haubans, atteint le haut du grand mât, et en arrache le pavillon de l'amiral espagnol. Il descendait glorieux, élevant son trophée au-dessus de sa tête, quand une balle l'atteignit dans les reins. Il tomba sans vie sur le pont, enveloppé du drapeau conquis comme d'un linceul.

Les Espagnols étaient à bout de résistance. « Ne voyant nul espoir de secours, » — ainsi s'exprime Bossu dans sa lettre au duc d'Albe, — « et qu'il ne nous restait en tout le navire le quart de nos gens sain, et déja le peu qui restait de mariniers découragé, nous traitâmes de nous rendre, à condition qu'ils nous traiteraient de bonne guerre. »

« Bossu a demandé grâce — A notre amiral triomphant. — Son cachet, il l'a ôté de sa main; Sa Toison d'or (saisissez cette pensée), — Il l'a

rendue, pour conserver sa vie. — On a vu là
dominer — Les gueux avec des cris joyeux, —
Triompher aussi devant Hoorn, — Avec tout
leur beau butin — D'artillerie de bronze et
aussi de poudre. Moordam (ville du meurtre),
sortez de nouveau demain. — Venez au port de
Hoorn, en dedans des pilotis, — Pour reprendre
votre *Inquisition.* »

Conduit à Hoorn avec trois cents prisonniers,
Bossu ne fut pas préservé sans peine des effets
de la haine populaire. C'était pourtant un trop
précieux ôtage pour qu'on ne prît pas soin de
sa vie. Le plus sûr moyen d'acquérir la qualité
de belligérant et d'obtenir les égards de l'ennemi, consiste à se procurer le moyen d'user
de représailles. Avec de tels gages dans les
mains on peut contraindre la guerre à se montrer plus humaine. Orange ne perdit pas un
instant pour faire savoir au duc d'Albe qu'il
était maintenant, si le duc voulait faire assaut
de cruauté, en mesure de traiter avec l'oppres-
seur des Pays-Bas, d'égal à égal.

Non, ce n'est point d'Alkmaar qu'il faut dater
la victoire. Cet honneur revient plus justement
à la bataille du Zuyderzée. Les Réformés n'au-

raient pu perdre l'empire de la mer sans se
voir soudain exposés à une destruction infaillible.

Avant la levée du siège d'Alkamar et la dispersion de la flotte de Bossu, les choses semblaient prendre une fâcheuse tournure :

« Mais Dieu qui connaît tous les cœurs, —
Commençait à s'attrister. — Les Espagnols
pouvaient conquérir la mer, — La courber sous
leur violence, — Dévaster la Hollande du Nord:
C'était là leur projet. — Ils auraient si volontiers maltraité les gueux, — Les auraient si
volontiers fait mourir de faim — Et de soif. —
(Ceci vous soit raconté!) — Ils allaient se disant
entre eux : — « La mer nous serait utile. — Le
« gueux ne peut pas agir : — Pour artillerie, il a
« des pompes de bois ; — Leur monde est peu
« nombreux, — leur puissance est faible ; —
« Nous les disperserons bientôt. — Leur opinion
« sera canonnée. » — Ils venaient à travers ces
épaves [1] — Sur le Zuyderzée avec empresse-
ment ; — Orgueilleusement ils se disaient : —
« Nos affaires sont en bon chemin ! » — En ce

---

1. Les vaisseaux coulés dans l'Y.

moment les pompes de bois venaient à leur
rencontre — Et les touchaient vigoureusement.
— La chose n'était nullement de leur goût. —
Papistes, vous laissiez-vous tromper. — Ou
suiviez-vous un mauvais conseil ? — Par des
pompes de bois — Vous avez laissé faire une si
belle prise, — Un vaisseau qui était comme un
Paradis ! — Où est maintenant votre *Inquisition*, — L'objet de votre plus grande confiance,
— Construite tout exprès — Pour mettre les
gueux en deuil ? — Où est le comte de Bossu,
— Votre seigneur au grand office? — Il est
maintenant à Hoorn dans la cage. » — Dans la
cage ! le comte de Bossu y resta trois ans.
Quand il en sortit, son parti était pris : il offrit
ses services aux États Généraux. Les États les
acceptèrent, mais ne paraissent pas en avoir
beaucoup profité.

« Ne sont-ils pas pieux dans leurs actes —
Ceux que vous nommez luthériens ? — Ils vous
accordent plus de merci — Que vous n'en avez
accordé à Rotterdam, — A Zutphen, à Naarden
— (Écoutez nos exhortations). — Vous, nations
chrétiennes, — Soyez pieuses dans vos paroles
et dans vos actions ! — L'Espagnol est, hélas !

— Parjure et obstiné. — Je ne veux pas suivre
son conseil, — Mais je prie le Seigneur,
dans sa grâce, — De nous protéger contre le
mal. »

VI

Si le siège d'Harlem est célèbre, celui de Leyde l'est encore plus. Leyde fut assiégée au mois d'octobre par un des meilleurs lieutenants du duc d'Albe, par Don Francisco de Valdez. La victoire du Zuyderzée venait d'exalter les esprits et de donner à l'enthousiasme religieux une impulsion nouvelle. Pendant tout l'hiver de 1573 à 1574, Leyde dut braver la faim et la misère, mais Leyde ne se rendit pas.

« Réjouissez-vous maintenant, sautez de joie ! — Chantez de cœur un chant de reconnaissance, — Vous qui êtes partisans de la vérité ! — Car chez nous maintenant s'est vraiment fait entendre une voix d'allégresse — Après laquelle nous avons longtemps soupiré. — La droite du Dieu fort — A montré sa puissance miraculeuse, — Comme dans les anciens temps, — Alors qu'il délivrait son peuple en grande détresse — De la faim, de l'épée, de la mort, — Après l'oppression, donnant la joie. »

Albe n'eut pas la douleur d'assister à ce nouvel échec. Depuis longtemps déjà il sollicitait son rappel. Medina-Celi reculait devant la tâche : le gouverneur du Milanais, don Luis de Requesens y Zuñiga n'osa pas la décliner. Le 17 novembre 1573 Requesens arrivait à Bruxelles, précédé d'une réputation de modération et de sagesse. A quoi la modération et la sagesse, en ce moment, pouvaient-elles servir? L'heure était passée.

Avait-elle jamais existé? De son lit de douleur où la goutte le tenait cloué, comme jadis son auguste maître Charles-Quint, le vieux duc voyait juste. Il avait fait exécuter dans le court espace de cinq années dix-huit mille six cents habitants, banni plus de cent mille, usé deux armées, dépensé trente millions de florins, et l'opposition demeurait aussi opiniâtre que jamais. Le milan et la colombe refusaient obsti-

nément de s'associer. Albe, si la confiance de
son roi ne lui eût manqué, aurait été jusqu'au
bout. Il aurait traité les provinces en pays conquis ; au besoin, tout exterminé. Pour com-
mencer, il fallait réformer le Conseil : « Tant que
ces vieux docteurs frisons ou flamands » écrivait-il, « en feront partie, rien ne marchera. Y
introduire un ou deux Espagnols serait verser
une bouteille de bon vin dans un tonneau de
vinaigre. Il faut faire gouverner ce pays par
des Italiens ou par des Espagnols. Les promesses d'un monarque ne peuvent pas être
considérées comme aussi sacrées que celles des
humbles mortels. J'ai toute ma vie pensé — et
je l'ai appris de l'Empereur, père de Votre
Majesté — que les affaires des rois ne pouvaient
être conduites de la même façon que celles des
simples gentilshommes. »

Le 18 décembre 1573, Albe quittait les Pays-
Bas pour toujours, désavoué par son roi, chargé
de la haine publique, en paix avec sa conscience. Sa fidélité comme son orgueil restaient
intactes : l'ingratitude de Philippe II n'atteignait
pas son âme.

A peine est-il de retour en Espagne que l'hé-

ritier de son nom provoque la justice du Roi.
Le jeune écervelé a séduit une des filles d'honneur de la Reine et refuse de l'épouser. Albe
n'hésite pas à couvrir de sa fierté hautaine la
faute de son fils. Il accepte l'exil, comme il a
accepté la disgrâce. C'est dans l'exil qu'on ira le
chercher quand il faudra soumettre le Portugal.
Cette dernière conquête pour Albe fut un jeu.
Quelques mois plus tard, le glorieux vétéran
mourait de langueur, nourri pendant plus de
trente jours de lait de femme ; il mourait dans
tout l'éclat d'un suprême triomphe. Grande
figure, effrayant caractère ! A la contempler
pourtant, la taille humaine se redresse.

L'habileté cauteleuse de Requesens, la grâce
séduisante de Don Juan d'Autriche n'eurent pas
un meilleur succès que l'inflexibilité farouche
du duc d'Albe. La guerre de Quatre-vingts ans
a donc sa morale : elle a prouvé que la force ne
primait pas le droit.

FIN

TABLE DES MATIÈRES

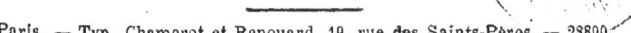
Paris. — Typ. Chamerot et Renouard, 19, rue des Saints-Pères. — 28890.

LIBRAIRIE PAUL OLLENDORFF

28 *bis*, Rue de Richelieu, Paris

Collection grand in-18 a 3 fr. 50 le volume.

ALLAIS (Alphonse). — A se tordre.

BERGERAT (Emile). — Le Faublas malgré lui. — Le Viol. — Le Petit Moreau.

BONNIÈRES (Robert de). — Mémoires d'Aujourd'hui (1re, 2e et 3e séries). — Les Monach. — Jeanne Avril. — Le Baiser de Maïna. — Le petit Margemont. — Contes à la Reine.

CAHU (Théodore). — Chez les Allemands. — Petits Potins militaires. — Pardonnée? — Second Mariage. — Un Cœur de Père.

CAPUS (Alfred). — Qui perd gagne. — Faux Départ.

CARETTE (Mme A.). — Souvenirs intimes de la Cour des Tuileries (1re, 2e et 3e sér.).

CAROL (Jean). — L'Honneur est sauf. (*Ouvr. cour. par l'Académie française.*). — Réparation.

CASE (Jules). — La Petite Zette. — Une Bourgeoise. — La Fille à Blanchard.— Bonnet Rouge. — Ame en Peine. — L'Amour artificiel.— Un jeune Ménage. — Promesses.

CATULLE MENDÈS. — Les Boudoirs de Verre. — Pour les Belles Personnes. — L'Envers des Feuilles.— La Princesse nue. — Pour dire devant le monde.

CHAMPSAUR (Fél.). — Dinah Samuel.

CLAVEAU (A.). — Contre le flot. (*Ouvr. couronné par l'Académie française.*)

DELPIT (Albert). — Le Fils de Coralie. — Le Mariage d'Odette. — La Marquise. — Le Père de Martial. — Les Amours cruelles. — Solange de Croix-Saint-Luc. — Mlle de Bressier. — Thérésine. — Disparu. — Passionnément. — Comme dans la Vie. — Toutes les deux. — Belle-Madame.

DROZ (Gustave). — Autour d'une Source. — Babolain. — Le Cahier bleu de Mademoiselle Cibot. — L'Enfant. — Entre nous. — Les Etangs. — Monsieur, Madame et Bébé. — Tristesses et Sourires. — Une Femme gênante. — Un Paquet de lettres.

DROZ (Paul). — Lettres d'un Dragon. (*Ouvr. couronné par l'Acad. française.*)

DURUY (George). — Fin de Rêve.

FOUCHER (Paul). — Le Droit de l'Amant. — Monsieur Bienaimé.

GANDILLOT (Léon). — Les Filles de Jean de Nivelle. — Bonheur à quatre. — De Fil en Aiguille. — Le Pardon.

GAULOT (Paul). — Mlle de Poncin. — Le Mariage de Jules Lavernat. — L'Illustre Casaubon. — Un Complot sous la Terreur. (*Ouvrage couronné par l'Académie française.*) — La Vérité sur l'expédition du Mexique, 3 vol. (*Ouvrage couronné par l'Académie française.*)

HÉRISSON (Cte d'). — Journal d'un Officier d'ordonnance. — Journal d'un Interprète en Chine. — Nouveau Journal d'un Officier d'ordonnance. — Journal de la Campagne d'Italie. — Un

Drame royal. — Le Prince Impérial. — Les Girouettes Politiques.

LOCKROY (Éd.). — Ahmed le Boucher. — Journal de ma mission.

LUCIENNE.— Dialogues des Courtisanes

MAEL (Pierre).—Mer Sauvage.—Charité. — Le Torpilleur 29. — L'Alcyone. — La Double Vue. — Gaîtés de bord.

MAIRET (Jeanne). — Charge d'âme. — Inséparables.

MAIZEROY (René). — Bébé Million. — La Belle. — Cas passionnels.

MARNI (J.). — La Femme de Silva. — Amour coupable.

MAUPASSANT (Guy de). — Les Sœurs Rondoli. — Monsieur Parent. — Le Horla. — Pierre et Jean. — Clair de Lune. — La Main gauche. — Fort comme la mort. — La Vie errante. — Notre Cœur. — La Maison Tellier.

MIRBEAU (Octave). — Le Calvaire. — L'Abbé Jules.

MONIN (Doct. E.). — Misères nerveuses.

MONTJOYEUX. — Les Femmes de Paris.

OHNET (G.). — Serge Panine. (*Ouvr. cour. par l'Acad. française*).—Le Maître de Forges.—La comtesse Sarah.—Lise Fleuron.— La Grande Marnière. — Les Dames de Croix-Mort. — Noir et Rose. — Volonté. — Le Docteur Rameau. — Dernier Amour. — L'Ame de Pierre. — Dette de Haine. — Nemrod et Cie.

PENE (Henry de). — Trop Belle. (*Ouvrage couronné par l'Académie française.*) — Née Michon. — Demi-Crimes.

PERRET (Paul). — Sœur Sainte-Agnès. — Les Filles Mauvoisin. — L'Amour et la Guerre.

RAMEAU (Jean).—Fantasmagories.— Le Satyre.—Possédée d'amour.— Simple. — L'Amour d'Annette.

RENARD (Jules). — L'Ecornifleur.

RZEWUSKI (Cte St.). — Alfrédine. — Le Doute.

SARCEY. — Le Mot et la Chose. — Souvenirs de Jeunesse. — Souvenirs d'Age mûr.

SCHWOB (Marcel). — Cœur double.

SILVESTRE (Armand). — Les Farces de mon ami Jacques. — Les Malheurs du Commandant Laripète. — Les Veillées de Saint-Pantaléon.

TASTEVIN (Alfred). — Carnet d'un Séminariste-soldat.

THEURIET (André). — La Maison des Deux Barbeaux. — Les Mauvais Ménages. — Sauvageonne. — Michel Verneuil. — Eusèbe Lombard. — Au Paradis des Enfants.

UCHARD (Mario). — Mon Oncle Barbassou. — Joconde Berthier. — Mademoiselle Blaisot — Inès Parker. — La Buveuse de Perles. — L'Etoile de Juan. — Antoinette ma Cousine.

VAUDÈRE (J. de la). — L'Éternelle Chanson. — Minuit.

WILLY (LÉO TREZENIK et). — Histoires normandes.

Paris. — Typ. Chamerot et Renouard, 4° rue des Saints-Pères. — 29890.